PAULA BUSCH · WASSERMINNA

PAULA BUSCH

WASSERMINNA

Ein Leben für den Zirkus

DAS NEUE BERLIN

VORWORT

Wasserminna, gute, treue Seele, ich habe Dein Leben genommen und in dieses Buch eingeschlossen! Es ist kein Roman. Ich habe Dein bewegtes Leben wiedergegeben, genauso wie es war, habe Dich reden lassen mit Deinen eigenen Worten.
Mag Deine Sprache auch manchmal rauh sein und mögen Deine Ausdrücke nach Panke duften, Dein anständiges Herz tritt überall zutage und wird Dir andere Herzen gewinnen.
Und noch eins ist in diesen Aufzeichnungen unverfälscht wie Du selbst: Berlin, Dein Berlin! –
Na, nu los, Minneken, erzähl mal! Wollen sehen, ob es den feinen Leuten ebenso gefällt wie Deinen begeisterten Zuhörern in der Süßen Ecke in Breslau, im Elefantenkeller zu Hamburg, in dem Café Winkler in Wien und in der Kantine Deines über alles geliebten Zirkus Busch!

Paula Busch

Mein zukünftja Vata lernt die kennen, die meine Mutta wer'n will

Mit Vajnüjen erjreife ick die Feder und schreibe meine Memoihren. Wir sinn arme Leute, un det Tagebuch von eene Valorne wird wie doll jekooft. So wie die schreib'ck schon lange, un erleben wer'ck ooch, nur anständ'jer. Ieberhaupt sowat hinzuschmian! Ick hab ma zwar vorjenommen, zu nischt zu komm'n, un et is ma ooch jelungen, aber't soll anners wer'n.

Ick bin Minna Schulze, sechzehn Jahre alt, und als'ck vor zwee Jahre die Schule valieß, da stand mit die eijenhändije Klaue von de olle Ledern unter die letzte Zensur: „Bis zum Schluß gegen alle Ermahnungen erfolglos!" –

Und nu muß ick ja erst beschreiben, wie'ck eijentlich persönlich zustande kam. Det fing so mit die Eltern an: Meine Mutta war in Stellung bei Rademachers in die Große Hamburjer. Sie hat se bekocht, bewaschen, bestrickt un von alle Seiten befummelt. Aber die Jören hat se nicht vaknusen können. Se war schon damals nervös, heute sagt man hystersch. Da is de olle Piepern aus de Artilleriestraße jekomm'n. Die hat da son Milch- und Käseladen. Kommt und sagt zu Muttan: „Fräulein Minna, Se sinn doch son hübschet Mächen." Meine einstje Mutta hieß Wilhelmine, jenannt Minna, un mit Vatersname Kopenhagen, wie'ck ooch lieber jehießen hätte, als wie nach meinen Vata Schulze. Sagt Mutta: „Wat nützt alle Schönheit, wenn man arm is!" De Piepern sagt: „Richtig, aber darum brauchen Sie doch nich den Kopp hängen lassen. Ick weeß ne feine Partie for Ihnen." Mutta horcht uff: „Wat is er denn?"

„'n königlich-kaiserlicher Beamta ... an de Post. Viere lang fährt er immer von Berlin nach Oranienburg un wieder retour."

Mutta sagt: „Det mit de via Pferde imponiat ma ja. Aber wat vadient so eener?" De Piepern pustet sich uff: „Vadienen, det is nich immer de Hauptsache. Denken Se an de Pension, ooch wenn er stirbt, immer sinn Se vasorcht. Aber uff alle Fälle könn' Se mal mitkomm' und beseh'n S'n sich. Sie könn' ja immer noch sagen, det Se nich wolln."

Meine Mutta denkt, die Piepern hat recht. Bekieken is noch nich heiraten. Am Sonntag holt se de Piepern ab un steigt vier Treppen hoch. Det is 'n doofer Einjang, mit schmale, abjetretene Stufen un riecht ieberall nach arme Leute, kleene Kinder un Kohl. Meine zukünftije Jebärerin steigt nur langsam hinter de rasche Piepern her. Sicha hat der Olle, der partu mein Vata wer'n wollte, de Piepern wat for die Kuppelei vasprochen, sonst hätt' die sich nich so in't Zeuch jelecht.

Da sitzt nu mein Vata, fein in sein Jalaparaderock in de einspännije Dachkaluppe und wartet. Wie nu meine Mutta mit de Piepern rinkommt, steht er natierlich uff, denn er is keen Stiesel und weeß, wat er so de Weiblichkeit schuldich is. „Juten Tag, Herr Schulze, da bring'ck Ihnen det Frollein Kopenhagen, von wejen de Kinder ... und Se könn'n sich ja bekieken un so."

Mein Vata reicht die, die meine Mutta wer'n will, die jroße Flosse rüber, aber se schämt sich un tut so, wie wenn se det nich merkt, kiekt sich um un sagt: „Wo is denn de Küche?" – „Na nebenan", sagt de Piepern un stößt de Kopenhagen in so'n dunklet, schmutziget Loch rin. Un meine Mutta, die sauber is, steijen die Haare zu Berje. Die Piepern det sehn, nimmt se bei de Hand un zieht se retour in de Pennbude mit drei Betten, immer an de Wand lang, wo mein Vata Schulze am Tisch jesessen hat, un zeicht uff'n jroßet Bild, wo Vata im Paradewichs als preußischa Postilljon abfotojrafiert is, mit det Posthorn um'm Hals un 'ne Peitsche in de Hand.

„Sehn Se, Fräulein Minna, det sinn seine kaiserlichen Ehrenjeschenke, de Peitsche un det Posthorn!" Det imponiat. – Aber da quatscht der kleene Justav aus det eene Bett, und meine Mutta kiekt hin un sieht, det der Kleene Plieroogen un ooch sonst de Krätze oder sowat Ähnlichet hat. Un wo meine Mutta ieberhaupt de Kinder nich leiden kann, fragt se: „Se hab'n doch noch mehr von die? Wo sinn denn die annern?"

„Sie spiel'n wohl uffn Hof", sagt de Piepern, „ick wer se ruffhol'n!" Schon is se draußen. –

Nu is Schulze mit det Frollein Kopenhagen alleene. Er bejlupscht se. Se is janich übel. Kleen, behende, mit jroße blaue Oogen un schwarzet Haar. Sagt er: „Ick bin Witwer, un immer so alleene mit de vier Kinder ... un seh'n Se, wie det alles hier dreckich is, un ooch keena, der richtich kocht ... un ieberhaupt un so ..." – „Ja, et is sehr dreckich", sagt meine zukünftje Mutta. Je mehr se sich umkiekt, desto mehr jrault ihr. Ooch de Jardine is schwarz wie'n Witwenschleier, un der kleene Justav quakt. „Nee", sagt se schnell, „ick jloobe, det is hier nich det richt'je for mir. Ick wer mal lieba wieda ... un ... un ... nischt for unjut, Herr ... Herr Schulze!"

Will meinem Vata die Hand jeben, da sieht se ihn zum erstenmal in seine jroßen, braunen Oogen, die weenen. Sie liebt braune Oogen sehr, un ieberhaupt mit Tränen! Un er stammelt: „Ach, Frollein Kopenhagen, ick hab' ma doch so jefreut, det Se jekomm'n sinn, un nu woll'n Se schon wieder wegloofen?"

Sagt meine Mutta, weil se so een mitfühlendet Herz hat un nie richtich nee sagen kann: „Na, denn kann'ck ooch hierbleiben."

Kommt de Piepern mit de drei Bälje von de erste. Hermann, der elfe is, Anna, die is neune, Paul viere und der kleene Justav, wat im Bette quakt, zwee.

Allet Flachsköppe un dußlije blaue Oogen. Da wird et Muttern wieder een bißken zu ville. Se zuppt an ihr schwarzet Sonntagsnachmittagsausjehkleid un sagt: „Ick dacht, et wär'n bloß dreie."

Sagt Vata: „Nu kann ick's doch nich mehr unjescheh'n machen, et sinn vier." Un de Piepern: „Un det eene kleene Kindchen mehr, na hör'n Se mal, Frollein Minna! Nee, wo Se for drei Jören kochen, könn'n Se't ooch for viere, un ebenso mit's Waschen."

Sagt meine demnächst'je Mutta: „Jut, denn wer'n wa jleich anfang'n, et tut not. Un sagen Se Frau Rademacher in de Jroße Hamburjer, det ick nich wiedakomme. Ick hab ma sowieso da nich wohl jefühlt. Un meine Sachen, die schaffen Se ma wohl rüber, Frau Piepern?"

Un da hat meine Mutta noch am Sonntagabend de Stube uffjewischt, un Vata hat jeholfen. Un Wäsche hat se einjeweicht, nen janzen Bottich voll un de Jardinen ooch, die janz schwer un steif waren von Dreck. Un denn hat se in det Loch von eene Küche, die kleener war wie det Klo bei Rademachers, ne Mehlpampe for alle Mann jekocht.

Jeschlafen hat se mit de Anna in een Bett. Vata mit'n Hermann un de beeden Kleenen, die Lause hatten, ooch in een Bett zusamm'n. Den nächsten Tach hat Mutta erst mal die Köppe von'n Paul und Justav mit Sabadillessich bejossen, un de Jungs hab'n jebrüllt, weil se sich von wejen det Jejucke de Haut von'n Kopp jepolkt hatten.

De Nachbarn hab'n natürlich jejloobt, det Mutta de Kleenen Saures jiebt, un hab'n den Hermann un de Anna uffjeputscht, als se aus Schule jekommen sinn: „Du, eure Stiefmutta schlägt de Kleenen woll dußlich, die hab'n den janzen Morjen jebrüllt, wie wenn se an'n Spieß stecken!"

Komm'n die Anna un der Hermann wütend un anjestachelt rin. Der Hermann schmeißt die Tür, de Anna sagt frech:

„Se sinn ja jarnich unsere Mutta, un darum dürfen Se de Kleenen ooch nich so vaballern!"

Schon hat se eens in de Fresse von meine zukünft'je Mutta un weent fürchterlich. – Vata kommt, un alle sinn fein stieke und fressen artich ihr'n Teller leer mit Bratwurscht un Sauerkohl. Sowat Feines hat's lange nich jejeben!

Nachmittags wäscht meine Mutta un baumelt de Wäsche uff'n Boden. Se hat dreihundert Mark Jespartet von ihre acht Mark Lohn monatlich. Davon kooft se Jeschirr un neuet Stroh for de Betten, näht neue Säcke, weil die ollen schon stinken un nur noch for'n Müll sinn. Un denn kooft se Wäsche, ooch Handtücher. Nischt is da. Und 'n Wachstuch for'n Tisch jiebt's ooch.

Vata heirat' zum zweeten Male

In vier Wochen is Hochzeit. Se zieht ihr schwarzet Sonntagsnachmittagsausjehkleid an, mein baldiger Vata schmeißt sich in'n Jehrock un stülpt sich de Angströhre uff sein'n Schmalzkopp. So botten se beede in de Krausnickstraße uff's Standesamt und denn in de Aujuststraße in de Johannis-Evangelisten-Kirche. Trauzeuje is der olle Lindner nebst Jattin un de Piepern mit ihrem Ollen.

Der olle Lindner is'n Postonkel, wie mein Vata. Meine zukünft'je Mutta hatte 'nen Schweinebraten schon morjens halb fertig jemacht un'n Nappkuchen jebacken. Vata Schulze holte 'n paar Weiße mit'n Schuß un zwee Selterpullen voll Nordhäuser aus de Kneipe von Wiesenacks ruff. Nachher hat er noch nachjeholt, denn der olle Pieper war voll wie 'ne Haubitze. Se hab'n nach Hause abschleppen müssen.

Zur Hochzeit hab'n de Piepers Hochzeitstassen mit Blümekens un Täubchen, un „Ville Jlück" stand ooch noch druff, jeschenkt, un de Lindners hab'n Kuchentella mit een dazujehörijet Messa un so'n Tortenheba jeschenkt, wat Mutta for'n Quatsch hielt, denn bei ihr, sagt se, sinn keene Torten zu heben, da kann jeder mit de Pfoten nehmen, un een paar jewöhnliche Tella von Steinjut wär'n ihr lieba jewesen, weil so keen heila Tella in de janze Wirtschaft war.

Det hat sich allens vor meine Jeburt erledijt, un ick weeß det nur so deutlich, weil meine Mutta uns det hundertmal erzählt hat, ieberhaupt wo se älter war un mehr Zeit hatte, ihre Kommode aus de jute, alte Zeit auszupacken.

Een Weihnachtskind · Im Schweizerjarten · Ick vasauf beinahe in de Waschbalje

Am 25. Dezember, jrade uff'n ersten Weihnachtsfeiertag, wurd'ck jeborn. Meine Mutta hatte schon vor zwee Tage vorjekocht und krauchte schon nach drei Tage wieder aus de Falle. Am zweeten Januar jing se wieder for Fremde waschen. Sie mußte mitvadienen for uns ville Biester. Aber'n Christboom hatten wa doch, un wie'ck um sechse von de Hebamme Fischern jelangt wurde, da steckte Vatern de Lichter an. Den kleenen Justav, der nu schon sieben war, un den Ernst, der drei Jahre vor mir in't Leben schlidderte, holten se von Killes, die zwee Treppen unter uns wohnten, wieder ruff.

Nu war de Anna schon in de Steglitzer Straße Dienstmädchen mit vierzehn Jahre, der Hermann war Postkutscha wie Vata, un der Paul jing beim Fleischermeista in de Lehre, weil er jroß un stark war wie Vata, nur blond, wat meine Mutta eijentlich nich leiden konnte. Aber ihr eijner Ernst war ooch blond, un'ck war so'n Jemisch, ooch meine Oogen, nich blau un nich braun. Meine Mutta: „Det du de Märchenoogen hast, kommt davon, det'ck immer ne Wachspuppe mit so'n Flitterkram in so'n Maskenvaleih anjekiekt habe in de Elsässer, wenn'ck nach de Ackerstraße einholen jing." Vielleicht hat se ma da ooch schon vor meine Jeburt mit de Flitta- un Kostümjlupscherei den Tick for'n Zirkus einjeimpft?

Wat'ck ma nu so besinnen kann, bevor'ck nach Schule kam, war der Kohlenkella von de Schröters, visaquer von uns, un der kleene Maxe, wat der Sohn von de Schröters war, mit den'ck immer aus Preßkohlen Schlösser und Kirchhofsmonumente un ooch so Anlaren jebaut hab. Aus den Kella hat ma meine Mutta ofte rausjekloppt, un mein Vata hat mit den Knüppel aus Brandenburch jedroht, een knorrichtet Ding, wat er imma sonntags in Zivil spazierenjetragen hat.

Dann war da noch die Lotte Kille unter uns, wo'ck jern spielen jing. Det war die Einz'je, un ihre Mutta hat mit ihr anjejeben wie 'ne Lore Affen. Die war imma fein anjezogen. Det hat mia imponiat. Een Dienstmädchen hatten se ooch un vier Zimma prima. Der Herr Kille war wat Jrößeret an de Bank, 'n feiner Mann un jroß mit echte, braune Locken uff'n Kopp. Die Madamme hatte ne janze Frisur mit schwarze Locken, aber jebrannte. Wenn meine Mutta mia suchen kam, denn kroch'ck unter det Bett von den ollen Kille. Eenmal riß'ck in de Rasche den Nachttopp um un schwamm. Det war sicher ooch'n Vorzeichen for meine spätere Wasserkarriere.

Denn hab'n ma de Killes sonntags öfter mitjenommen in'n Schweizerjarten am Friedrichshain. Mutta war von det viele Jewasche müde und schlief sonntags lieber. Det war immer'n Fest in den Schweizerjarten. Un'n feinet Kleid von de Lotte hatte ick ooch an und tat ma dicke. Karussell sinn wa jefahr'n, un Kaffe un Kuchen konnt'ck hab'n so viel'ck wollte. Un am Abend spielten se so allerhand Heckmeck uff ne Jartenbühne. In so künstliche Palmen mit Blechblättern hingen so bunte Kokosnüsse oder sowat Ähnlichet un leuchteten.

Aber de Lotte war sadistisch! Die hat ma oft in ihr Zimmer einjesperrt, hat ma ihre Puppen un Spielsachen aus de Pfoten jerissen, un als'ck plärrte, hat se ma eklich vapolkt.

Aber trotzdem bin'ck immer wieder zu ihr runterjeloofen, un'ck hab ma doch eijentlich nie wat aus det Vasohlen jemacht, wat Mutta ooch so jut vastand. Mutta kloppte ma uff'n Hintern, un Lotte jab ma feste Knallschoten, bis ma die Backen brannten un janz blau uffjedunsen war'n. Ick hab also immer von hinten un vorn jekricht, wat ick brauchte.

Een Höllenspaß machte et ma imma, den Omnibus mit'n roten Schild (lesen konnt'ck noch nich) dreckich un barftbeenich von de Friedrich- und Oranienburger Straße nachzuloofen, bis ma de Spucke wechblieb. Dann wartete ick, bis der zweete kam un machte detselbe un so fort, bis'ck in de Steinmetzstraße war, wo meine Schwesta Anna uff'n Hof in'n Restaurant Dienstmädchen war. Frau Klemm, die Besitzerin, steckte ma immer die Hand voll Kuchen, det lockte ma vornehmlich.

Aber eenmal kam'ck doch unjelejen bei de jroße Wäsche. Wie'ck meine Schwesta Anna nu endlich ausbaldowat hab, in de Waschküche in'n Keller, un vor det Fenster steh un immer rinblöke: „Anneken, Anneken, kieke mal, ick bin's!"

Da leg'ck meinen wasserjekämmten Schädel mit die wie Bockwürschte vom Kopp stehende Zöppe jejen det Fenster. Det war von wejen de Hitze in de Waschküche nur anjelehnt, un'ck stürze koppüber in'n Keller un plumpse ihr direkt in det Sodawasser, det ma furchtbar in de Oogen brannte, un ick brülle. Se fischen ma raus, un icke klemm mein Po schon janz feste zusammen von wejen de Angst for'n Vasohln. Aber Frau Klemm is'n Engel un holt ma

Kleider von ihre Frieda, die fünf Jahre älter war als ick. Ick sah in die ihre Fummel wie'n Mops im Paleto aus. Später hat sich diese Frieda vier Treppen runterjestürzt aus unjlückliche Liebe.

Wenn'ck det schon damals jewußt hätte, wär'ck ville netter zu ihr jewesen. Hoffentlich schnapp'ck nich ooch noch mal wejen unjlückliche Liebe über. Aber von wejen so'n Mann? Müssen doch frech un einjebildet wer'n, de Idioten!

Im Zirkus Renz · Schularbeeten uff de Hintertreppe · Stullen aus de Artilleriekaserne

Un nu kam ick nach Schule. Vata, fein jeschniejelt un jebüjelt, brachte ma selbst un höchstpersönlich hin. Vata war pieksauba un eitel. Er war aba ooch een schöna Kerl. Alle sagten det, un ick war stolz uff ihm. Hatte immer so vollet schwarzet Haar un nen Sauerkohl rings um de Backen. Früher war so ne Kindermatratze modern, un se war'n höllisch stolz uff sowat. Un de Uniform war immer ohne Stäubchen. Mußte Mutta noch oft mit de Bürste bis uff de Treppe rausrennen, wenn ooch nur ein Fussel an't Hosenbeen hing. Un mit de Stiebel war er janz varrückt. Hat se sich immer selbst jewichst, hundertmal. Keener machte's ihm recht. Sagte ooch: „An'n Kragen un de Stiebel erkenn ick'n Menschen!"

Also so'n feiner Vata brachte ma in de Schule in de Hannoversche Straße, visaquer von't Leichenschauhaus. Un denn sagte er: „Also zurück jehste hier rechts immern Zaun bei det Schauhaus lang, un denn über de Friedrichstraße in de Oranienburjer, in de Aujuststraße, un denn weeßte doch Bescheid!"

In de Schule kam'ck meistens zu spät von wejen de verdammten Maikäfers. Mußten de Kerls ooch jeden Morjen aus de Chausseestraße in de Friedrichstraße dann einbiejen, wenn'ck über den Damm jalopian wollte? Na, denn mußt ick erst immer so'n janzet Rudel vorbeilassen. Zuerst schwitzte ick Blut un Wasser un weente. Später jewöhnt'ck ma dran. In de Schule jloobte man ma sowieso nich. Ooch jut, dacht'ck, kroch immer schon janz hinten uff de letzte Bank, janz hinten an de Wand jepreßt. Ick wußt ja ooch, det ick im Rechnen wie so'n jeölter Blitz uff de erste Bank sprang un ooch da blieb. Da war'ck Matador, keene Konkurrenz!

Aber ick war sehr rüdig. De Lederer hat ma schlecht vadaut, aber bei de Mitschülers war'ck sehr beliebt, weil'ck eijentlich alle Dollheiten nur für sie machte. Wenn da bloß eene sagte: „Minna, fall mal hin!" oder „Minna, niese mal!", denn flog ick ooch, wenn ick an de Tafel mußte, dem Pauker direkt vor seine Pedale un pruschte ihn mit meine Neese an wie so'n Wasserfall, for den er'n Rejenschirm hätte uffspannen müssen. Ich freute ma, wenn andere über mia lachten. Det machte ma direkt jlicklich.

Kommt ooch dazu, det ick immer zu'n ollen Renz am Sonntach nachmittach in de Karlstraße rannte un ma vor allen de Clowns bekiekte. De machten ma den jrößten Spaß. Wa da der Tom Belling mit'n ausrasierten Haarschopf un 'ne janz rote Neese, mit'n Ding in't Ooge jeklemmt an so'n schwarzet Band. Un ne ville zu weite Weste hatte er an, zu'n Frack mit zu kurze Ärmel, in den de Motten war'n, noch schlimmer wie bei Onkel Lindner in Zivil, der'n komischen Jehrock anhat, wenn er Vata Sonntag mal abholt.

Ick seh noch den Franz Renz mit seinen jroßen Schnauzbart, wie er so ne Meute Rappen vorführt un nachher uff ne Tonne steht un ville Pferde, hundert soll'n et jewesen sinn, um sich rumpeesen läßt. Uff den Manescherand liefen janz kleene Ponys mit Affen druff. Un die Ozeana uff'n Drahtseil hab'ck ooch jeseh'n.

Ick hab natierlich nie 'n Eintritt bezahlt. Der Ernst un der Justav hab'n ma mitjelotst un de feinen Leute anjebettelt, die mit de Equipaschen vorfuhren: „Ach bitte, nehm'n Se doch meine kleene Schwesta mit rin.“ Nämlich een Kind war immer frei, un die janz Reichen hab'n jewöhnlich immer keene. So hab ick immer janz umsonst uff'n feinen Platz jesessen. Ick war ooch immer sauber, wenn ick man ooch nur von Vatas ollen Uniformmantel mein Sonntachskleid hatte. Sonntachs hatt ick ooch immer Stiebel an, ooch oft in de Schule, aber sonst immer Klotzpantinen an de Beene oder janz barftbeenich. Darum hab ick ooch bis heute keene Hühnaoogen. Zu wat sowat allens jut is!

Die Lausejungs hab'n sich denn immer über't Dach uff de Jallerie rinjemogelt. Jing fein!

Sagten wa oft zu Muttan: „Heut is Sonntach, komm doch'n bißken mit.“

Klappert Mutta mit de Oogen. Is müde. Will schlafen. Muß immer in de Woche waschen jehn. Früher hab ick det nich vastanden. Aber jetzt. Mutta hat mehr jeschafft als Vata. Immer for'n Taler waschen jeh'n un denn noch for uns Biester kochen un den janzen Haushalt un Vata ooch noch befummeln! Un dabei war se doch so kleen un spillerich.

Um eins kam'n wa aus de Schule. War Mutta da, jab se uns zuerst mal uff den ersten Kohldampf ne Schüssel mit Quetschkartoffeln mit'n Batzen Schmalz an'n Rand jekleckst. Davon wurd' man schon richtich satt, denn det bißken Fleisch war doch for Vatern, wenn wa natürlich ooch wat abkrichten. Wenn er Dienst von sechs bis eensen hatte, dann aß er ja mit uns. Aber't war eijentlich ne Strafe for uns. Er hat uns imma zu ville Anstand uff eenmal beibringen woll'n. Keene Hand uff'n Tisch un keene Ellenbogen. Denn hat er immer feste druffjekloppt un sehr jrob. Ick meene, det war ooch nich fein. Heute behandelt man doch seine Kinda janz anders. Un mit de Pfoten durfte man ooch nischt anpacken. Wat is denn nu schon dabei, mein'ck bloß, wenn man schon'n Kotelettknochen mang de Flossen nimmt un ablutscht? An'n Knochen klebt immer det Beste. Ick mach et jedenfalls heute ooch noch. Un bei's Fischessen, da hab'n wa lieba jehungert.

Wenn er nu zweemal de Woche Nachtdienst hatte, so von achte bis achte, denn war't besser. Vasackte er denn zum Frühschoppen bei de Wiesenacks in de Kneipe in unsern Haus, denn spielte er se eens, wenn da jroßer Betrieb war, schon vormittags mit seine Knautschkommode uff. Er war sehr musikalisch un sehr drollich. Det hab ick von ihm jeerbt.

Denn kam er so leichte anjeduselt ruff un war mit uns alle een Kick un een Ei. Jefuttat hat er denn ooch nischt, un wir hab'n sein Fleisch mit uffjefressen. Wenn Mutta denn nich waschen jejangen war, wat ja nich alle Tage vorkam, sie wusch ooch ville zu Hause in de Waschküche uff'n Boden, denn war se über Vatern wütend und keifte: „Hat der Olle schon wieder'n Taler versoffen! Man schuftet un schuftet, un wat ick vadiene, vasauft er. Nee, et is zum Auswachsen!"

Denn schmeißt uns Mutta mit de Schularbeiten raus: „Vata muß schlafen. Macht eure Schularbeiten uff de Treppe. Ick kann euch hier nich brauchen, raus, ihr Jörn!" Un schon flogen wa alle raus, der Justav, der Ernst un später der kleene Willy, der nach mir jekommen is. Woll viermal in de Woche hab ick meine Schularbeiten uff de Treppe jemacht. Die Klaue von mir, un nu so uff de Treppe ohne Tisch, war janich zu lesen. Un ick konnt doch dem Lehrer nich sagen, det es nich böser Wille war. Wat ick for Tadels jekricht hab! Hat der Kerl immer jesagt: „Warum schreibst du Schönschrift wie 'ne höhere Tochta, wenn ich mit'n Rohrstock neben dir stehe? Du kannst doch, aber zu Hause, da bist du faul." Dacht ick ma mein Teil: „Na prost, Herr Lehra, schreiben Se mal uff'n Treppenabsatz, mit'n verdrehten Körper un varenkten Arm, mit'n steifet Jenick un Oogen, die Se tränen, un eene Neese, de looft, weil Se keen Schnupptuch hab'n!"

Wenn Mutta nu nich zu Hause war, mußt ick det Essen, wat se am Abend vorher jekocht hatte, uffwärmen. Aber ick hab ma ofte jedrückt un bin, wie ick Hunger hatte, lieber nach de Ebertsbrücke vor de Artilleriekaserne jerannt und hab zu de Soldaten, die am Fenster hockten, ruffjeblökt: „Ick hab so'n Hunger. Schmeißen Se ma doch een Stücke Kommißbrot runter!" Waren da ooch mang de Kerls so volljefuttate blonde Bauernjungs aus de Mark un hab'n ma immer noch de Stullen fett belegt mit Schinken un Wurscht. Hab'n se ma so ville in meine Schürze runterjeschmissen, det ick noch zu Hause jebracht hab. Denn hab'ck se vasteckt, un wie Mutta abends aus de feinen Häuser jekommen is, ooch mit Stullen un manchmal eenen Appel, hab'ck jesagt: „Heute hab'ck ville wat Feineret, kieke mal den Schinken, allet prima."

Hat Mutta 's wechjerissen un jesagt: „Brauchst nich allet heute futtern, muß ooch wat for morjen bleiben, for de Schule un so!"

Ick hack den kleenen Willy 'n Finger ab

Ooch zu Maxe Schröter in den Kohlenkeller bin'ck noch ofte jejangen. Wir bauten nu keene Schlösser aus Preßkohle mehr, aber ick haute so jerne Holz mit det Hackebeil. Det konnt' ick wie 'n Jroßer. War da der kleene Willy mal mit un helft ma un legt ma seine Hand direkt uff'n Hauklotz. Ick sag: „Nimmst de de Hand da wech! Nimmst de de Hand wech!" Schreit der: „Nee, triffst ma doch nich!" Sag ick: „Verdammte dämliche Kröte ..." Schreit der: „Vasuch doch, haha, vasuch doch!" Un zieht, wie ick so kloppe, de Hand immer hin un her, her un hin. Un eh'ck ma vaseh, wat soll ick sagen, hau'ck ihm den Mittelfinger ab, de janze Kuppe, det se nur so an'n Faden baumelt.

Un der Junge brüllt wie zehn wild jeword'ne Stiere, det der janze Kohlenkeller zusammenstürzt! Ick leg ihm immer de Hand uff de Schnauze un sag' so freundlich un jut wie ick kann: „Aber Willyken, um Jottes willen, Mensch, halt doch'n Rand, brüll doch nich so, ick schenk dir ja ooch allet, wat ick habe, meine janzen Obladen, un alle Federn un de Postkarten ooch, meine Murmeln, allet, allet ... Sei bloß stieke ..." Willy brüllt: „Ick, ick möcht' ja nich weenen, abert tut ja sooo weh ... et tut so weh!"

Dabei blut er wie'n Schwein. De Frau Schröter steckt Willys Dreckkohlenpfote unter de Wasserleitung.

Da seh'ck uff eenmal durch det Kellerfenster de Füße von meine Mutta. Man hat ma also schon vapfiffen! Ich denke: Deck dir mit de Matte! Un vaschwinde unter det Bett von'n Maxe, det in de Küche steht. Hör ick meine Mutta jammern: „Det arme Jungeken, ach, mein armet Willyken. Wo is denn die vadammte Kröte? Zum Krüppel hat s'n jeschlagen. De janze Hand futsch."

Bei diese letzte Worte hat se richtich zu weenen anjefangen. Denn hat se'n Willy zum Frisör Levin rüberjelotst, der ooch jeprüfta Heiljehilfe war. Der hat'n Finger zuerst mit'n Lappen vabunden. Det hat eene janze Mark jemacht, wat meine Mutta am meisten krepiat hat.

Nachher is Willy noch in't Judenkrankenhaus in de Aujuststraße jeschleppt word'n zu'n rich'jen Professor, der den Finger wieder mit'n Zwirnsfaden anjenäht hat. Ick aber hab ma nich mehr nach Hause jetraut. Bin'n janzen Nachmittag in alle vaschiedenen Hausflure jerannt un hab uff alle Treppen jesessen und hab jeflennt. Wie nu allet abjeschlossen wurde, so um zehne, bin ick langsam vor unsre Tür jeschlichen un rin in't Haus. Wie ma mein

Herzeken jepuppert hat, als'ck so de Treppen ruffjestiegen bin, kann'ck nich beschreiben. Ick wollte uff'n Boden pennen, denn ma war janich danach, so mitten in de Nacht meinen Hintern hinzuhalten. Un Muttan kannt ick, wenn se wütend war, un ooch ihren Klopperstiel; da blieb keen Ooge trocken! Also bin'ck da jrade mit anjehaltner Puste an unsre Tür in de Vierte vorüber un steh' schon vor de Bodentür, da kommt Mutta unten raus, de kleene Küchenlampe in de Hand un brabbelt vor sich hin, wat se immer jern tat: „Det vadammte Biest. Erst kloppt se ma den Jungen kaputt, un nu treibt se sich rum! Wo se nur is? Nu ooch die Sorje noch! Wenn se bloß nich in de Spree jesprungen is ... wenn se bloß ... wenn se nur erst da wär! Die vadammte Kröte!"

Mit diese eijene Unterhaltung bottet se de Treppen runter. Ick denke: „Nu, wenn se ma so herbeisehnt un sone Angst um mia Aas hat, denn muß se ja doch 'n bißken for ma übrich hab'n." Faß'ck ma'n Herz un renne in unsre Wohnung rin. Liegen alle Jungens schon in de Betten. Vata hat Nachtdienst. Alle schlafen, nur der kleene Willy nich, der Schmerzen hat un den se de Pfote bis zum Ellenbogen ruff injewickelt hab'n. Sagt er: „Mutta sucht dir!" Sag ick: „Weeß ick. Wenn de ma nich vapetzt, kriech ich unter dein Bette. Aber stieke." Sagt er: „Krieche man! Ick verrate dir nich." Kiek ick noch mal mit'n Kopp vor: „Hast du noch weh?" Sagt er: „Nee." Det jloob ick aber nich, un kiek noch mal vor, un leg ihm meine Murmeln in't Bette. Er hat in de jesunde Klaue 'n jroßen Appel: „Kieke mal, von'n Onkel Doktor, weil ick artich war. Beiß mal ab." Ick beiß ab, beinahe wieder in'n Finger. Da hör'n wa Muttan kommen. Ick wieder wupp unter't Bette!

Mutta bottet rin, stellt die Lampe uff de Kommode neben de olle Uhr in't Muscheljehäuse un stöhnt: „Nu is man so müde von all de Uffrejung, un nu find' man de olle Kröte nich mal. Wo se nur steckt, wo se nur is!" – „Mutta", wimmert der kleene Willy, „Mutta, wenn se, wenn se nu kommen tät, wenn se ... Würd'st de se denn vakloppen?“ Sagt Mutta: „Du mit deine Wenns! Wenn se man erst da wär!“ – „Un vasohlst se nich?“

Willy hopst im Bett, det ma de Eisenspiralen beinahe uff de Neese tippen un meine Haare sich dran verwickeln. Sagt Mutta: „Zum Vakloppen bin'ck heute ville zu müde!“ ... Denk ick, na, denn krauch man vor. Ick jeb ma ordentlich 'n Ruck un stecke den Kopp vor un sage leise: „Also Mutta, det de's weeßt, ick bin da ... schon lange!“ Un steck den Kopp vor. „Hau ma aber nich. Mia tut der kleene Willy ja so leid!“ Un fange an zu weenen, un ooch der kleene Willy fällt ein un schreit: „Tu ihr nischt! Tu ihr nischt!“

Mutta kloppt ma nich, aber se fängt wieder an zu schwadronieren, det de Wände wackeln: „Vadammta Misthuppa, der arme Junge, wenn nu der Finger schief anwächst, wird er nich Soldat!“ Sag ick: „Is ja de linke Hand, vielleicht wird er doch Soldat!“ – „Un ieberhaupt, vielleicht wächst er jrade an“, piept der Willy. „Maul jehalten. Marsch, in de Falle!“

Unjewaschen un in't Kleid kriech ick zu'n kleenen Willy rin. Denn ick penn mit ihm in eene Molle. Ick hab nich jleich schlafen könn'n. Hab ma jewälzt. Am liebsten lieg'ck mit de Neese jejen de Wand un schnüffle. Det riecht so schön nach Schimmel un janz mufflich. Det schiefe Dach direkt über ma mit Ritzen, wo der Kalk abjeplatzt war. Un im Winter lief ick mit'n Finger uff de Wand Schlittschuh un ritzte Buchstaben un Clownsköppe in det Eis.

Un morjens beit Uffstehn kloppen wa uns in de kleene Küche mit de schiefe Decke un de Bodenluke um de eenzje Waschschüssel, die uff eene hochjestellte Appelsinenkiste wackelt. Eenmal hab'n wa ooch de Schüssel zerkloppt un konnten denn drei Tage uff'n Hintern nich sitzen.

Aber der kleene Willy sollte mit oder ohne Finger ieberhaupt nich Soldat wer'n. Un det kam so.

Sitzen wa nach'n Abendessen, Mehlsuppe un frische Schusterjungs mit Schmalz hat's jejeben, an'n Tisch un spieln stumme Jule. Stumme Jule hat Mutta am liebsten mit uns jespielt, weil wir't Maul dabei halten mußten. Sie saß uff det olle Ripssofa, wo det Reiterbild von'n Prinzen Friedrich Karl drieber hing in seine rote Husarenuniform. Ick kiekte da beim Würfeln immer ruff, det beruhigte ma so. Et war nu schon nach neune, höchste Eisenbahn, det wa zu Hause sein mußten, sonst jab's Jackenfett; un Willy noch nich da, un Mutta schimpfte vor sich hin: „Nie kommt man zur Ruhe! Wo nur der Lümmel wieder so lange steckt?"

Sagt Justav: „Der Matteg hat'n wieder zum Zeitungsaustragen abjeholt. Det dauert immer lange." – „Hab ick doch schon tausendmal vaboten", schimpft Mutta, „na, warte, ooch den Matteg hau'ck den A . . . voll. Ick will det nich. Imma det Treppenjerenne un so weit wech!" Et wird zehne. Mutta weent: „Die ollen Jören. Nicht alleene, det man den janzen Tag for se rackert!" Un nu kricht Vata ooch noch sein Fett: „Ick vadien'n Taler, du vasaufst ihn. Wenn ick nich wär, möcht' ick de Kinder sehn un dir ooch, Karl. Aber wenn du'n Willy diesmal nich eijenhändig zurechtsäbelst . . ., denn mach ick nich mehr mit!" Sagt Ernst: „Willy wird beim Matteg pennen." – „Oder er is beim Kaschube, mit dem spielt er am liebsten", tröstet Justav. „De Leute könn'wa nu nich mehr rausklingeln, mitten in de Nacht", brummt Vata. „Wird schon morjen früh komm'n, eh er nach Schule jeht, sich Stullen hol'n."

Mutta hat immer noch jeweent, un Vata hat uff'n Sofa jesessen un ihr jetröstet. Denn sinn wa alle zusamm' in de Falle jekrochen.

Aber ooch am nächsten Morjen is Willy nich jekomm'n. Wie'ck nu aus Schule komme, bejegnet ma der Matteg. Frag ick ihm: „War der kleene Willy jestern mit dir mit?" Sagt er: „Ja, er war Zeitungaustragen mit mir. Aber an de Johannisstraße is er denn umjekehrt un wollt zu Hause." Sag' ick: „Is aber nich zu Hause jekomm'n!" Ooch beim Kaschube, den seine Mutta vor 'ne Woche jestorben war, war er nich. – Nachmittag hab'n de Eltern ihn bei de Polizei als vamißt jemeldet. –

Mutta hat den janzen Tag geweent. Abends, wie der Vata nach Hause kam un traurig in de Falle krabbeln will, klingelt et. 'n Blauer steht draußen un sagt: „Ziehn Se sich rasch an, Herr Schulze, ick jloobe, der kleene Willy hat sich anjefunden."

Vata rin in de Hosen un raus mit'n Blauen. Mutta freut sich un rennt hin und her. Wir alle könn'n nich schlafen un warten . . . un warten. – Aber Vata kommt alleene wieder. Jeweent hat er. Sagt janz leise: „Mutter . . . unser kleener Willy is in't Urbankrankenhaus . . ." – „Wat hat er? Wat fehlt ihm? . . ." Mutter is janz kribbelich. Wir alle sitzen in de Betten hoch un spitzen de Löffel. – „Willy kommt nich wieder . . ." Vata kann nich weiterreden, un Mutta schreit: „Denn is er also dot? So red doch, so sag's schon, Vata!"

Mutta schüttelt Vatan an de Schultern hin un her. Endlich sagt er: „Ja . . ., liegt schon in de Leichenhalle in son Jlassarch. Hab'n beinah nich wiedererkannt. Der janze Kopp is so jedunsen." – „Det arme Jungeken, wat is nur passiert?" Weent Mutta. Sagt Vata: „Is mit'n Matteg bis in de Brückenstraße jerannt un hat Zeitungen mit ausjedragen, un denn wie immer det Jeländer runter un abjestürzt vier Treppen hoch, von de vierte, Mutta, von de vierte."

Ick lag noch lange mit wache Oogen, sah unsern kleenen Willy im Jlassarch liegen wie't Schneewittchen un dachte: Muß ooch schön sinn!

Aber Treppenjeländer bin'ck nich mehr jerutscht.

Vata kann am nächsten Mittag janischt essen, so wurmt ihn doch der kleene Willy un ooch, det er'n nich bejraben kann. Keen Jeld is da. Woher ooch? Sagt er zu Muttan: „Jetzt wer' ick ma in meine Jalamontur schmeißen un zu'n Herrn Postdirektor jeh'n ... un um Vorschuß bitten. Diesmal kann ers ma ja doch nich abschlagen. Det wird er einsehn ... son Unjlick, nee ...!"

Mutta läßt 'n Vata sich fein machen. Immer wieder bürst' er sich ab. Un wie er nu jrad schon aus de Türe un uff'n ersten Treppenabsatz is, ruft se'n zurück: „Karl ... komm man wieder ruff. Ick jloob, den Jang kannst de dir spar'n!"

Kiekt Vata ihr janz vadutzt an: „Na, wieso?" Winkt Mutta: „Karl, weeßte, ick hab ma, ick hab uns 'n bißken wat zurückjelejt. Det wird woll jrade for de Beerdijung langen."

Denn am Nachmittag is meine Mutta mit mia zu Matteg in de Kalkscheunenstraße jebottet. Die wohnten da in'n Keller. Wie uns der kleene Hans nu runterkomm'n sieht in den Wasch- un Plättkeller von seine Mutta, wird er kreidebleich un will wechloofen. Hält'n meine Mutta am Arm feste un sagt: „Nee, Hänseken, hab man keene Angst, aber warum haste denn jelogen? Du warst doch dabei, wie der kleene Willy in de Brückenstraße übers Jeländer jeflogen is?" – „Wat", schreit de olle Matteg, die Mutta von Hans, „wat, der kleene Willy is ..." – „Is schon tot!" sagt Mutta, un de Matteg fliegt ihr Plätteisen aus de Hand, un se muß sich hinsetzen. „Un du vadammta Lauselümmel hast det nich mal deine Mutta jesagt?" – „Hab ja nich jewußt, det er sterben muß", weent Hans un is so blaß un zittert. „Hast'n woll jeschubst", schreit seine Mutta, un er brüllt: „Nee, hab'n nich jeschubst, hab'n uffangen woll'n, wo ick eene Treppe tiefer stand, un is mir übern Kopp jeflogen."

Da fing denn de olle Matteg zu weenen an, un meine Mutta ooch, un ick zum Schluß ooch.

In de Barfusstraße is er denn bejraben word'n. Abjeholt sinn wa in ne Kinderleichendroschke, un denn nach'n Urbankrankenhaus Willy hol'n. Der Sarch war eijentlich schon 'n bißken zu jroß for den Wagen un kiekte links un rechts untern Kutscherbock raus. Mit Hangen un Würjen hat man uns det so bewillicht, weil't doch so bill'jer war. Vata hat ordentlich Angst jehabt, det der Sarch de Balangse valian könnte. Un mir hat det leid jetan, det der kleene Willy nich mit in de scheene Kutsche sitzen konnte.

De janze Schulklasse mit'n Lehrer war da un hat jesung'n: „So nimm denn meine Hände."

Ooch unser janzet Haus war vasammelt, un ville Nachbarn aus de janze Artilleriestraße. Ick hab ma von meine Mutta wechjesetzt, denn se hat so schrecklich jeweent, un ick wollte doch nich mitweenen. Mia war schon sowieso schwer ums Herz. Vata sah sehr scheen aus in seine Livree un den jewichsten Schnurrbart. Jeweent hat er aba ooch. Un nachher sinn wa denn alle zusamm'n nach Hause retour jefahr'n in dieselbe Kinderleichendroschke, worin wa zuerst den Herrn Pastor nach Hause jebracht hab'n.

Wir sinn denn mit Muttan oben jejangen, aber Vata is unten bei Wiesenacks hängenjeblieben un hat jesagt: „Olle, ick muß meinen Schmerz vajessen."

Vata hebt jern eenen · De valoofenen Krebse in de Poststube

Denn kam Vata öfter mal spät sehr lustig nach Hause mit seine Knautschkommode un sang dazu. Wenn wa nu schon schliefen, tobte Mutta: „Oller, laß de Kinder schlafen!" – „Ach wat", hat er denn jesagt, „wenn man se nich mal weckt, wissen se janich, wie scheen det Schlafen is!“ Hat er recht jehabt. Aber Spaß hat’s uns jemacht, wenn wa Ferien hatten, un Vata kam so leichte anjeduselt aus’n Nachtdienst, wobei er sich nie vakneifen konnte, eenen bei Wiesenacks zu jenehmijen.

De Kneipe war ooch zu dichte bei unsre Haustüre, un’ ick hatte immer Vaständnis for Vatern seine Bedürfnisse. Een Vajniejen muß ja der Mensch schließlich ooch haben. Denn lagen wa in den Ferjen noch in de Betten, wenn Vata so ausjelassen ruff kam, un tanzten un sangen um ihn herum, wobei er denn ooch mein musikalisches Schenie entdeckte un ma ooch uff de Ziehharmonika ausbildete. Ick konnt’ bald besser spiel’n wie er.

Un manchmal hat ma Vata ooch runterjeschickt, ne Selterpulle voll Nordhäuser mit Ingwer von Wiesenacks hol’n. Denn hab ick uff de Treppe ooch dran jenippt, ’n janz ordentlichen Kuhschluck, un denn hab ick mit Wasser nachjefüllt. Aber der Olle hat det rejelmäßig jemerkt: „Pfui Deubel, wat is det heute bloß for’n Fusel!“

Aba saufen tat er nur nach’n Dienst. Nie war er ooch nur eenmal uff de Post besoffen. Un ehrlich war er beinah krankhaft. Sagt er zu Muttern: „Du, Olle, mechste nich mal Krebse essen?“ Sagt Mutta: „Wieso, haste wieder eenen sitzen?“ Lacht Vata: „Nee, riech mal, heut’ stink’ck nich nach Schnaps. Aber weeßte, Olle, da is heute een Paket uffjeplatzt. Die Krebse sinn de janze Poststube langjeschliddert. De armen Tiere hab’n ma wirklich leid jetan. Det is doch Tierquälerei, un man weeß manchmal wirklich nich, wo sowat rausfällt!“

Wird Mutta janz rabiat: „Wir sinn arme Leute. Wir brauchen keene Krebse futtern! Sowat, will der Kerl klauen! Un det sagt er so stieke, als wär nischt dabei, un sagt det ooch noch vor de Kinder! Immer arm un ehrlich, Karl!“

Richtich, denk ick, aber mit de armen, valoofnen Krebse konnte Vata schon ne Ausnahme machen. Mutta jiebt imma 'n bißken reichlich an. Se is ooch imma außer sich, wenn wa mal jrade wo sinn, wo andre Leute essen. Denn solln wa sofort wechloofen un nich uff de Teller stier'n un solln sagen, det wa satt sinn. Aber det is doch übertrieben jut un dämlich. Hungern brauchen wa ja nie, aber woanders schmeckts doch nu noch mal so jut. Aber Mutter is so.

Lieschen kommt anjerutscht · Annas Hochzeit un mein erster Kata

Un nu kam det Lieschen, un det kam so. Mitten in de Nacht langt ma Vata aus det Bett un erzählt ma, der Männe Lindemann, mein kleener Freund, is jestern zu Besuch jekomm'n bei die Rentiere Zotzmann, wo ooch schon der Ernst is. „Wo is der Männe Lindemann?" blök ick. Vata beruhigt ma: „Stieke, schlaf, morjen früh spielt ihr denn zusamm'n." Ick bin denn ooch jleich einjeschlafen, denn ick war sehr müde.

Am nächsten Morjen holte uns denn Vata unten ab, den Justav, den Ernst un mia. Schon uff de Treppe erzählte er uns: „Rat mal, wer de Nacht da war?" Wir kieken ihn natürlich dämlich an. „Na, wer? Der Klapperstorch. Ne kleene Schwester hat er euch jebracht! So janz kleen un niedlich! Aber leise rinjehn un Muttern nich erschrecken!"

Ick renne voraus an't Bett von Muttan un bettle: „Zeig ma doch de Kleene, Mutta."

Sie langt unter de Decke, un ick seh nur'n janz schwarzen Wuschelkopp. „Die hat ja Haare wie Vatan sein Bart", sag ick, un alle lachen. –

Zuerst kricht' ick de kleene Schwester nie in de Finger. Det machte ma sehr traurig. Aber eenmal, se war jrade een halbet Jahr, sag'ck zu Muttan: „Laß ma doch det kleene Lieschen vawarten."

Zieht Mutta ihr det scheene blaukarierte Tragekleidchen an un sagt: „Wenn de se aber fallen läßt, denn laß dir janich mehr blicken.“

Meine Arme hab'n jezittert, wie'ck mit ihr so vorsichtig de vier Treppen runterjeloofen bin, immer eene Stufe nach de andre. Uff de Straße in de Sonne bin ick imma stolz wie'n Spanier langmaschiert un hab se alle meine kleene Schwester jezeigt, wie wenn se der Klapperstorch mia persönlich jebracht hätte. Und da, ick weeß nich, wat ihr packt, hoppst se ma aus'm Arm, un'ck kann nur noch meine Arme fest um det letzte Ende von det Tragekleid klemm'n. Aber der Kopp knallt doch in de Renne, un se blökt fürchterlich un hat ne jroße, dicke Brüsche, die janz blau anläuft.

So leise bin'ck noch nie ruffjeschlichen zu Muttan wie an den Nachmittag. Stieke hab ick se rinjelegt in de Wiege un feste zujedeckt. Un so ville wie'ck ma in de erste Zeit um de Kleene jerissen habe, so unbequem war det een bißken später, wo se anfing zu krauchen, un wo'ck se immer vawarten mußte, wenn Mutta waschen jing. Denn mußt ick ma mit det Lieschen puckeln, ooch wenn'ck in'n Hof oder uff de Straße spiel'n wollte. Un so wie'ck 'n Leierkasten liebte, brüllte se imma, wenn de Musik losjing. Det machte ihr janz rabiat. Denn hab'ck ihr den A . . . vasohlt un se mit Ella Schmidt ihr Springseil an de Tür jebunden, det se da wie'n Bund Flicken jebaumelt un jeblökt hat wie ne janze Herde Kalbsvieh. Ick hab denn de Röcke hochjehoben un zum Leierkasten meine Bocksprünge jemacht. Ick bildete ma ein, det is Tanzen und Hopsen wie sone Ballerina beim ollen Renz.

Unsre Anna war nu valobt mit'n Kellner vom Pfefferberg. Der hieß Onkel Julius un brachte uns immer Appelsinen mit. Aber die war'n ma zu sauer, un'ck bestellte ma lieber Schokolade un wat zu lutschen oder Warschauer, wo man damals beinah for'n Sechser 'n halbet Meter krichte.

Unsre Anna hatte denn ooch bald Hochzeit. Un'ck krichte mein erstet Kleid von ne Schneiderin jemacht un nich aus olle Klamotten, sondern Stoff von Hertzog, un Mutta sagte: „Der hat solide Ware. Son Stoff hält zehn Jahre."

Ick wollte partu Rot. Na, scheen, kricht'ck. Aba unten wurde jleich'n halbet Meter als Saum umjekippt un ville Säumchen uff Zuwachs berechnet. In de Johannis-Evangelisten-Kirche is se jetraut wor'n von'n selben Herrn Pastor, der se ooch jetauft un konfamiert hat, un der ihr ooch beerd'jen sollte, als se drei Jahre später an det dritte Kind sterben sollte, un so jung. De Anna hat von ihrem Leben ieberhaupt nischt jehabt. Wenn ma det bloß nich ebenso jeht. Aber det wußten wa eben damals noch nich, wie wa da sehr nobel un janz wie feine Leute in de Brückenstraße in'n jroßen Saal Hochzeit machten. Sonst hätt' se sich doch lieber nich vaheiraten soll'n un ledich bleib'n. Aba der Onkel Julius war sehr jut zu ihr. De janze Hochzeit un ooch de janze Ausstattung un allet hat er bezahlt. Mutta sagt: „Sone Männer jiebt's heute janich mehr", wat ick ooch jloobe.

Da hab'n wa zuerst in den jroßen Saal Kaffee jetrunken, un de Großen hab'n jequatscht, un wir Kinder hab'n uns jekloppt un denn wieda vatragen. Nachher jab's Abendessen, warm, son jroßen Braten mit ville Jemüse un so dünne lange Kartoffeln, die wie Schmalzkuchen rochen. Un nachher jab's sone jroße Eisbombe, wie man se in de Fenster von Aschinger aus Pappe sieht. Davon hab'ck so ville jefuttat, daß'ck nachher Bauchschmerzen hatte.

Ooch Wein hab'ck jenascht, bis ick den ersten jroßen Schwips in mein Leben hatte un zu tanzen anfing, wo alle ooch tanzten. Un durch den janzen Saal bin'ck jeschliddert. Det Parkett war so jlatt un blank wie uff de Eisbahn, wat for mir damals ein Ereijnis war, denn wo sollt'ck Parkett her kennen? Aber da hat ma Mutta een paar jeklebt un jeschimpft: „Olle Jöre, zerkratzt mit deine Botten det janze scheene Parkett.“

Nu saß ick in ne Ecke un weente, un Vata sah, det'ck eenen sitzen hatte. Da war er doch Fachmann, hob ma uff un legte ma uff eenen Tisch in de Ecke un deckte ma mit seinen Mantel zu, bis alle Mann abzogen. Aber da war's schon morjens.

Hermann läßt sich nich an de Wimpan klimpan · Im „Ollen Dessauer“

Denn jab's ne Familientrajödje wejen Hermann, den Vata doch bei de Post anjebracht hatte, un der Postkutsche fuhr.

Kommt Vata eenen Mittach ruff, wo wa alle schon mit Muttan um de Futterkrippe sitzen, un sagt: „Also Olle, rate, rate, wat heute wieder los is! Wat uns der Hermann einjebrockt hat, det jloobst de jarnich, Mutta. Die Jugend heute, sowat, sowat! Wenn'ck mir ma so 'ne Disziplinlosigkeit jejen de Vorgesetzten hätte zuschulden komm'n lassen, nee, nich auszudenken, wo man selbst fünfun'zwanzig Jahre mit drei kaiserliche Ehrenjeschenke un imma arm un ehrlich un treu seine Pflicht jetan hat ... nee, so'n Lauselümmel!“

Mutta schüttelt den Kopp un macht ihre jroßen blauen Angstoogen: „Nu jieb dir, Oller, un sag schon, wat hat der Bengel vabrochen? Hat er jeklaut?“ Vata jiebt sich'n Ruck: „Na denn ... na denn ... hätt'ck'n erschossen un mir jleich hintahea ... Nee, unsere Kinda klaun nich, se hab'n nur ne jroße Fresse!“

Mutta is unjeduldig un schreit: „Zum Deubel, wat hat er nu jesagt?“

„Hat jesagt“, sagt Vata, „hat jesagt zu seinen Vorgesetzten, den Oberinspektor Rüdiger, wie der'n hat wat wejen de Jeschirre von de Pferde jesagt: ‚Ick laß ma nich an de Wimpan klimpan!" – „Wat", schreit Mutta, „hat jesagt, er läßt sich nich an de Wimpan klimpan ...? Son Lausejunge!"

Ick jriene vor ma hin, denn'ck find' det mit de Wimpan klimpan janich so übel.

Bautz, hab'ck schon 'n Jenickstoß von meine Mutta: „Vadammte Jöre, jrient ooch noch! Du wirst dir ooch noch mal deine koddrige Schnauze vabrenn'n. Hast ooch sone freche Redensarten am Leibe. Nee, wo unsre Kinda diese frechen Schnauzen herhab'n? Un unsereens, der so anständich un ehrlich is. – Un nu is er rausjeschmissen?"

„Natürlich", sagt Vata, „die hab'n nich nötich, sich von Herrn Hermann Schulze insultian zu lassen!"

„Nu is er uff de Straße ... Un seine scheene Pension, un seine Vasorjung, allet, allet flöten ... Wimpan klimpan, Wimpan klimpan!"

Mutta flennte, un ick mußte so lachen, det'ck uffspringen un rausloofen mußte.

Später is denn Hermann Droschkenkutscher erster Jüte jewor'n. Det dumme war nur hier, det er oft von son Blauen uffjeschrieb'n wurde un' imma unvaschuldet. Wenn er so in'n Winter in de Kneipe saß un sein Schinder wie son Automat uffrickte nach vorn und uff eenmal erster stand, noch mit'n Futterkorb um'n Hals un de Decke uff'n Buckel, denn hat'n schon son Blauer an de Hammelbeene von wejen det er nich „fahrbereit" war, wie det damals so scheen hieß.

Un der Justav war nu ooch durch Vatan an de Post als Klebejunge in de Artilleriestraße. Aber sonntags hat er'n feinen Mann markiert un is beim „Ollen Dessauer" det Tanzbein schwingen jejangen. Hat sich imma olle Karlinen ausjesucht. 'n komischer Jeschmack. Sagt, de Ollen vastehn 's bessa als de Jungen. Ick weeß nich. Habe in de Fenster rinjekiekt, wenn er da so anjejeben hat un hab' ma jedacht:

Wat nu da an det Jehopse in de stinkje Bude mit son ollet Klawüster soll scheen sind? –

Heute steht nu da, wo der „Olle Dessauer“ in de Artilleriestraße war, een Judentempel. Wie der „Olle Dessauer“ abjerissen wurde neben uns, da wurde unser janzet Haus von Mäuse un schwarze Schwaben übersät. Det war ne Völkerplage. Wenn Mutta uns ne Stulle machen wollte, denn war'n de Kakalatschen in den Schmalztopp jefall'n. Drei Mausefallen hatte Mutta uffjestellt. Wenn die nu voll war'n, hat Mutta die armen Dinger in'n Eimer vasoffen. Aber imma is ihr det nich jelungen, weil se ma leid taten. Denn vasteckt ick de Fallen unter meine Schürze un rannte uff'n Posthof in de Artilleriestraße, wo de Stallungen war'n, und dacht ma: Wo so ville Pferde fressen, könn'n ooch een paar Mäusekens satt wer'n.

In'n Pferdestall war'ck ooch zu jerne. Hab ick ma uff de Pferde jesetzt, wenn se jefressen hab'n im Stall un anjehalftert war'n, bin ick uff'n Scheerboom jeklettert un' ruff. – Hab se aber ooch losjebunden un bin uff'n Hof rumjeritten, bis se ma jekappt hab'n un vasohlt. Aber'ck bin trotz de Keile imma wiedajekomm'n. Se nannten ma schon den Postiljonschreck!

Nur bei de Hausdiener von de jroßen Firmen, de abends zwischen sechse und sieben da uff de Post ihre Unmasse von Pakete abzuwälzen hatt'n, war'ck beliebt. Ick half se de Pappkartons rinpuckeln, damit et schneller jing, und krichte oft ooch'n Sechser dafor. Eenmal sag'ck zu 'n Diener von de Wattefabrik Kahnemann aus de Elsässer: „Borjen Se ma doch Ihre Karre 'n Oogenblick, bis Se abjefertigt sinn, nur 'n paar Minuten!“

Also scheen, lad'ck ma in meine Karre de Anni Koch, een scheenet Mächen, aber Zöppe wie'n Zwirnsfaden, un karriole mit ihr de Artilleriestraße uff un ab, bis'ck eene olle Äppelfrau, die jrade übern Damm will, in meine Raasche, die ick nich abstoppen kann, in'n Hintern fahr, det se wie'ne Padde hinfliecht un de janzen Äppel uff'n Damm kullern. Ick de Karre steh'n lassen, wech wie'n jeölter Blitz, un' ruff in unsre Dachkaluppe.

Mutta blökt, weil se jrade bei'n Stubenuffscheuern is un'ck ihr beinah noch'n Eimer in meine Hast umreiße un mit de Dreckpantinen mang de Seifenlorche uff de Dielen trample.

„Wat willste hier, runter mit dir ... marsch!" Ick aber an't Fenster un' linse durch de Scheiben vorsichtig runter. Kann ihr doch nich sagen, det ick jrade momentan mia uff de Straße nich blicken lassen darf.

Een Menschenufflauf um de Karre, een Blauer, der de Firma von de Karre notiert.

Un de Leute sammeln rings um de olle Appelhökern de valoofnen Äppel uff. Mutta fragt: „Wat kiekste denn aus't Fenster?" Sag'ck: „Muß mal seh'n, ob de Anna Koch noch da is!" Da loog'ck ooch nich, aber de Anni war schon längst jetürmt.

Am Sonntag jing de Anni imma in 'n feinet Stickereikleid. Die Mutta hatte ne Portierstelle in de Artilleriestraße un krichte immer for de Anni Ausjewachsnet von de reichen Leute. Sonntags durfte se nich mit uns spiel'n von wejen de feine Kluft. Un det ärjerte mir. Lock ick se mal unter de Pumpe in de Artilleriestraße hinten uff'n Hof un sag: „Stell dir mal hierher!" Tut se, denn se hat imma Vatrau'n zu mir, det'ck nur eenmal in mein Leben mißbraucht hab, aber eijentlich nich aus Jemeinheit jejen ihr, sondern jejen ihre Mutta, die sich immer so dicketun wollte. Un ick drück'n Schwengel schnell runter un plumpe, det'n dicker Strahl über det steife, feine Stickereikleid looft un Anna wie'n bejossener Pudel heimbotten muß.

Un denn hab'n wa uns ooch alle jeärjert, det se zu ihre Mutta imma wie de feinen Leute ihre Kinder „Mama" sagen mußte. Warum? Ihre Mutta war nich feina wie unsre, un det sagten wir ooch un valangten von ihr, det se ooch „Mutta" sagen sollte. Sagte se: „Ick möchte schon, aba ick trau ma nich!" Sag ick: „Trau dir man. Wir komm'n alle mit. Nur det erstemal Mut, denn jeht's ooch."

Un denn wa alle hin, vor de Tür bei ihre Mutta. Steht se da vor det Portierfensta un sieht ihre Mutta da unten rumfummeln. Jeb ick Anna 'n Buff in't Kreuz, un'ck sage: „Ran, Mensch, bist du'n Pflaumenaujust!" Un alle lachen ihr aus. Jeht se dicht an't Fenster, bückt sich, macht sich janz kleen un ruft: „Mutta!" Reißt die't Fenster uff: „Meenste mir?" Sagt Anna: „Ja, Mutta!" Schon is se draußen, un Anna hat ne Tachtel weg.

Drei Mark Strafe oder een Tag Haft · Hermann heirat' in Rixdorf ne janz kleene Frau

Denn fand Hermann endlich eene Braut. Er is immer noch Droschkenkutscher, sehr jlücklich, bis uff de ew'jen Strafmandate, die er nu nich mehr berappte, sondern lieber im Kittchen absaß. Er sagt imma: „Det is keene Schande, drei Mark Strafe oder een Tach Haft. For die drei Mark sitz'ck lieber! Wat'ck meine Braut allet dafür koofen kann!" – Denn sagt er zu meine Mutta: „Soll'ck euch meine Braut Berta mal bringen? Se is nich sehr scheen, aber jut, un' bißken schief is se ooch, aber se vadient mit Krawattennähen ville Jeld, un det kann'ck jebrauchen." Sagt Mutta: „Bring se Sonntag mal mit!" Mutta backt Kuchen, un ick zieh mein jutes Rotes an, wat nu schon'n janzet Stück ausgelassen war. Lieschen kroch ooch schon rum. Justav durfte nich nach'n „Dessauer" tanzen jeh'n, un Ernst war Lehrjunge bein Rohrlejer un blieb ooch sonntags meistens da un kam selten. Vata un Mutta saßen uff'n Ripssofa, als der Hermann mit seine Braut rinkam. Ick kippte beinah aus de Pantinen. War det 'ne Braut! Kleener als icke, un'n Ast! Und mein Bruder so jroß und stattlich.

Er sagte aba stolz: „Hier bring'ck euch meine Braut Berta." Un ick schielte zu Muttan rüber, die aber so tat, als wär det so in de Ordnung, un ooch Vata schien janz zufrieden. Nur ick war enttäuscht un wollte denn bald runterrennen.

Nachher sagte Mutta: „De Hauptsache, se jefällt ihm. Un ick hab den Ast anjefaßt un mir ville Jlück jewünscht!"

Denn kam de Hochzeit. Die wurde in Rixdorf, in de Hermannstraße bei de Eltern von de Berta jefeiert. Hin sinn wa mit de Pferdebahn jefahr'n. Die kannt'ck von de Neue Welt, wo wa ooch mit de Eltern alle Jubeljahr mal war'n, Vater wejen't Bockbier, un wir wejen't Karussellfahren un de Buden. Aber for sowat war nie Jeld da, ieberhaupt nich for Ausflüje. Wir Kinder bettelten alle: „Mutta, fahr'n wa sonntags zu de Tante uff's Land?", sagte Mutta: „Jeht in'n Lustjarten, da is ooch Land."

Na also, for de Pferdebahn bis Rixdorf langte et diesmal. Ooch hatte Mutta 'n Dutzend Handtücher aus Jerstenkorn jekooft for det junge Paar. „Imma praktisch", det war ihr Wahlspruch.

Hermann seine Schwiejereltern hatten ne jroße Stube un Küche un Kammer. Et war janz voll, als wa kamen, Vata, Mutta, Justav, Ernste un icke.

Zuerst jab's wie bei de Anna Kaffee un Kuchen un denn später 'n Braten, aber nischt hinterher, wie Eis oder sowat mit Schlagsahne, wodruff ick jieprich war. Ieberhaupt war't nich so fein wie bei Anna ihre Hochzeit. Als Musike war nur'n Leierkasten da, der imma wieder'n selben Polka un denselben Walzer orjelte. Aber tanzen konnt' man ooch danach.

Sehr spät sinn wa denn rausjekomm'n, un keene Pferdebahn jing mehr, un det war Muttan ooch recht, det se't

Fahrjeld sparen konnte. Aber per Beene war det'n Marsch, von Rixdorf bis nach de Artilleriestraße. Ick weente 'n janzen Wech, un uff'n Blücherplatz machte ick schlapp, setzte ma in'n Rinnstein un blökte vor Miedichkeit. Aba meine Eltern jingen weiter. Ick konnt ja ooch nich valangen, det se ma uff'n Arm nahmen. Kommt da ne Droschke vorüberjezottelt, un faß'ck ma 'n Herz un ruf den Kutscher an: „Halt, Herr Kutscher, halt, nehm' Se ma 'n Stückchen mit!" Bleibt der ooch richtig steh'n un fragt: „Nanu, Kleene, wat machst du denn hier mitten in de Nacht alleene?" Sag'ck: „Bin nich alleene. Meine Eltern renn'n schon da hinten. Sinn schon bei's Hallesche Tor." Sagt er: „Na, steig rin. Wo kommt ihr denn so früh am Morjen her?" Erzähl'ck: „Nu, von Hermann seine Hochzeit. Is mein Bruder, un is ooch Droschkenkutscher!" Det war richtig, det jefiel ihm. Un wie'ck bei de Eltern so vorüberfahre, schrei'ck raus aus de Droschke: „Vata, Mutta, kiekt mal, nu fahr'ck in de Droschke nach Hause!" Hält der Kutscher doch an un sagt: „Na, denn steigt man alle rin, denn fahr'ck Se ooch alle mal umsonst nach Hause!"

Det war det Feinste an de janze Hochzeit von'n Hermann mit Berta'n.

Ick mach ma selbständich · Oogenspiegeln · Haarabbrennen · Blindenanstalt

Jetzt hatt ick 'n Ohrenleiden jekricht un mußte imma sofort nach de Schule in de Könichliche Klinik in de Ziejelstraße rüber un ma piesaken lassen. Wenn'ck mal nich wollte, hat ma Mutta eijenhändig rieberjestoßen. Det Rumjepolke von'n Professor un seine Studenten, die erst richt'je Doktors wer'n wollten, hat ma manchmal vadeibelt weh jetan. War nur'n kleener Trost dabei, wenn'ck nich jleich drankam un uff'n Hof spaziernjing, haben ma de Oogen-Doktors for ihre Spiejeleien adoptiat un ma for de Stunde zwanzich Pfennje berappt. Denn mußt'ck da uff'n Stuhl janz artich sitzen, der Studente hing sich'n Spiegel vor'n Kopp und kiekte durch'n Loch. Un nu kommandiate er: „Oogen rechts, Oogen links, Oogen jradeaus!" Ick dachte: Mal seh'n wer't länger aushält, du oder icke! Nu, for zwanzich Pfennje konnt' ja der Kleene ooch wat valangen. Die zwanzich Pfennje vaknackt'ck uff eij'ne Faust. Det brachte ma uff den Jeschmack, mir in meine freie Zeit uff det Vadienen zu schmeißen, denn von Muttan konnten wa nischt valangen, nich mal zu Weihnachten, wo ja imma 'n Christboom zwar brannte un ne Jans uff'n Tisch war un for jeden 'n Nappkuchen, aber sonst keen Jeschenk, wie andre Kinder krichten. Höchstens langte uns Vata dann zwanzich Pfennje aus de Tasche un sagte: „Damit ihr'n ersten Feiertag in't Kasperletheater von Täge jeh'n könnt!" Det war in de Jartenstraße neben den Kinderspielplatz. –

Ick vasuchte, mia nu heimliche Erwerbsquellen zu entdecken. Aber leider blieb det nu nich imma so heimlich un trug ma unheimliche Keile ein. So latschte ick mal mit ne fremde Frau, die sich über meine scheenen dicken Zöppe freute, mit nach de Friedrichstraße neben den Admiralsjarten. Da lernte se bein Friseur. Ick sollte ihr Modell sein, wie se sagte, un se riß ma schon bei's Kämmen janze Hände voll Haare aus. Un nu bei's Brennen vasengte se ma den janzen Kopp. Det merkte ick erst später. Zuerst freute ick ma zu mein'n Turmbau zu Babel uff mein'n Kopp. Mit de neue erwachsne Frisur bin'ck de Artilleriestraße sehr langsam imma uff un ab jebottet un hab ma bestaunen lassen. Jlossen hab'n se ooch hinter ma herjerufen. Hat ma aber nich jesteert. Dacht'ck: Is bloß Neid. Wie ma aber meine Mutta so jeseh'n hat, hab'ck paar Knallschoten jekricht, det der janze Turmbau jewackelt hat. Ruffjelotst hat se ma un mit ihre Hände de Frisur zerrissen, un de Haare hat se in de Finger behalten un jebrüllt: „Allet abjebrannt, allet, de scheenen Haare. Un ick pfleje se dir jeden Tag mit Ochsenpotenfett un jieße ooch noch for zwanzich Pfennje Pergamottöl rin.“ Denn hat se ma unter de Wasserleitung gestukt un allet Jebrannte rausjewaschen. „So kann'ck dir doch nich in de Schule lassen. Ick jloobe manchmal, det de varückt bist!“

Nu scheen, ick hab een paar Haare valorn un ooch een paar Backpflaumen jekricht, aber'ck hab ooch zwanzich Pfennje von de Frau kassiert, un meine Mutta hab'ck se nich jeben brauchen, weil die's nich wußte, un det hat ma am meisten jefreut.

Nu kam se aber leider ooch dahinter, det'ck jroß jenug war, um'n bißken wat zu vadien'n un nich imma nur spielen brauchte. Da mußte ick nu so Botenjänge machen wie bei Frau Meyer, die in de Aujuststraße vier Treppen hoch Troddeln fabrizierte, die ick nu nach de Beuthstraße in son Exportjeschäft bei Fehsers drei Treppen abliefern mußte. Un denn um sieben mußt'ck in de Blindenanstalt in de Alte Jakobstraße sinn, um de olle Scheranski abzuholen. Die mußte da Besen machen. In de zweite Etasche war da een jroßer Saal mit lange Tische, wo de Blinden dran saßen un Besen un Bürsten un allet sowat machten, wat se nur zu fühlen brauchten. Un wenn man nich wußte, det det da Blinde war'n, hätt' man's nie jlooben könn'n, so wußten die Bescheid. Wat se brauchten, det lag natürlich vor se hinjestapelt, det se nur zuzulangen brauchten. Aber ooch wenn se uffstanden zum Kaffetrinken un so, wußte jeder, wo det Jeschirr stand, un langte't raus un bediente sich alleene. Aber eben mit det Nachhausejeh'n un morjens Hinjebrachtwer'n haperte et. Ick holte die olle Dame, siebzich war se schon un wohnte nebenan bei uns, ab. Dafor kricht'ck een Jroschen, un den mußt ick Muttan imma uff'n Abend abliefern.

Ick lern een'n amerikanischen Jeneral kenn'n · Vom Affen jelaust

Aber ick hatte ma noch ne andre Jeldquelle eröffnet, un det kam durch de Bekanntschaft mit'n Herrn Max Schiemank, der nu leider in Sing-Sing sitzt; so hab ick wenigstens in de Zeitung jelesen.

Bin'ck da mal vor de Tür in de Artilleriestraße, wo meine Freundin, de Anni Koch, wohnt, un laure uff ihr, kommt da aus de Kneipe „Zur Post" 'n feiner Mann, jroß un breit in ne Jeneralsuniform un winkt ma. Ick hin und knixe. Sowat Feinet hab'ck lange nich jeseh'n. Janz rote, breite Streifen an de blauen Hosen, so dicke joldne Schnüre uff de Brust, 'n Tschakko uff'n Kopp un'n langen Säbel an de Seite. Sagt der zu mir: „Hast du Zeit?" Antwort'ck: „Ja!" Jiebt er ma 'n Brief an'n Fräulein in de Taubenstraße, sollt'ck sofort hin un uff Antwort warten un jleich wieder zu ihn in de „Post" komm'n.

Ick flitze, wie'ck kann, renne, renne un finde ihr richtich uff'n Hof zwei Treppen. 'n hübschet Mächen un ne schicke Uffmache. Freut sich, schenkt ma 'ne Hand voll Konfekt un jiebt ma wieder 'n Brief mit an den Jeneral Max Schiemank, wat als Adresse obendruff stand. Ick nu stolz druff, det ick's mit'n richt'jen Jeneral zu tun habe, überbring den Brief wieder mit'n janz tiefen Knix. Jiebt ma der Jeneral zwanzich Pfennje vor de Besorjung un sagt: „Kannst morgen nach der Schule mal zu mir raufkommen. Sollst einen Affen abholen und fortbringen. Hast du Angst?" – „Nee", lach'ck, „wat kann ma denn son Affe schon tun?" Er jiebt ma seine Adresse. Wohnt da irgendwo in der Novalisstraße. In de Kneipe erzählt man, daß er een amerikanischer Jeneral is, wenigstens nach seine Uniform. Ick vastand nischt davon. Meine Freundin, de Anni Koch, is neidisch uff mir, daß ick for son feinen Pinkel loofen darf. Se is nich neidisch uff de Penunse, die dabei abfällt, nee, uff ihn. Ob da schon damals sowat wie Liebesjefühle mit mang waren? Bei mir, jloob ick, nee! – Aber Mutta hab'ck nischt von den amerikanischen Schentelmann jesagt. Schon nich wejen det Abjejage von meine stillen Jelder.

Also ick komm da ruff in de Novalisstraße. Wohnt möbliat, aber piekfein. Is er noch uff'n Nachmittach um zwee in'n Schlafrock aus dunkelroter Seide. Habe sowat Elejantet nur in de Schaufenster von Hertzog un Israel jeseh'n. Un jerochen hat's nach allerhand Feinet un Parfums wie bein Frisör. Da uff sein Waschtisch standen so ville Flaschen un Pullen, wie'ck det noch nie bei eenen Menschen jeseh'n hab. Er sah ooch in sein rotseidnen Schlafrock schnieke aus, det volle schwarze Haar un sein jewichster, dicker, schwarzer Schnurrbart, un de jroßen schwarzen Oogen mit de langen Wimpan! Ick konnt schon damals bejreifen, det de Weiber nach sowat wild war'n un noch dazu, wo er mit's Jeld so um sich schmiß. Ick wußt doch nich, det er's von der eenen nahm un der andren jab, bis jede mal an de Reihe war zu berappen. Ja, so eener war det. Aber wie sollt'ck det doch schon damals wissen, wo'ck aus so ne reelle Familie kam?

Also da hockt nu det Äffken uff ne Stuhllehne vom Jeneral un fletscht de Zähne. Sagt der Jeneral Schiemank: „Der freut sich nur zu dir. Du kannst ihn ruhig anfassen." Na, zuerst wollt der Affe nich, aber dann pack'ck ihn, un er umklammerte mir mit seine dünne, kleene Ärmekens, un' ick war traurich, det'ck ihn nich behalten konnte un nu wieder zu eene Dame bringen mußte in de Fennstraße. Er jab ma ooch Jeld for ne Droschke mit un for mir diesmal extra fufzich Pfennje, wat ick sehr nobel fand.

Nu fuhr'ck mit mein'n Affen Droschke. Alle jlotzten ma an, un ick war so stolz, det ick mit 'n richt'jen Affen in ne Droschke erster Jüte spaziernfahr'n konnte. Heute fahre ick oft mit 'n Affen nach Hause, aba uff de Stadtbahn. Uff eenmal fühl'ck sowat Warmet un Nasset uff mein'n Schoß.

Ick fasse hin, hat der Affe ma von oben bis unten be . . . . . Die Dame in der Fennstraße war noch feiner eingericht' wie die in de Taubenstraße. Se war ooch hübscher, janz blond und jroß un eben bißken voll, ieberhaupt in de Brust. Se küßte erst den Affen, der ihr aber jleich in de Neese biß. Denn schrie se uff, bejoß sich den Zinken mit Kölsch Wasser. Denn bekneiste se ma erst richtich un sagte: „Was ist denn mit dir los?" Ick sage: „Der Affe hat ma be . . . . .! Ick hab so Angst for meine Mutta." Da ruft se ihr Dienstmädchen, nimmt meine Schürze un sagt: „Waschen Sie sie mal schnell aus, aber rasch, und plätten Sie sie so gut es geht, daß sie die Kleine gleich wieder umbinden kann." Un denn jab sie mir in ihren Salon Kaffe un Kuchen. Ooch in ihre Schlafstube hab'ck rinjelinst. Sowat von eenen jroßen, breiten Himmelbett hab ick noch nie jeseh'n. Wozu, dacht'ck, braucht se denn son Riesenjestelle for sich alleene, wo wir doch imma zu zweet in son schmalet Bett liejen? Un scheen rosa war allet mit Spitzen un Schleifen. Wunderscheen. Son Bett, dacht'ck, möcht'ck später ooch mal hab'n.

Türmte denn noch mal zu den Herrn Jeneral un erzählte ihm aus Anstand un dafor, det er ma den Fufzijer jejeben hat, det det Fräulein sich sehr jefreut hätte.

Denn sagt ma der Herr Jeneral: „Wenn du mir immer alles gut besorgst, kannst du dir auch etwas wünschen." Frag'ck ihm: „Ooch wat Teuret?" Sagt er: „Ja."

'n Rad hab'ck ma imma schon jewünscht. 'n richtjet Zweerad. Det sagte ick ihm. Fragt er, ob'ck ieberhaupt radeln kann. „Nee." Also, det soll'ck nu mal zuerst lern'n, un er will berappen! Habe damals zum erstenmal so'n Mann mit Spendierbüchsen kennenjelernt un mia vorjenommen, mir for ihn dußlich zu loofen. Ick hab aber ooch wat durch Berlin zusammenbotten müssen. Et jab kaum eene Straße, wo nich ne Kalle von ihm wohnte. Ick war Amor, brachte ooch ville Blumenkörbe un Buketts selbst bis nach Halensee raus, in eene Villa sojar, wo woll ne janz

Reiche von ihm wohnte. Da fuhr'ck mit de Eisenbahn, denn et war j. w. d., janz weit draußen. – Imma war'ck jern jeseh'n. Imma schenkte man ma wat. Un wenn's 'n Appel war, den ick Lieschen nachher mitbrachte.

Un zweemal de Woche jing'ck in de Olympiariesenradrennbahn Ecke Magazin- un Alexanderstraße, radfahr'n lernen. De Abonnementskarte hatte der Schiemank mir jekooft un jeschenkt. Det dazujehör'je Fahrrad sollt'ck 'n bißken später kriejen. Kam aber nie. Denn jammervoll war seine so jlanzvoll anjefang'ne Berliner Loofbahn uff eenmal zu Ende.

Det kam so: Bestellt ma in'ne Kneipe hinter de Weidendammer Brücke in de Friedrichstraße noch über de Karlstraße. Da sitzt er mit'n hübschet Mächen mit Wein. Mir will er da jrade 'n Brief in de Hände drücken, jeht die Tür uff, un rin stürmt'n ollet Klawüster wie 'ne Vogelscheuche uff neu uffjemacht un haut'n mit'n Rejenschirm uff'n Kopp un brüllt: „Hab'n wa dir endlich, du Betrüger, du Mächenvaführer, du Heiratsschwindler!" Zwee Herrn in Zivil komm'n an'n Tisch un zeijen ihre Marke. Die „Kriminal", hör' ick, un türme. Den Brief schmeiß'ck weit von ma wech. Det war so Instinkt. Nachher wußten alle: War jar keen Jeneral, un de Uniform war jeklaut, un er war wirklich 'n Heiratsschwindler. Un een janz dufter. War schon lange jesucht un hatte schon ville uff'n Kerbholz. Schade. Daher de ville Mächens un Frauen. Un am traurichsten war ick, det ick mein Rad nich vorher wechhatte.

Einsejnung · Dienstbolzen bei Telejrafenvorstehers

Nu kam det letzte Schuljahr. Ick hatte eijentlich jar keene Lust. Aber't hatte wat for sich, so als einz'je von de janzen Schulzes Kinder aus de erste Klasse abzujeh'n.

Alle, aber ooch alle hab'n de Schule nich zu Ende machen könn'n. Sinn schon aus de Dritte un Zweete einjesejnet wor'n; na ja doch, bei die Schularbeetenmacherei uff de Treppe! Denn kricht' ick ooch Konfirmatsjonsunterricht, imma bein selben Herrn Pfarrer, der meine Eltern jetraut un alle Kinder einjesejnet un de Anna jetraut un beerdicht hatte. Un da benehm ick ma denn ooch tadellos. Denn wenn'ck wollte, jing's ooch. Un sonntags jing's ooch imma von zwölfen bis einzen in de Sonntagsschule in de Johannis-Evangelisten-Kirche. Un Sparjroschens mußten wa ooch imma mitbringen un den Herrn Küster abjeben, der se for'n schwarzet Kleid for de Einsejnung zusammensparte. Un det war jut so, denn sonst hätt'ck woll nie eens jeseh'n.

Nu war'ck Weihnachten vierzehn, un am achten März war de Einsejnung. Da war Vata im Dienst, ooch Justav, aber Mutta un Ernste un det kleene Lieschen war'n mit in de Kirche. Mein Spruch war: „Dein Leben lang habe Gott vor Augen und im Herzen und hüte dich, daß du in keine Sünde willigst, noch tust wider Gottes Gebot."

Nachmittags so um zwee machte Mutta Kaffe un jab Kuchen for mir un'n paar Mächens, wie de Anna Koch un de Ella Schmidt, un denn jagte se uns runter un sagte: „Vata muß schlafen, hat Nachtdienst!" Det war ooch sehr anjenehm, denn ick wollt' ma doch ieberall vorstell'n un vielleicht fiel ooch 'n bißken for mia ab. Det is doch so bei de Einsejnung mit de Hauptsache. Ick türmte also in mein langet Kleid, uff det ick ma diverse Mals trampelte un ooch' n Loch mit'n Absatz rinrammelte, mit det Jesangbuch un'n Knochenbukett in de Hand, runter un machte ieberall 'n Knix. Meine Einnahme machte jejen Abend neun Mark. Vor sechse ließ'ck ma fotojrafian, un drei Mark vaknackte ick mit de andern Mächen ins Automatenbüfett. Lauter Brötchen un Kuchen un Limonade for'n Jroschen. Det war damals wat janz Neuet, un det amüsiate uns mehr, wie wenn wa konditern jejangen wär'n.

Meine Eltern hab'n ma vor un hinter de Konfirmatsjon keene Pauke jehalten, aber der Schulmeester. Der quasselte, det ick nu ins Leben rintrete un sowat Ähnlichet wie'n Erwachs'ner wär, un nu mit'n janzen Ernst von't Dasein bekannt jemacht würde, un es aus is mit det Jespiele un nur noch Arbeet! Dacht'ck ma, jespielt hab'n wa ieberhaupt wenich, un Ernste war ooch jenug in det Dasein, et war schon janich so zum Lachen, na, un det bißken Arbeet, damit wer'ck schon fertig wer'n.

Durch Vatas Verbindungen krichte ick nu ne Anstellung bei Telejrafenvorsteher Blatzel in de Weißenburger Straße. Ick sollte 'n Haushalt lern'n. War ma ooch allet ejal, un irjendwo mußt' et doch sind. Krichte sechs Mark im Monat, det war damals jenuch for jemand, der noch dämlich war un erst wat lern'n sollte. Natürlich mußt'ck for de zwee Taler ooch feste schuften. Mit's Scheuern fings an. Bei Muttan lernt'ck nischt, die wollt' allet alleene machen, un wenn man 's mal machte, war nischt recht. Na also, die olle Blatzel, kleen, spillerisch, 'n Schrippenjesicht un jrauet Haar mit'n Dutt mitten uff'n Kopp, die brachte ma det Schrubbern, Kloppen, Fensterputzen bei, det keen Ooge trocken blieb. Se hatte fünf Zimmer, un det war schon wat, wenn jemand an'n Reinemachefimmel litt un alle Woche eenmal een Zimmer jänzlich koppstellte. Staubwischen mußt'ck jeden Tach, un wat da uff de Jesimse übert rote Plüschsofa in de Wohnstube stand, is unbeschreiblich. Da war ne Kuh aus Steinjut, aus Bayern mitjebracht, un sone hohe un echte chines'sche Vasen un janz jewöhnliche Ostereier aus ordinäret Porzellan. Det war'n Dreck, die Klamotten erst alle einzeln runterzulangen un uff'n Mahagonitisch Zeitung zu legen, det man nischt zerkratzte oder uff de Strickdecke Flecken machte! Denn de ville Familjenbilder in'n schwarzen Ebenholzrahmen, die ooch jeden Tach jewischt wer'n mußten. Un denn kam der jrüne Salon, noch allerhand aus de Biedermeierzeit. Mit den jab se erst an!

Da war sone olle Uhr unter ne Jlashaube. Davor hatt'ck den jrößten Bammel, un darum hab' ick ihr ooch mal eines Tages aus purer Nervosität zertöppert. Det war furchtbar, un darum bin'ck ooch wech. Aber vorher hab'ck noch de beeden Waldvögel, zwee Rotkehlchen, aus det Frühstückszimmer fliejen lassen. Ick find, Waldvögel soll man nich einsperren. 'n Kanarienvogel, der is in'n Käfig jebor'n, aber so'n armet Ding aus'n Wald, imma in so'n kleenet Drahtverhau, is Quälerei. Ick hab schon imma de Mäuse loofen lassen, warum soll'ck so'n Vogel, der't ville mehr noch braucht, nich de Freiheit jeben? Mach also erst, un et war doch Sommer, det se konnten Futter draußen finden, de Fenster sperrangelweit uff. Denn hak ick den Badenapp vorn ab un vajeß aus Vasehn mit Absicht de Klappe vorn runterzulassen. Kommt die Olle nachher rin un brüllt: „Die Fenster auf und die Vögel, die Vögel fort!" Nu, denk'ck, die wer'n jrade uff Ihnen lauern! Ick stelle ma mohndoof un tu' so, als ob ick plärr'. De Olle will ma jleich von meine sechs Mark Lohn viere abzieh'n. Na, meine Mutta wird wettern. Jenug zu futtern hatt' ick bei die Olle ooch nich jekricht; morjens eene Schrippe un mittags meistens Jemiese un Kartoffeln noch abjezählt, un abends eene halbe Knobländer un eene unjeschmierte Schrippe. Da hab'ck ja noch bei Muttan mehr jekricht. Na, 'n Jlück, det ick wenstens noch zu Hause pennen jehn un ma da noch vorher ordentlich satt essen konnte. Sowat von Jeiz, wie die olle Blatzel, jiebt's nich wieder. Wie bloß der Mann dabei satt wer'n konnte? Is'n scheener, jroßer, breiter, blonder Mann. Der hat de Olle ooch woll nur von wejen't Jeld jenommen. Mies und denn noch so'n Karakta! Is'n bißken ville uff eenmal! –

Nachdem ick da nu sieben Monate ausjeharrt hatte, flog ick von wejen de Zertrümmerung von det Biedermeierjehäuse, wo se ma nen Fandalen nannte, der nich in'n feinet Haus rinjehört.

Mutta hat ma ooch eene jeklebt un jesagt: „Kommt bloß davon, det de nich hinkiekst, wat de machst, un imma allerhand Flausen in'n Kopp hast." Vata hat jesagt: „Sowat kann vorkomm'n un is keen Entlassungsjrund." Vata hat ma ieberhaupt imma 'n bißken mit de Matte jedeckt!

Riesenbachs Seltawassapullen

Jott sei Dank hörte Muttas Jedibbere bald uff, weil ick nach vierzehn Tage schon wieda eene Stellung hatte bei Riesenbachs. Det war privat un ooch in seine Seltawassafabrik. Aber da nur, wenn Not am Mann war un se janich ohne mia fertich wer'n konnten. Unten de Fabrik, die ma eijentlich mehr intressiate als oben de Wirtschaft, war 'n janz jroßer Saal nur mit'n Riesenabwaschtisch. Da wurd'n de Pullen jefüllt, erst mit's Wasser, aber nich janz voll, un denn mit de sojenannte Kohlensäure, die aus so'n Rohr mit'n Hahn dran kam, wobei wa imma weit wechjeh'n mußten vom Schuß, weil det wirklich manchmal knallte, wie sone Kanone, wenn ne Pulle platzte. Un der Kohlensäurefritze, der det befummelte, hatte ooch ne Schutzbrille aus Drahtjeflecht, wie so'n Maulkorb uff, wat janz jefährlich aussah. Ick for meine Person hatte nur bei Hochbetrieb de Pullen in de Kästen zu stellen. Manchmal mußt'ck ooch de Lampen in de Fabrik, wie se det so scheen nannten, mit Äther füllen, weil't noch keen Jas jab. Vajreif ick ma mal in de Pullen un jieße Zuckerwasser uff de Lampen. Natierlich hat keene, wie's dunkel wurde, jebrannt. Un eener von de Selta- un Limonadenlehrlinge hat'n paar jeklebt jekricht.

Zwee Pferde hatten wa ooch, un zwee Seltawagens un zwee Kutscher. Der Fritz war'n patenter Kerl, den'ck fein leiden konnte. Nur jeklaut hat er, wat ma wieder jejen den Strich jing. Mußt'ck ooch jrade oben aus det Küchenfenster kieken, als er untern Kutscherbock nen Kasten Seltawassa vaschwinden läßt un noch mit de Decke zudeckt. War ma jleich vadächtig. Nu klettert der Olle, ausjesehn hat er imma sehr ausjetrocknet un ne Visasche wie'n Totenkopp uff Urlaub, also er klettert uff'n Seltawassa- un Limonadenwagen un revidiat die Kästen un zählt, un zählt, un keene Ahnung, det er von'n Fritz so vakohlt wird. Det ärgert ma, wie der da unten steht un mit det reenste Jewissen von de Welt janze Kastens vaschiebt, un unsereens nimmt nich mal Sonntag ne Pulle Himbeerlimonade for't Lieschen mit. Det is ne Jemeinheit. Un'ck vapetz den Fritz det nächste Mal, aber uff ne feine Tour. Sag'ck zum Ollen: „Kieken Se ooch mal bein Fritz untern Bock, Herr Riesenbach. Lüften Se mal 'n bißken de Decke!" Un steh voll Erwartung oben in de Zweete un linse wieder aus det Küchenfenster. Richtich, der Olle klettert ruff, faßt erst hinten in'n Wagen un kiekt un klettert denn vorn uff'n Bock, dabei tut er so, wie wenn er ausrutscht, un faßt vor jemachten Schreck an de Decke, die er runterzieht, un haut mit de Flosse uff'n Seltawassakasten, der da vasteckt is. Sagt er janz trocken: „Wat is denn det hier? – Eene vaschobene Kiste, Mann ... n Dieb?" Det war'n janz jroßer Moment.

Uff'n Hof is de janze Fabrik, bestehend aus fünf Mann, rausjeloofen un hat den Wagen wie'n jeheimnisvollet Piratenschiff belinst. Un keener wußte, det ick det Aas von Verräta war. Wär'ck ooch nich jewesen, wenn ma die scheinheilje Miene von den Fritzen nich so krepiat hätte.

Oben hatten de Riesenbachs ooch fünf Zimmer, aber jrößer noch wie bei Blatzels. Un de Olle war ebenso jräßlich wie die von den Telejrafenvorsteher, ooch jeizig, aber mit det Reinemachen nich janz so fimmelich. Dafor mußt ick mehr waschen, un et war'n ooch mehr Leute. Da war noch de Tochter von neunzehn, een hübschet, schwarzet

Ding, un freundlich. Aber jemein war de Olle zu ihr, denn se war de Stieftochter. Se war bei Hertzog anjestellt. Un wenn se später als neune zu Hause kam, denn bolzte de Olle so lange, bis ihr Vata, der olle Riesenbach, ihr backpfeifte, damit nur det olle Klawüster zu keifen uffhörte. Denn weente de Marie, un ick tröstete ihr un fand det unbejreiflich, wie man een Fräulein von neunzehn noch backpfeifen konnte, nur vonwejen ne halbe Stunde später nach Hause kommen. Menschenskind, mir durfte sowat nich passian!

Der Bruder, der damals so sechzehn war, erzählte ma später, det sich Marie det Leben jenomm'n hätte. Vielleicht unjlückliche Liebe? Ick jloobe aber mehr wejen diese unjlaubliche Behandlung von diese zimtzickrije Stiefmutta. Dieser Besen suchte ooch imma Krach mit mir. Aber'ck war abjebrüht wie'n Borstenvieh, un nie hab'ck ihr den Jefallen jetan zu weenen, ooch nich, wenn se mit ihre schwarze Stechoogen zu klappern anfing un in de Mundwinkel Schaum kam von det ville Jekeife. Denn wackelten ooch ihre schwarzen Stirnlocken, die alle in eene Reihe uff de Stirne jebrannt lagen wie de Schnecken in de Auslagen bein Bäcker.

Vatas letzte Tage · Ick vapantsche Riesenbachs janze Limonadenfabrik

Nur eenmal war de olle Riesenbach, von ihren Ollen „Kati" oder „Kälberchen" jenannt, nett zu mir. Det war, wie Vata im Sterben lach un det kleene Lieschen rüberkam un' mir abholte: „Du, Vata is in de Ziegelstraße in de Klinik einjeliefert. Sollst mal heute nachmittag zu Muttan kommen." Denn ließ se ma jleich türmen. – Vata hatte von de schwere Paketschlepperei schon lange een'n Bruch. Nu war er bei Jlatteis ausjerutscht un hinjefall'n, un nu war der Brand zujeschlag'n. Mutta sagte noch, bevor wa in de Klinik rinjingen: „Vata wird woll sterben." Lieschen weente, aber ick blieb janz vanünftig. Lag er da in eene kleene Stube und war janz wach. „Na, seid ihr alle da, ooch du, Minnekin?" Wia küßten ihn, un Mutta hatte ihm ne Seltapulle voll Nordhäuser mitjebracht, worüber er sich sehr freute un jleich 'n Schluck nahm. Denn sagte er: „Et schmeckt ja eijentlich nich mehr recht. Det is keen jutes Zeichen, Kinderchen. Meine Beene sinn ooch schon bis oben ruff jeschwoll'n, un's Herz puppat ooch so eijentümlich." – „Aber Vata", sag'ck, „du siehst aber janz jut aus." – „Darum kümmert sich der Tod nich, Kleene. Aber'ck will euch det Herz nich schwer machen. Ick hab so'n Jefühl, det ick abnibbeln muß. Na, mal muß det ja sind. Bin erst vierundfuffzig, aber der eene kommt früher dran, der andre später. Ick hab janz jern jelebt un war zufrieden, war ooch imma jesund. Un wenn's nu sein muß, denn man rasch un keen so'n langet Jammern!" Mutta weente. „Mutta weene nich und mach de Kinder nich noch's Herz schwer. Un ooch uff'n Kirchhof seid vanünftich un weent nich un sagt alle: Er hat lustich jelebt un' is fröhlich jestorben. Un' macht nich so lange uff'n Kirchhof, denn et is kalt un könnt' euch vakühlen." Mutta sagte: „Nee, Vata, det det jetzt jrade vor Weihnachten sein soll. Ick wer' Jott bitten, det er dir uns noch erhält un nich jrade uff's Fest, nee, daran kann'ck janich denken."

Vata versucht sich uffzurichten un Muttan zu streicheln: „Olle, sei jut, sei vanünftich! Un denn, eh ick's vajeß. Da sinn noch neunzig Mark in de Kranz- un Musikkasse. Eijentlich braucht'ck doch keene Kränze un ooch keene Musik. Laß dir man det Jeld jeben. Du brauchst et doch."

„Nee", schreit Mutta, „nee, du hast'n Kranz vadient, un Musike haste imma so jerne jehabt. Dir soll'n se zu Jrabe blasen!" Vata macht ein sehr jlücklichet Jesicht un lacht so leise vor sich hin: „Jut, Olle, jut, aber denn soll'n se blasen ‚Ick hatt einen Kameraden', det hab ick imma am liebsten jehört. Un noch eens, Mutta, mein Posthorn legt ihr ma mit an't Fußende un meinswejen ne Pulle Nordhäuser, damit ick ma da unten 'n bißken de Zeit vatreibe."

Dabei lachte er uff wie een Junge. Er war janich traurich un konnt's nich bejreifen, det wa nich mitlachten. Un damit er nu denken sollte, det wa ooch nich den Kopp so hängen lassen, lachte ick mit Tränen in de Oogen un sagte: „Ja, Vata, det wer'n wa allet so machen, wie du's haben willst. Aber vielleicht wird det jetzt noch janich nötich sinn." Er küßte uns alle, un mir war doch so, wie wenn't een Abschied for imma jewesen wär. Stimmte ooch. Schon uff'n nächsten Nachmittach war Mutta bei Riesenbachs. Wie se so übern Hof rannte, wußt'ck jleich, wat los war. Mutta hat ma selten jeherzt un jeküßt, aber damals, wie se ma sagte: „Vata is tot!", da hat se ma doch sehr in ihre Arme jenommen. Un ooch de olle Riesenbach war nett un jab ma Urlaub, det ick mit Mutta fort konnte un allerlei besorjen, wat mit de Beerdjung zusammenhing un so. –

Drei Tage druff wurd' Vata zu Jrabe jetrag'n, vornewech zwölf Postiljone in weiße Hosen un hohe Stulpenstiebel bis an't Knie, un blaue Röcke, uff'n Kopp 'n Helm mit ne Puschel. Denn hab'n se von de Ziegelstraße bis zur Barfusstraße jeblasen: „Ick hatt eenen Kameraden." Un Mutta fuhr mit Lieschen un mir un den Herrn Pfarrer in eene feine Kutsche. Der Paule war aus Memel von't Militär uff Urlaub extra for de Beerdjung jekomm'n un lief mit Hermann un Justavn un Ernste hintern Sarch. Wir erzählten in unsre Kutsche den Herrn Pfarrer so ville von Vatern un alle seine lustjen Streiche, det wa sojar lachten un janz vajaßen, det Vata in'n Sarch mit ville Kränze vornewech fuhr. Denn hat der Herr Pastor ooch wunderscheen jesprochen, det wa wieder jeweent hab'n. Un denn hab'n de Postilljons noch mal anjefang'n zu blasen, un zwar: „Es ist bestimmt in Gottes Rat."

Mutta hat ma sehr leid getan. Ick hab' nie jejloobt, det se Vatan eijentlich so richtich jeliebt hat. Aber bei de Beerdjung hab'ck's doch jeseh'n. Un zu Hause hat se woll noch'n Kaffe for de andren jemacht, aber se selbst hat'n nich anjerührt, wo se doch so jerne Kaffe trank.

Nächsten Tach war'ck wieder bei Riesenbachs, wo'ck tüchtich schuften mußte. Se jab ma doppelt zu tun, wie wenn'ck de Zeit, die ick vasäumt hatte, wieder einhol'n sollte. –

Un det wär' so Jahr un Tach jejangen, wenn ma nich 'n kleenet Unjlück passiat wär.

Un det kam so: De Raffinade for Riesenbach seine diversen Limonaden wurde in'n Riesentopp in unsre Küche oben von de Olle höchstselbst jekocht. Denn kamen zwee Lehrlinge ruff, die diese Riesenwaschbalje de zwee Treppen in de Fabrik runtertragen mußten. Se fassen also an, müssen beede furchtbar schwer tragen. Ick mach de Tür uff. Steh'n schon uff de Treppe, da, ick weeß nich, jeb'ck den Anton son janzet kleenet Schübsken in den Hintern, un pardauz, de Waschbalje schwappt über, un von de Raffinade loofen drei oder vier Liter uff de Treppe. Ick nich faul, hol'n Eimer Wasser un jieße nach, damit der Olle unten nich merken soll, det wat fehlt. Aber det war mein Unterjang! Konnt' doch nich wissen, det det allet so janz jenau abjemessen sein mußte, un det nu durch mein Dazwischenpantschen de janze neue Liefrung 'n Dreck war.

Wie der Olle nachher tobte un de Lehrlinge rausschmeißen wollte, weil er nich zu vakohl'n war, da hab' ick ma jemeld't un de reene Wahrheit bekannt. Dafor bekam ick een paar hinter de Löffeln und floch im jroßen Bogen wie'n Christboomengel raus.

Schwimmfräulein in de städt'sche Badeanstalt · De vasoffne Taschenuhr

Mutta bekam ja nu Pension, aber nur 72 Mark. Da wusch se noch nebenbei, aber nich mehr so ofte. Ick trieb ma wieder ville uff de Straße rum, dachte, ick finde schon wat. Privat wollte ick eijentlich nich mehr jeh'n. Komm ick da nach de Ebertsbrücke bei de städtsche Schwimmanstalt vorbei un seh, wie se da renovian un jroßreinemachen. Kenn da doch jede Planke un ooch de Kassierin, de Frau Böker, un de Schwimm-Meestern Schmidt, jroß, dünn, spitze Neese un'n schwarzen Dutt in't Jenicke. Die malt schon selbst ihre Nummern for de Wäsche an de Wand. Ick hatte ihr schon früher imma kleene Besorjungen jemacht und frage nu, ob ick ihr nich helfen kann. Sagt se: „Kommst ma wie jerufen." Un nu mußt'ck springen un helfen un scheuern, wo de Maler Mist jemacht hab'n. Helfe ihr de Badelaken abzähl'n un bin uff eenmal Faktotum. Sie sagt ooch, det se mia als Schwimmlehrerin ausbilden will un det se vasuchen wird, mia for feste for diesen Sommer anzunehmen. Fein, denk ick. Un sechzig Mark soll's jeben un denn noch die Trinkjelder! Aber vaköstjen mußt'ck ma selbst. Nu, wenn schon, denk ick, hab ma jetzt imma sowieso bei Muttan satt jefuttert. Un richtich, wie der Sekretär Krause von de Schwimmanstalt ma bekneist hat, befürwortet der ooch meine feste Anstellung. –

Am 16. Mai macht de Schwimmanstalt uff. Ick bin schon um sechsen da un brauch doch erst um sieben zu kommen. Mein erster Jast war ne olle Dame von zweeundsiebzich Jahre, die hieß Hirsch, un kam jeden Sommer un jeden Tach, ooch wenn't kalt un naß war. Se schwamm noch wie ne Najade, aber weil se doch nu so alt war un imma an's Abnippeln dachte, vonwejen Herzschlag oder sowat Ähnlichet, mußt' ick neben ihr schwimmen durch det janze Bassäng, immer hin un her. Denn hab ick ihr imma noch feste abfrottiat, det se janz rot wurde. Se war mager, aber hatte eijentlich nur een paar richtje Runzeln in't Jesicht, worüber ick ma wunderte. Natürlich war der Körper nich mehr janz neu, aber't war doch vawunderlich. Un siebzich hätte keena ihr jejeben. Ieberhaupt wenn se ohne Kopp wär wo als Wasserleiche anjekomm'n. Se jing ooch nich so tapprich, wie sonst alle olle Weiber loofen, un ooch nich so steif. – Jedenfalls hab'ck jeden Tach meine fünfunzwanzich Pfennje Trinkjeld von de olle Hirsch jehabt. Un so noch mehr feine Kunden, wie det Fräulein von Riffenthal, die'n bißken mollich un dazu noch kurzsichtig war. Die sagte imma un jedesmal, wenn se uff de Treppe sich langsam zuerst mit Wasser besprenkelte un nur so zentimeterweise in de Flut tauchte: „Fräulein Minna, ich bin herzkrank. Ich darf nur sieben Minuten drin bleiben. Passen Sie auf." Nu, det tat ick ooch, wie so'n Schießhund, schon weil ick ooch von die im Monat drei Mark hatte. Ick war uff alle Fälle imma sprungbereit in't Badetriko, drüber ne Ärmelschürze un Pantinen an de Beene. Nur selten mußt' ick zu ne Vasoffne rinspringen. Det war'n meestens Kinder, die über't Seil zu de Schwimmer rinkrochen un nu japsten un Hilfe schrien. Na, die hab ick aber ooch nach de Rettung Sauret jejeben. Ick war da schon mit meine fufzehneenhalb ne jroße Respektsperson, un mein'n Ruf als Kunsttaucherin hab'ck ma ooch sauer vadient durch eene janz jroße Sache.

Kommt ne Kundin in de Anstalt zurückjeloofen: „Fräulein Minna, Fräulein Minna, da is eben ne Dame ihre joldne Uhr mit Brilljanten in de Spree jefall'n." Sage ick: „Een Momang", un loof raus. Da steht janz nah an unsre Anstalt schon'n Knäul Menschen, un de Dame hat Schreikrämpfe un blökt da wat von'n jeliebtet Andenken, det da nu uff den Jrund von't Spreewassa ruht. „Wo?" Beschreibt se ma jenau de Stelle. Ick rin un runterjetaucht. Kann zwee und eene halbe Minute unter's Wasser bleiben. Kieken kann'ck wenich, weil's Wassa dreckich is, aber ick klau den Jrund ab und fass' alle Steine an, un da hab' ick uff eenmal wirklich de Uhr mang de Pfoten. Det war'n Hurra, wie ick da wieder wie so'n Walroß ufftauchte un lospruschte: „Ick hab se! Ick hab se!" – Zehn Mark hat ick da uff eenen Ruck! Aber in den Momang hätt' ick sojar druffjepust', denn mein Ansehn war ma mehr wert. Jefeiert wurde ick wie so'n junger Jott. Ick wurde direkt berühmt.

Ick hatte nu also Anseh'n, un et hieß „Fräulein Minna" hinten und vorn. Ieberhaupt, wenn Hochbetrieb war, im Juli bis Mitte Aujust, un de Jören in de Ferien von morjens bis abends plantschen kam'n. Da war'n de Zellen überfüllt, un de Damen standen bis uff de Ebertsbrücke un schimpften, zogen sich ooch schon vor de Kinderspinden um, un ick hielt de Laken vor. Un denn machte ick Jagd uff de Fratzen, lootste se mit Jewalt aus't Wasser, sprang rin, schwamm mit'n Knüppel hinterher un vasohlte ihnen in's Wasser den Hintern, wenn se janich raus wollten. Un allet stand voll bis uff de Ebertsbrücke. Denn erwischte ick in meine Jeschäftstüchtichkeit vielleicht ooch mal ne janz Kleene, die eben in't Wasser unterjetaucht war, un brüllte: „He, du Kleene, du bist ja schon janz blau. Wenn det deine Mutta wüßte! Komm mal rasch raus!" Un de Kleene plärrt: „Bin ja eben erst rin!" Ick brüll: „Bist aber janz blau. Raus mit dir! Ick hab de Vaantwortung, wenn de 'n Herzschlach krichst!"

Un schon langt ick mit meine breite Flosse in't Wassa un kricht' de Kleene bein Kanthaken un denn raus. Et tat ma leid, aber't mußte sind, um Platz zu haben for de Fünftausend, die man in de Hitze abzufertjen hatte. Det jing so bis abends um achte. Zum Essen kam man denn ieberhaupt nich, un det Mittagbrot, det det Lieschen ma in de Einholtasche um eensen brachte, war natierlich am Abend kalt, trotzdem se den Topp in villet Zeitungspapier jewickelt hatte. Denn aß ick noch schnell in de Bademeestern ihre Bude, wo de Wasserwäsche hing. So spät uff'n Abend, kurz vor Toresschluß, war'n paar Rennpferde von de Elsässer ooch noch meine Jäste. Die suchten noch ne Abkühlung von ihre Festlichkeiten. Die jaben ma imma det beste Trinkjeld. Dachte ick: Laß se ruhich schwimmen, bis morjen früh is det Wassa wieda klar.

Ville jemietlicher war et, wenn't nich so voll war, un man nich wie so'n Motorrad hin und her rattern mußte. Denn saß ick uff det Sprungbrett un kommandierte meine Schwimmkwadriljen, dazu spielte ick uff de Mundharmonika. Det war Schwimmen mit Musike. Det war direkt ne Nummer, die wa vor Jeld hätten zeijen könn'n.

Un eenes Tages springt uns da mitten in'n Stern mang een nacktes Weib, 'ne fette Olle von mindestens fünfunddreißich un hinterher ihre Tochter, ooch in denselben Uffzug: Marke Eva ohne Feigenblatt! „Kieken Se mal, Frollein Minna, zwee Verrückte!" kreischt Frau Oberlehrer Krause. Un ick det Sprungbrett runter, der fetten Nackteule direkt uff'n Buckel un frag ihr, wat ihr einfällt. „. . . aber nich in Berlin, un nu raus, Madame!"

Un denn trug sich noch'n Unjlücksfall, eijentlich 'n jroßer Unfug zu, indem det Fräulein Meyer aus de Kleene Präsidentenstraße een jroßer Stein beim Schwimmen am Kopp floch, geschwenkt aus unbekannte Hand von de Ebertsbrücke. Det Fräulein wurde von mir aus det Wassa jerettet, denn se valor vor Schreck jleich de Besinnung. 'ne jroße Beule blieb uff de Stirn. Aber von den Tach an wurde unsre Badeanstalt mit'n Drahtsieb überzogen von wejen de öffentliche Sicherheit vor de weiblich Badenden. Da konnte ja noch wer weeß wat allet rinfliejen! So ne dußlichen Kerls, uff wat die allet so in ihre freie Zeit komm'n vor lauter Lustmörderideen. Na, ick hab vor alle Männer so een Jraul'n. Lieber nee, oder noch lange nich! Det looft ma doch nich wech. Ick bejreif de andren Mächens janich, det die so jakeenen mißtrauischen Blick hab'n uff de janzen Kerls.

Un nu war et schon Anfang September un so nach sieben schon mulmich. Da brannten in de Anstalt 'n paar Birnen, un' meine kleenen Trinen aus de Elsässer schwammen bei künstliche Beleuchtung, wat se ooch janz jut zu Jesichte stand, denn se war'n ooch in det Wasser jeschminkt, wat ma zu lächerlich vorkam. Un een Abend bringt ma da eene 'ne Zeitung mit un liest ma'n Inserat vor:

„Zirkus Busch sucht geübte Tauch- und Schwimmerinnen. Zu melden vormittags zwischen 11 und 12 Uhr im Büro."

„Det wär doch wat for Ihnen, Fräulein Minna. De Anstalt macht doch nu bald zu." Ick lasse ma nischt merken, det ma bis in de kleene Zeh fiebert, un bin janz still un pack det Inserat in meine Tasche un loof noch uff'n Abend in den Zirkus rin.

Vorne raus, un hinten rin!

Die Vorstellung hat schon längst anjefang'n, un der dicke Portier in seine rote Affenlivree jähnt sich vor Langeweile 'n Schlung voll. Ick pirsch ma an den Dicken vorsichtig ran un sag: „Könn' Se ma nich sagen, wie'ck in't Büro komme?" Fragt der: „Sinn Se bestellt?" – „Natürlich", sage ick frech. Jiebt sich 'n Ruck, belinst ma in meine arme fadenscheinje Uffmache mißtrauisch un sagt: „Denn komm'n Se man mit!" Er voran durch die betreßten Diener, die die Billjette sonst abreißen, un ick latsche nach. 'n bisken puppat ma doch det Herzeken, als er de Bürotür uffklappt un se ma da lange Hälse über die Barriere entjejenrecken. Frag'n se fast alle uff eenmal: „Wat woll'n Se?" Da bleibt ma vielleicht de Spucke wech, als ick janz kleen un doof frage: „Ick komme uff det Inserat von de Tauch- und Schwimmerinnen." Antwort't so'n Dicker, der Häuptling von de Heiducksen: „Alles besetzt. Un dann nur vormittags zu melden."

Stier ick ihn dußlich an: „Denn soll ick morjen um elfe wiederkommen?" Sagt er noch dämlicher: „Sie hören doch, alles besetzt." Ick steh noch wie von'n Blitz jetroffen un stottre: „Wirklich schon allens besetzt?" Kricht ma da der dicke Kerl mit seine Riesenportjehsfaust bein Jrips un blökt: „Se hör'n doch, allet besetzt. Also raus. Wat woll'n Se noch? Un wenn Se ma jesagt hätten, det Se wejen Schwimmen komm'n, hätte ick Ihnen janich erst rinjelassen." – „Bitte klaun Se ma nich an. Richtich rausschmeißen brauchen Se ma nich. Ick jeh schon von janz alleene."

Un ick raus, mit Tränen in de Oogen. Un überleje ne Weile. Kenne doch den Zirkus. Ooch da war ick Sonntag nachmittags oft un hab det Lieschen ooch rinbugsiat mit de feinen Leute, un ick bin durch'n Stall ruff uff'n Rang. – Soll'ck heute abend vasuchen durch'n Stall? – Natierlich.

Det Tor war offen. – Ick schleich ma rin, ruff uff'n Rang dicht neben den Musikbalkon, wo ma jleich een Oller, der de Flöte bläst, wech hatt' un imma anjrinst. Ick nich faul, lächle ooch. Nu kommt der Billjetonkel un fragt ma: „Zeijen Se de Eintrittskarte!" Sag'ck: „Kieken Se mal, der olle Herr da oben mit de kahle Platte, der da de Flöte so schön befummelt, det is mein Onkel."

Ick wink'm ooch zu, wo er jrade ne Kunstpause hat, macht der ooch Winkewinke, un der Billjettör läßt ma nu in Ruh. So seh ick de janze Abendvorstellung for umsonst. Von de Badeanstalt bin ick ooch manchmal spät nach Hause jekommen, wenn wat Besonderet mit de Wäsche los war, un ick mußte zählen helfen un Anhänger annäh'n un sowat. Da schöpfte Mutta ooch keen Vadacht.

'n nächsten Morgen jeh'ck nur vorbei bei de Badeanstalt un sag, ick bin krank un kann heute nich arbeeten, un jeh' wieda zu Hause in de Falle. Aber in Wirklichkeit renn' ick wieda rieber nach'n Zirkus, aber nich vorbei bei'n Portier Müller, wie ick nachher wußte, det er so heißt, sondern wieder von hinten nach vorne durch'n Stall. Stoß ick da zu mein'n spätren Jlück uff den ollen Dinse, den se alle den kahlköppigen Nachtwächter nennen un der de Rekwisiten zu befehligen hat. Den klag ich mein Leid. Sagt der sehr freundlich, denn ick bin eijentlich 'n hübschet Mächen: „Jeh doch zu Herrn Foottit persönlich. Der is hier Matador. Merk dir det: Imma zu Schmidt jeh'n un nich zu Schmidtchen!"

Also er zeicht ma, wo der Herr Foottit steht, direkt an'n Maneschenrand, mit ne Jlocke in de Pfote un ne Pfeife um'n Hals. Hat'n braunet Samtjacket an, sitzt sehr fein un lacht ma sojar beinah vatraulich an. Ich frag: „Is wirklich allet besetzt? Ich bin aus de städtsche Schwimmanstalt un janz pafekt. Ick würd' Se wirklich nur Freude machen!"

Da lacht er noch mehr un sagt: „Leider brauch ich keine Schwimmerinnen mehr. Aber vielleicht können Sie Statisterie mitmachen!" – „Au fein", sag ick, wat weeß ick schon ville von Statisterie? „Dann gehen Sie zum Ballettmeister Severini und fragen Sie ihn. Dort drüben steht er."

Ick also zum Severini rüber, der da am annern Ende steht un seine Mächens bekiekt, die alle det linke Been in de Höhe heben, det ick bis unter de Knie allet seh'n kann, wat ick nich sehr fein finde. Sagt der Severini zu so'n Bengel, der mit'n Heft in de Hand imma um ihn rumtanzt: „Hans, schreib Sie mal diese Kartoffellina auf für Statisterie. Eine Mark für die Vorstellung."

Nu denke ick, eene Mark is eene Mark. Erst mal rin in det Vajniejungsetablissemang. Det andre wird sich finden! In de Badeanstalt wer'ck ma nun anständich abmelden. Aber wie sag ick's meine Mutta? Die mit ihrem Beamtenfimmel wird varrückt, wenn ick ihr sage, ick hab im Zirkus anjefang'n. Ick wer' man damit warten, bis ick meine erste Gasche krich. Det wird ihr besänftjen. Bis dahin muß ick ihr vakohl'n, un det Lieschen ooch un überhaupt alle.

Bin wie imma um fünfe früh uffjestanden, wie wenn ick in de Badeanstalt jing, un vadrückte ma bis um zehne in de Straßen un denn in'n Zirkus zu de Proben.

Mein Debü · Ick tret ma uff'n Schlips un trudle in't Wassa

Det Stück hieß: „Berliner Landpartien." Jroße Kremser, un ick saß ooch in ein'n solchen un mußte lachen un schrei'n un varückt spiel'n. Det Ballett waren lauter Babys, mit Puppen un'n Ball, aber't waren ooch sehr olle Babys dabei. Un da fiel ma in, wie'ck ooch mit Schröter aus'n Kohlenkeller eenmal als Kind 'n Ausflug nach Saatwinkel mitjemacht habe in so'n Kremser mit Lampions. Am Knie fing schon der Jrunewald damals an. Mia hat nur det Pferd leid jetan, det da de janze Woche Kohlen ziehen mußte un an'n Sonntach sechs Personen!

Also sowat jab'n wa nu im Zirkus. Zum Schluß kam Wassa, un ick war nur unjlücklich, det ick nu nich mang de Schwimmerinnen war. Aber zum Jlück krichte da eene jrade uff de Premiere, die acht Tage nach meine Anstellung als Statistrie erfolgte, ne Blinddarmreizung un konnte nich in't Wassa springen, wo nu der Ballettmeester Severini, ein Makaronifresser, ma rufen ließ un sagte: „Sie sein heute bei de Schwimmeriene in die letzte Akt."

Also ick bin Schwimmeriene! Fragt ma ooch, ob ick weeß, wie det mit'n letzten Akt is. Det jeht da nu im Zirkus allet nach de Musike, jede Bewejung un Körpervadrehung un de Fisematenten mit de Beene.

Na also, ick zieh mit meine Klamotten in die Schwimmjardrobe, unter de Plätze, wo der unterirdische Einjang unter de Wasserarena is, der mir einstweilen noch janischt anjing un doch so bald von mia beschritten wer'n sollte. – Drück ick ma mang de fremden Mächens, die sich alle schon jut kennen, in de äußerste Ecke. Sagt eene: „Fräulein, könn'n Se sich denn ieberhaupt schminken?" Ick sag: „Is det unbedingt nötich?" Nu valachten se ma. Ick höre sowat wie: Man soll sich nich mit ne Statistin abjeben. Ick merk, man will ma beleidjen, vor allen die olle Kublinka, die hier de Anführerin is un de jroße Schnauze hat, weil se schon de längste Zeit hier als Schwimmerin is. Kublinka is in de Zwanzich, wat for mir schon sehr alt is, weil ick noch nich janz sechzehn bin. – Schmeißt sich eene an ma ran und flüstert ma vatraulich zu: „Ick werde Ihnen schminken, Fräulein Minna. Aber stille müssen Se schon halten." Also ick mach de Oogen zu un jieb ma ihr janz vatrauensvoll hin. Ick hör woll de andern laut lachen, denk aber: Laß se, det is nur Neid, weil de jünger bist un ooch vielleicht hübscher. Wie ick ma denn in'n Spiegel bekieke, finde ick, det ick 'n bißken rote Backen habe, un mein Maul zu breit un ziejelfarbich is, un um de Oogen hab ick schwarze Ringe un seh elend aus. Denk aber, det muß so sinn, un wie se ma nu noch ne blonde Lockenperücke überstülpen, da finde ick ma bildscheen. So renn ick raus uff'n Sattelplatz un krabble mang de Statistenherrn uff'n Kremser. Un alle Mann rum lachen un kieken. Ick kieke se doof an un frage: „Wat is denn los?" So fahr'ck in de Manege, un wie'ck nu aussteije, sieht ma der Herr Foottit, der vorn in'n Hauptportal neben den Elektriker steht. Ooch der fängt an zu lachen. Aber ick brüll und lach un dreh ma um ma selbst, wie wa det probiat hab'n. Un find ma imma noch bildscheen, bis eene von't Ballett ma in de Ohren raunt: „Mensch, wat hab'n se denn mit dir jemacht? Siehst ja aus wie'n Clown! Oogen haste im Kopp wie'n jestochnet Kalb!"

Also man hat ma zum Affen jemacht! Ick bin wütend un fang an, unter de Schminke zu plärren, det ma det schwarze Dreckzeuch in de Oogen looft un wie der Deibel brennt. Wie ick aus de Manege komm, is ooch schon der

Severini hinter ma her un brüllt: „Kartoffellina sehe aus wie eine Paviane mit rote Backen von hinten! Schminke ab sofort! Verruckt! Verruckt!"

Ick hab mit Wassa un Seife den Dreck nich runterbekomm'n. Mit den Schwimmerinnen hab ick den Abend nich mehr jesprochen. Un wie'ck for den letzten Akt det Trikot anzieh'n will, halt ick ma det Laken vor. Da reißt ma de Kublinka det Tuch wech un lacht ma aus: „Hab'n Se sich man nich so, Frollein, wat Sie hab'n, hab'n wa ooch!"

Ick war ja nie so zimperlich, aber det war ma doch'n bißken zu ville. Schließlich war ich doch ne Beamtentochter! Aber ick fühlt' det, damit durfte ick die hier janich erst komm'n. Un nu jings raus uff'n Manescherand zum letzten Akt. Unjlücklicherweise war die mit de Blinddarmreizung de erste von links jewesen, un ick mußte nu die linke Seite führen. Wenn se ma nur in de Mitte jenommen hätten, wär ma ville wohler jewesen. Nu kam det Jehopse, wat ick nie mitprobiat hatte, un wat ick nur jesehn hatte. Erst links kieken und denn rechts un denn den Bademantel uffklappen, un'n bißken damit anreizen un denn wieder schnell zuklappen un vaschämt nach unten lächeln. Aber da trete ick ma uff den Zippel von 'n Bademantel, der ma zu lang is, weil die mit de Blinddarmreizung 'n janzen Kopp länger war, und so valier ick de Balangse un fliege mit'n Mantel, den ick aber von rechtswejen natürlich uff alle Fälle uff'n Rand hätt' liejen lassen müssen, in det Wassa. Un nu krich ick den Mantel nich ab, weil der Haken ma den Schlung abdrückt, un ick verheddre ma so in det Zeuch, det det een richtjer Kampf ums Leben wird. Un zuerst lachen de Mädels uff'n Rand, un nachher lacht det Publikum mit un ooch der Herr Foottit. Nur der Severini macht wütje runde Tieroogen un schwadronniat italjensche Schimpfworte. Wie'ck wieder rausjekomm'n bin, weeß'ck nich mehr. In de Schwimmjardrobe hab'n se zuerst furchtbar jelacht un ma ihren Hausclown jenannt. Aber wie der Severini nachher an unsre Tür kam un rinbrüllte, det alle Schwimmerinnen un det janze Ballett wejen de dämliche Kartoffellina morjen früh um zehn in de Proben kommen müßten, hab'n se ma ausjeschmiat: „Dämliche Kuh, wejen dir müssen wa morjen so früh raus." – „Ach wat", hab ick se Bescheid jejeigt: „Det nennt ihr früh? Ick hab den janzen Sommer um fünfe rausjemußt."

Wie sag' ick's meine Mutta?

Un nu kam der erste Oktober un'ck bekam mein erstet Jeld un war stolz. – Wie sollt' ick's aber Muttan beibring'n? Die wurde schon mißtrauisch, von wejen jeden Abend erst um zwölfe nach Hause komm'n, un sagte: „Du, wenn ick det rauskrieje, det de mit'n Kerl pussiast, schmeiß ick dir raus. Wir sinn anständje Leute. Vata war'n Beamter, un ick bin seine Witwe un will nich, det mein eijnet Mädel in'n schlechten Ruf kommt. Wo treibst du dir jede Nacht bis zwölfen rum?"

Na, wat soll'ck nu sagen? Ick dachte, de Wahrheit is nu schon det beste. Un et is anständjer, in'n Zirkus schwimmen, als mit'n Kerl in de Betten. Un so bin'ck denn mit meine janze Kraft vor Muttan hinjetreten und hab jesagt: „Also schimpf nich, Mutta ... aber ..." – „Wer is der Kerl, wie heißt der Kerl?" schrie se dazwischen. „Aber Mutta, beruhje dir doch, is ja jakeen Mann. Ick bin wo anjestellt." – „Wat, uff'n Abend anjestellt, wo?" Sie riß sich ihre Brille von de Neese, die se jetzt bei's Lesen schon imma trug, un kiekte ma janz fürchterlich jiftig an. Da sagtick rasch: „Ick bin im Zirkus Busch un vadiene als Kunstschwimmerin", ick sagte recht laut „Kunst", „vadiene eenhundertundzwanzich Mark in'n Monat." – „In'n Zirkus, meine Dochter in'n Zirkus? Wenn det Vata wüßte, mein

Jott nee, der hätt's nie zujejeben, nie. Un wenn det die Frau Postinspektor Leisejang hört un de Postmeestern Dibbeln? Ick kann ma janich mehr vor de Leute blicken lassen!" Ick setzte beinah mein frechstes Jesicht uff un sagte so, wat man heute überlejen nennt: „Mutta, würden dir ooch die Postinspektorn Leisejang un de Postmeestern Dibbeln hundertundzwanzich Mark monatlich jeben? Nee, die reden nur, die reden imma uff alle Fälle, weil se nich wissen, wat se mit ihre Zeit anfang'n soll'n. Un in'n Zirkus jiebt's ja ooch noch manchmal anständje Menschen."

Mutta nickte: „Hast ja recht Minneken, aber sag's keenen, wo du bist. Du weeßt doch, wie de Leute sind. Wir sinn doch nu mal Beamte un müssen uff uns halten. Später, wenn allet jut jeht, denn kannste ja sagen, wo du bist." – „Ja, denn wer'n se noch froh sind, de Postinspektorn un de Postmeestern, wenn ick se'n Freibilljet mitbringe, damit se ma in de Arena bekieken könn'n." –

Soweit habe ick nu meine Erinnerungen niederjeschrieben un denn 'n Punkt jemacht. –

Nu nach fünf Monate strengen Dienst hab'ck enorm Karjere gemacht, un so wende ick ma dir, mein jeliebtes Tagebuch, wieder zu, um zu berichten, wie det mit die Karjere, wie man det bei Künstlern so nennt, zustande kam.

Die eiserne Maske un die rasende Russin

Wir jaben „Die eiserne Maske", sowat Französisches. Zum Schluß Wasser mit Springpferde. – Ick sprang aber noch nich mit Pferde. Ick war for det Stück mit die besten andren Schwimmerinnen jeblieben, teils konnten se tanzen, teils machten se wie ick Statistrie. Die, wat mit's Pferd in't Wasser sprang, war de Russin Anastasia mit rotes Haar un jraujrüne Oogen, so janz ausländsch jeschwungen, ne feine jebogene Neese un sonst jroß un stramm. Hatte ooch ne tiefe Stimme, oder mehr ne vasoffne. Denn det war ihr Hauptmerkmal. Se stank jeden Abend zehn Meilen jejen den Wind nach Schnaps, un mein seljer, juter Vata war wirklich 'n Waisenknabe neben diese rote Kaukasjerin jewesen. Wir hatten alle höllschen Respekt vor ihr un zitterten schon, wenn wa se draußen uff'n Rundjang hörten. Denn stürzte se rin, jeden Abend mit ne Literflasche Wodka im Arm, un wa alle mußten mitsaufen, ob wa wollten oder nich. Wenn eene wirklich mal aus lauter Karakta nee sagte, denn krichte se de Anastasia bein Dutt, riß ihr ne Handvoll Haare aus, schmiß se uff de Bank, uff die wa alle mit zusammenjepreßten Hintern saßen, un joß ihr so'n janzet Wassajlas in'n Hals. Un roochen mußten wa ooch uff Befehl, obzwar et in de Jardrobe von de Feuerwehr streng vaboten war. Die Rothaarje stieß uns de Zigaretten direkt in'n Hals, un wa vaschnappten uns am Rooch. Det war wirklich een Jardrobenschreck! Sie ritt ooch mit ihr'n Mann eene Tscherkessenvoltische, wie ick se noch nie von eene Frau jesehn hab. Zum Schluß hing se mit'n Kopp nach unten, un ihr langet rotes Haar schleppte in de Manesche nach. Ick hatte imma Angst, det det Pferd drufftreten würde.

Aber ihr'n Mann sein männlichet Ehrjefühl un sein Inschtinkt un wat man Karakta nennt oder vielleicht ooch Seele, det allet hatte sie unter den Pantoffel, un er kuschte un krichte doch noch Kloppe dazu von ihr. Dabei fraß er so jut wie nischt aus. Nu ja, bekiekte ihm eens von unsre kleenen Ballettratten, det arme Mächen! Hat die Olle se abjelauert in Dunkeln, im Rundjang, un ihr Mores jelehrt. Imma jieb ihr Sauret von oben runter mit die Tscherkessenpeitsche. Sinn nachher de Bereiter zwischenjejangen, weil se sonst nach'n Schauhaus befördert wäre.

Un denn den Ollen! Det der olle Dussel sich ooch noch nach Hause jetraut hat! Den hat se vapolkt, det der den nächsten Tach nich mehr jrade loofen konnte. Un det Nasenbeen war jeschwoll'n, un de Oogen war'n veilchenblau. 'n Jlück, det der sich so jut schminken konnte. Er mußte nämlich in de Pantomine den Kardinal Richeljö spielen. Un nu mit den Jang un janz krumm mit de jeschwoll'ne Visasche, det war schon'n Kunststück. Un ick bewunderte den Mann seine jroßen Fähichkeiten un dachte, det er doch'n jroßer Künstler sein mußte. So jut zu spielen bei die Schmerzen in det Rückjrat un so.

Un nu den Abend druff die Anastasia wie ne Varrückte. Reißt sich alle Klamotten runter. Zieht sich nur die hohen Russenstiebel an, schwingt die Peitsche wie ne Varrückte un tanzt bei uns an de Erde den Kamarinski, un wer nich mitsingen will un dabei nich in de Hände klatschen tut, den haut se de Jacke mit de Peitsche voll.

Det wird uns aber zu bunt. Eene looft zum Foottit, ihn holen. Der steht ne Minute später mitten in unsre Jungfraujardrobe un brüllt: „Frau Anastasia, sind Sie verrückt? Ihr Betragen ist unmöglich. Bekleiden Sie sich auf der Stelle!"

Nackich pflanzt sie sich vor'n uff, natürlich janz beschwipst un blökt: „Eine schöne Frau, nur schön ohne Kleid! Oh ... bin ich nicht schön, serr ... schön? Lieben mich, Herr Foottit?!"

Un will ihm vor uns um'n Hals fallen, wat der aber mit so'ne feine Handbewejung, halb Puff in de Fassade, halbet Jestreichle, abwehrt un sich so aus de Klemme zieht. Denn steht er nochmals sehr herrisch vor ihr, een richtjer Direkter, un janz jroßer un feiner Mann, unbestechlich! Hat ooch'n schwarzen Jehrock an, so uff Talje, un sagt: „Auch verbiete ich Ihnen, den Mädels hier Schnaps zu geben. Und geraucht wird auch nicht!" Lacht se ihm in't Jesichte un fuchtelt mit de Peitsche vor ihm rum: „Ick kaufen for meine Geld so viel Schnaps ich will und geben ab an alle! Ja, abgeben, gutes Herz, abgeben!"

Will ihm wieder in die Arme fallen, un er flüchtet. So schnell hab'ck unsern Meester noch nie türmen seh'n.

Noch am selben Abend hat er mia in seine Jardrobe, unten in'n Rundjang rechts bestellt. Hab ma ordentlich jeschämt, wie'ck da so vor ihm stand. Sitzt in so'n ollen roten Sessel un sagt: „Hast du schon mal auf'n Pferd jeritten?" Lüge ick stramm: „Ja." Ick denke uff'n Karussellpferd, un übrijens in'n Hippdrom ooch mal. „Gut, komme morgen um zehn zur Probe. Ich habe große Dinge mit dir vor. Du hast doch Kurasche?" Er kiekt ma janz jroß an, det ick nich nee un nich ja sagen kann. Uff alle Fälle nicke ick. 'n bißken Angst hatte ick for de jroßen Dinger, die er mit ma vorhatte.

Da war im letzten Akt in detselbe Stück ooch ne jroße Fontäne, uff die in so Medaljons lebende Bilder rinjestellt war'n, un damit drehte sich det Ding. In eene so'ne Öffnung war ooch so'ne Art von antiket Liebespaar, also eens aus de jute alte Zeit, ohne Automobil, un mein Lieschen machte dabei den Amor mit'n Schleier vorne, un'n Pfeil un Bogen. Wenn wa nu beede nach Hause jingen, denn war se imma so müde, det se nich loofen wollte, un denn nahm ick ihr uff'n Puckel un trug se huckepack zu Muttan.

Dabei bejegnete uns 'nen Abend 'n feiner Mann, jroß, blond un so dreißich. Amüsiate sich über uns un fragte, wo wa so spät noch herkommen. Wie'ck ihm nu sagte, det wa vom Zirkus wär'n, wurde er janz Feuer un Flamme, un dabei war er Apotheker. Ick meine eijentlich, wie'n Beamter, wie Vata war, sah er aus, un fand det scheen, det wa an'n Zirkus war'n. Lud uns noch zum Kaffe ein. Dabei fand ick nischt, wenn nur de Kleene nich so müde jewesen wäre, die ma am Tisch einnickte. Fragte denn, ob wa uns wieder treffen könnten. Sagte ick: „Weeß nich. Man hat jetzt jroße Dinger mit ma vor. Ick kann momentan nich über meine Zeit vafüjen." Sprach so vornehm, wie'ck konnte. Ick passe jetzt mächtich uff alle jebildeten

Wörter uff. Ooch dabei lernt man, ooch aus de Zeitung. Wenn ick wat nich vasteh'n tu, so'n Ausdruck oder Wort, denn frach ick. Wa haben da eene im Ballett, die uff de höhere Schule war. Vielleicht wer' ick ooch noch jebildt! – Denn hat uns der Herr bis vor de Haustüre bejleitet un uff Wiederseh'n jesagt. Ick habe noch hinter de Scheiben Winkewinke jemacht und det Lieschen ooch.

Mit'n Jaul in't Wassa

Un nächsten Morjen früh um zehne habe ick denn zum erstenmal 'nen richtjen Zirkusjaul beklettat. Denn bin ick ihm übern Hals jeflogen un hab ma de Knie uffjeschunden. Lacht der Herr Foottit un sagt: „Nun lasse ich die Platte runter, un du springst mit dem Pferd ins Wasser. Wenn du runterfliegst, tut es nicht weh. Willst du? Hast du Mut?" Det kam allet so schnell, det ma de Spucke wechblieb.

Wat, ick sollte mit's Pferd in't Wassa? Jroßartich! Er kiekte ma wieder so ernst un tief in de Oogen, det ick jlatt von de Zirkuskuppel runterjesprung'n wär, wenn er det valangt hätte.

Nu war de Platte runter, un det Pferd wurde uff det Podjum ruffjeführt. Herr Foottit jab ma nur Anordnungen mit de Züjel. De Züjel erst locker uff det Sprungbrett. Da vorn is een kleener Halt for de Vorderfüße von't Pferd, da mußt'ck ihn wieder rannehmen an'n Züjel, un nachher im Wassa bei't Rausschwimmen janz locker lassen un eben so, wie et kam.

Fertich! Jut. Ick sitz nu da oben druff uff de Jabel wie'n Klammeraffe. Un der Foottit schreit hinter ma her: „Luft lassen, Luft lassen!" Ick kieke ma um un denke, wat meent der nur mit Luft lassen? Wie kann ick denn det so schnell uff Befehl machen? Un schon klatsch, is der Conversano von janz alleene abjesprungen, un ick hab de Schnauze voll Wassa, fühle ma aber sauwohl! Un vorn jeht eene Rampe aus det Wassa raus.

Herr Foottit steht da, kloppt det Pferd un meent, et war so janz jut, nur soll ick mehr Luft lassen. Nu kiek ick ihn janz dämlich an un sage: „Ick möchte schon un hab's vasucht, aber det kann ick doch nicht so imma jrad in de Minute, bevor ick abspringe."

Nu hält der ma wieder for'n Happen He un sagt: „Aber das ist doch ganz leicht. Das macht man so!"

Ick werde puterrot un denke, det kann er ma doch nich hier vor alle Leute vormachen. Aber da seh'ck, det ick ma jetäuscht habe un schäme mia noch mehr un freu ma bloß, det er nischt von meine schamlosen Jedanken jemerkt hat. Also er faßte in de Züjel un zeijte, det det mit Luftlassen nur von det Maul vom Pferd jemeint war, frei sollte der Kopp sein, un der Hals sollte sich recken, wie er wollte.

Nu war't im janzen Zirkus rum, det ick mit's Pferd ins Wassa hopse un de Anastasia abjemeld't is un ieberhaupt nich mehr rin darf. Denn ick hab so'n Bammel vor de Russin aus Kaukasjen un trag schon uff de Straße mein'n Kopp uff'n Puckel. Der Mann darf bleiben und sein'n Kardinal weiterspielen. De Neese is wieder heil, un richtich loofen kann er ooch wieder.

Da is de olle Delbosqu, ein Franzose, der in de Pantominen imma Hauptrollen spielt un wat vasteht. Der hat ma ooch in de Probe heute springen seh'n un meckert: „Exzellent, Fräulein, wunderbar, admirabel, aber sie muß nich gucken auf die Hals von die Pferd. Das seh'n aus wie Angst. Nein, so aufrichten die Visasche, mit die Peitsche nach hinten winken un so sagen zu die andere Mosjös: ‚Eh, voilà!'" Wir üben det zu Fuß uff'n Sattelplatz, un ick mache schon mit die Peitsche: „Eh, voilà!" Er sagt: „Großartig, Fräulein Minna!"

Am Abend da üb'ck noch heimlich det „Eh, voilà!" Un wie'ck in den letzten Akt uff den Conversano sitze, da mach ick de Bewejung dreimal vorher un schwenk de Peitsche heimlich uff den Sattelplatz, det ma keener sieht un vaalbern kann. Nu rennt det Pferd uff de Rampe zum Abspringen, un ick dreh ma mit schneid'jen Ruck um, wedle mit de Peitsche nach hinten un schrei: „Eh, voilà!" Aber in den Oogenblick is der Schinder schon von janz alleene in't Wassa jeschprung'n un haut ma mit sein' Kopp in de Fresse, det meine Neese blut't un mia de Zähne wackeln.

Foottit rennt ma wütend nach un schreit: „Ja, bist du denn verrückt geworden? Warum hast du dich denn umgedreht, anstatt aufs Pferd zu achten? Heute morgen klappte es doch."

Ick varrat den ollen Delbosqu natürlich nich un schluck de Pille. Aber det Publikum hat doch applaudiat. Det jenügte ma for'n Anfang. De meeste Angst hatte ick vor de Anastasia. Die wußte doch nu, det ick for ihr in't Wassa jing. Wenn se nu ooch schon nich in'n Zirkus rin durfte, konnte se ma aber doch vor de Tür rammen. Un so hatte ick nu nischt dajejen, wenn der jroße blonde Apotheker, Schmidt hieß er, ma manchmal abholte.

Jefrorne Haare ·
Herr Apotheka jibt ma private Pillen

Mittlerweile wurd' et so kalt, un ick klapperte mit de Zähne. Det Lieschen wollte imma jleich nach Hause in de Falle, weil se müde war, aber ick hätte jern noch wat Heißet jetrunken, wat warm macht, so'n Jrock oder 'n Jlühwein. Un der Herr Apotheka Schmidt hätte ma ooch jern spendiat, aber wejen det Lieschen und Muttan jing det nich. Wir mußten imma sofort nach Hause.

Aber eenmal war't so kalt, det meine Haare un meine Portjehzwiebel for lauter Frost an'n Hut festjefror'n war'n, denn ick konnte nie so lange in de Jardrobe bleiben, bis det Haar richtich trocken war. Ich sprang doch mit offnet Haar wie de Lorelei in't Wassa. Un wie nu den Abend der Filz uff meinen Kopp festjefror'n war un ick det ooch den Schmidt zeije, sage ick zu ihm: „Wenn meine Mutta die Eisbahn uff mein'n Kopp sieht, denn läßt se ma vielleicht heute doch noch wat Warmet trinken. Warten Se mal heute 'n paar Minuten vor de Haustüre."

Un richtig! Da konnte se nich widasteh'n un sagte: „Na, denn jeh man runter zu Wiesenacks un laß dir'n Jlühwein jeben. De Stube is heute ooch nich richtich warm, un de Betten sinn ooch klamm. Aber det du ma nich stundenlang wechbleibst."

Na, ick flitze runter, un der Herr Apotheka steht richtich noch da. Aber wir jeh'n nich jrade zu Wiesenacks rin. Die könnten ma doch bei Muttan vapetzen. Na, denn hab'ck woanders drei Jlas Jlühwein jesoffen, un der Herr Apotheka hat nachher ma mächtich abjeknutscht un wollte mit mia in'n Hausflur rin. Aber trotzdem det ick einen janz richtjen jroßen Affen hatte, hatte ick noch so ville Bildung, det ick ihm vor de Brust stieß un sagte: „Nee, mein Herr." Und damit klappt' ick ihm de Tür vor de Neese zu. –

Hurra, ick krieje uff de Direktion ihre eijne Kosten Ballettstunden bein zweeten Ballettmeester, welcher Herr Zöbisch heißt. Herr Zöbisch is, so heißt det hier, de rechte Hand von den italjenschen Hampelmann Severini, der der erste Ballettonkel is.

Ick untersteh aber eijentlich nur den Herrn Foottit, der wieder ville mehr is als der Severini un der Herr Zöbisch zusammen. Man sieht den det ooch an, det er wat is un mehr als de andren. Er hat so eene Art. Un det er wirklich so eene Art hat, ooch innerlich, det fühlt man direkt, wenn man Seele hat. Aussehen tut er, wie ick ma eenen englischen Jrafen vorstelle, so jroß un blond un dürre, ooch fein. Er darf nur bei de Proben det Maul nich so weit uffreißen und brüllen. Aber det is bei de villen Menschen nötich von wejen den Respekt un Anseh'n, den det jeden jiebt, der'n jroßen Rand riskian darf un denn von keenen eens in de Fresse kricht, sondern im Jejenteil allet kuscht. Det imponiat mia sehr.

Un denn is da noch der Herr Rat. Det is unser Kaiser vom Zirkus. Hat ooch'n Bart so hochjewichst wie Willem un hat ooch ieberhaupt ohne Mondsichel so'ne Ähnlichkeit mit unsern Kaiser. Dem jehört allet, un er soll sehr reich sind. Er spricht mit keenen. Man jrüßt ihn nur. Janz früh reit' er in seine eijne Reitbahn un dressiat Pferde. Un denn is er ins Büro un läßt Briefe schreiben. Möcht bloß wissen, wat da nu alle Tage stundenlang zu schreiben is. Die in'n Büro tun so, wie wenn der janze Zirkus ihre is un wir'n Dreck sind. Ooch tun se so jnädig bei de Jaschenauszahlerei. Ick hab det Büro jefressen. Wat se da schon arbeeten! Am liebsten sitzen se in de Kantine un saufen. Aber det soll in jeden Zirkus so sind, hab'n se mir jesagt.

Nu kommt der Herr Schmidt seltner, um ma abzuhol'n. Aber er kommt doch noch manchmal. In'n Zirkus intressier'ck ma for keen' Mann. Der eene is Hilfsreschissör un hat ma zu sich nach Hause bestellt. Er will ma Pantomine zeijen, wie die so mit den Flossen um sich hauen un mit de Hände sprechen. – Seine Frau is in't Krankenhaus. Ick trau den Kerl nich. Ick jeh ooch gar nich erst hin. Wenn der Herr Foottit natürlich Meinung dafor hat, denn täte ick det. Aber wozu soll ick den erst mit de Neese ruffbuffen? Nachher kricht der Herr zweete Reschissör noch een Anschnauzer von'n Herrn Foottit. Ick fange an listich zu wer'n un een jroßer Jefühlsmensch! Ick fühl schon allet in de Fingerspitzen, wat ick darf un wat nich. Det is mehr als det, wat se so schon Bildung nenn'n.

Aber ick bin doch uffn Leim jejangen. Wat ick ma da mit mein Jefühl in de Fingerspitzen injebild't habe, is Mist. Ick bin 'n doovet Aas!

Also jestern bring ick det Lieschen nach Hause, ma is sauschlecht. Kotz den janzen Weg lang. Ick hatte zuville Wasser jeschluckt. Da steht an unsre Haustüre der Herr Apotheka un sacht: „Um Gottes willen, Minneken, wie sehen Sie denn aus?" Sag ick: „Mia is zum Sterben." Schließt er Lieschen de Tür uff un bufft se alleene zu Mutta ruff un ruft noch nach: „Minnan mach ick noch Kräutertee und gebe ihr Baldrianpillen."

Er faßt ma untern Arm und schleppt ma uff seine Bude, wo'ck noch nie war. – Setz ick ma uff sein Sofa. Er kocht ma ooch richtich Tee, un mia is imma noch so furchtbar koddrich zumute. Er setzt sich zu ma uff det Sofa un hält ma de Tasse an'n Mund, un ick trink. Denn kriech ick noch'n Pulver un wer' so müde un mach de Oogen een bißken zu. Da fühl'ck aber, wie er ma uff seine Knie rüberzieht un ma mit sein' Mund über't janze Jesicht feecht, wo ma janich danach zumute is un ick ma lieber noch überjeben möcht, als'n Kerl küssen, wat ick überhaupt for'n Blödsinn anseh. Un wie'ck ma zurückziehe nach de hintre Sofaecke, springt er uff ma zu wie'n wildjewordnet Stachelschwein. Ick nehme meine letzte Kraft, die ma bei de Übelkeit noch übrichjeblieben is, zusammen in beede Hände un jeb ihm ne Knallschote, die sich jewaschen hat. Denn reiß'ck's Fenster uff, er wohnte Parterre, un raus uff de Straße un in'n Jalopp nach Hause. So'n Schwein, denk ick, un det will een Apotheker sinn un will ma ne Pille jeben?

Det war det erstemal, det ick bei'n Mann uff de Bude war. Et is doch so, wie de Mächens im Zirkus erzählen: Se woll'n imma alle detselbe. Et jiebt überhaupt keenen einzjen anständjen Herrn mehr. Allet Schweine. – Ick jeh nie mehr mit, un wenn man eener Jott weeß wat for Pillen vaspricht.

Ick tanz Ballett · Familienrat bei Schulzes, un de Matrosen aus Honolulu

Ick tanze nu in de letzte Reihe in det Rokokoballett mit. Die Schwenkbewejungen mit de Arme sinn noch een bißken steif. Na, ma wird ja noch der Knopp uffjehn. Ick übe ooch zu Hause ville. Imma pliee. Det heeßt: De Füße nach außen drehn un de Knie ooch, un denn so in die Haltung imma runter mit'n Hintern bis uff die Hacken un wieder ruff, un det fuffzichmal. Bitte nachmachen! Aber nirjends anfassen, so janz frei in de Luft. Un so jibt's ville, wat ick übe, allet fr̂anzösisch un soll doch ne italjensche Schule sind.

Un nu soll's bald nach Hamburch jehn. Busch hat den Renz-Zirkus am Millerntor jekooft. Busch hat Kies un Kurasche. Alle Zeitungen schreiben drüber. Erst hat er in Berlin den Renz fertichjemacht, un nu in Hamburg ooch. Mensch, wird det ne Säsong wer'n! Ick freu ma druff, wie wenn der Laden meine wär. Mutta will nich, det ick mitreise. Ick soll wieder in de Badeanstalt. Ick will nich. Ick hab ma in Zirkus akmatisiat. Nu spring'ck schon mit's Pferd in't Wassa, nu tanze ick schon in die paar Monate in de achte Reihe Ballett, nee, ick jeh mit, un wenn'ck ma in de Futtakiste vakrabble. Nu hat Mutta endlich ja jesagt, obzwar de Leute in unsern Haus alle abjeraten hab'n, de Frau Schornsteinfejer Zimmer und die Frau Schienenritzenreinijer Meyer. Wenn schon. – – Nu hab ick Muttan mit de Frau Posaunistin Müller vom Zirkus bekannt jemacht, die ooch in de Artilleriestraße wohnt. Da hat denn Mutta zu de Frau Müller jesagt: „Reisen Se ooch mit nach Hamburg? Na, denn passen Se'n bißken uff meine Tochter mit uff. Wird doch erst siebzehn." Und denn wurd's abjemacht, det ick mit Müllers zusammenziehen sollt'. De Frau war ma ooch nich unanjenehm.

Bißken dick. Aber mit so jutmütje blaue Oogen. Kurzsichtich war se ooch, denn se hat imma so ville jelesen.

Nu kam noch der Familienrat mit meine Brüder, die sich mit ma anstellten wie mit'n Tittenkind. Da kam der Paul uff'n Abend, bevor ick in de Vorstellung mußte, un der Ernste un der Justav. Un die red'ten uff mia un Muttan in.

Sagt der Paule: „Du weeßt, Mutta is ne arme Witwe, ne Beamtenwitwe mit ne janz kleene Pension. Un da is noch det Liesken, die is kleen. Du dummet Mädel weeßt noch nischt von de Welt un de Männer. Wenn du nu so alleene in det Miljöh wech machst, wer weeß, wie du wiederkommst." Schreit der Hermann: „Wenn du mit'n Kind wiederkommst?" Brüll'ck: „Wenn ick det jewollt hätte, hätt' ick längst jekonnt. Hab'n feinen Herrn jehabt!" Weent Mutta: „Ach Jotte doch, also is se schon mit'n Mann jejangen." – „Aber nee, Mutta, det is et eben jrade. Ick hab ja nich jewollt, un darum is Kurzschluß. Un ich mach ma nischt aus de Kerls. Ick will nur mein'n Zirkus!" Sagt Justav janz stieke: „Muß bloß der Richtje komm'n! – Un denn will'ck dir mal wat sagen." Un nu stand er janz langsam un so mit ville Karakta un Würde von'n Stuhl uff, wie Vata Vanünftich, un nimmt ma in eene Ecke un sagt leise, det et de andren nich hör'n könn'n: „Minna, du reist nach Hamburch. Hamburch, det is'n Hafen. In'n Hafen jiebt's Matrosen. Die komm'n von Übersee, aus Honolulu, wo de wilden schwarzen Weiber sinn un se krank machen. Un wenn du nu so'n Seemann ooch nur'n Kuß jiebst, kannst de krank wer'n un deine janze Familie vaseuchen un denn sterben. Willste det?" – – 'ne Jänsehaut is ma übern Rücken jeloofen, un ick hab ma in diese Minute jeschwor'n, nie eenen Seemann in Hamburg zu küssen. – Un nu trotz all dem Hinundherjedrämmle un Bangejemache kam endlich doch de Nacht zum Reisen. Jott sei Dank. –

Wir hatten damals eenhundertundsechsundsiebenzig Pferde, zwee Elefanten, „Jenny“ un „Jumbo“, un zehn Kamele, ooch Zebras. Wat am Abend nich mehr jebraucht wurde, wurde schon am Tage in de Bahn in unsern jroßen Privatextrazuch jebracht. Wir durften ooch nich in de letzte Vorstellung pfuschen, sondern mußten allet richtich un langsam ausarbeeten. Ick war nur froh, wie unser Kapellmeester Taubert erst den lange erwarteten Schlußmarsch spielt: „Muß ick denn, muß ick denn zum Städtele hinaus!“

Ick dachte: Wär'ck nur erst 'n Ende wech! Hatte imma noch det Jefühl, det ma jemand in letzten Oogenblick een Knüppel zwischen de Beene schmeißen würde.

Extrazuch nach Hamburch · De württembergschen Schimmel jehn uff de Reeperbahn

Uff'n Lehrter Bahnhof stand unser Extrazuch parat. Alle Männer, ooch de Artisten, Bereiter, Kutscher, Rekwisitöre mußten de Pferde führ'n, ooch noch extra anjenomm'ne Statistrie, aber die konnte man nur die Ponys un höchstens de Kamele in de Pfoten drücken. –

Der Herr Foottit flitzte in 'ne offne Droschke imma von'n Bahnhof in'n Zirkus un wieder zurück, hinter de Biester her, imma Kontrolle. Ick jloobe, der kannte jeden Pferdeappel, der von unsre Tiere uff det Berliner Pflaster rollte. Un der Stallmeester Grunert stand uff de Laderampe un kommandiate jenau, wie de Pferde zusammenjestellt wer'n sollten, ebenso wie se sich vom Stall her kannten, imma de Nachbarn zusammen. Denn de Tiere lieben un hassen sich wie de Menschen, un man muß uffpassen, det nich uff de Reise am Ende zwee feindliche Brüder zusamm'nkomm'n. Da jiebt's Mord un Dotschlach!

Ieberhaupt bei die Schläger. Det is ne dufte Sorte, un da polstat man so'n bißken den Wagen aus un macht so'ne Strohbarjere vor, det so'n Biest nich in de Rasche so'n armet harmloset Pferd eens an't Schienbeen haut. – Selbst der Herr Rat war da un bekiekte sich de Laderei un meckerte 'n bißken rum, weil er doch der Oberste war un von'n Pferden am meisten vastand. Stand'ck von weiten un dachte: Der Rat is'n feiner Mann, un jroß un schön mit sein'n roten Kaiserschnurrbart. War so'n bißken janz von ferne valiebt. Wußte ja, er kiekt ma nich an. Aber warum soll'ck ihn nich lieben, wie so'n jroßet Wesen?

Det war'n Riesenzuch! Hatte so'n langen Zuch noch nie jeseh'n. – So an dreißig Wagen alleene for de Tiere un denn fast ebensoville for all die Klamotten, Rekwisiten un Dekorationen un de jroße Fontäne un all unsre Koffer ooch. Un nu noch alle unsre Kupees. An jedet Abteil war'n mit Kreide unsre Namen anjeschrieben. Det war allet jut vorher ausjetiftelt. Ick fuhr mit de Müllers un noch'n paar Musiker un ihre Frauen. Der Herr Foottit hatte 'n Abteil erster Jüte janz for sich alleene. Det jehörte sich ooch so. Denn kam der Herr Kapellmeester Taubert mit unsren obersten Bürohahn, zweeter Jüte.

Uff'n Bahnhof war natürlich ooch meine Mutta, meine drei männlichen Wichtigtuer, de Brüder, un's Lieschen. Kommt da noch zu juterletzt der Oberkontrollör Putte mit de Amtsmiene un sagt zu meine Mutta, die sich de Oogen aus'n Kopp heult: „Frau, is det Ihre Tochter?" Sagt die: „Ja." – „Aber wie könn'n Se, liebe Frau, een so junget Ding fahren lassen? Wissen Se, wat Se wiederkriejen?" Denk ick, na der Kerl hat uns jrade noch jefehlt. Mutta brüllt: „Siehst du, der Herr hat janz recht. Jleich kommst du wieder mit nach Hause." Die Brüder brüllten: „Bei uns kannst du ooch satt wer'n. Komm mit!" – Un ick laß se alle steh'n, loof weg un stolpre über die olle Kaplika ihr'n Papageibauer un vafang ma in de Hundeleinen von'n

Clown Daniels, bis'ck de Müllers finde, die nu noch mit Muttan een vanünftjet Wort reden. Inzwischen pfeift, Jott sei Dank, die Lokomotive. Wir hatten sogar zwee von die Sorte. Langsam loofen se an, un wa winken aus det Fenster un lachen, un Mutta weent un ville, die zurückbleiben un mit Tücher wedeln. – Denn hab'ck in meine Ecke fein jepennt un hab von Hamburch jeträumt, un denn bin'ck wieder uffjewacht un hab aus's Fenster jekiekt, ob wa nich bald da sinn. Denn hab ick ma Jedanken jemacht, ob da ebensolche Häuser sinn wie in Berlin, ebenso jroße un ooch Straßen un Vakehr, un wie so'n Hafen eijentlich aussieht mit lauter Schiffe un all die Seeleute aus Honolulu, die krank sinn von schwarze Weiber.

Am nächsten Vormittach kam'n wa an uff een janz andern Bahnhof, wie man sonst ankommt, nah' an'n Zirkus, mit ne jroße Viehrampe for de Pferde in de Eimsbütteler Straße. Un da passiate jleich wat. De württembergschen Schimmel, wat den Ollen seine Lieblinge war'n, die er von'n Könich von Württemberch eijenhändig in Empfang soll jenomm'n hab'n, die jingen durch wie de Beserker, rannten wie toll von de lange Bahnfahrt, wat ick se ooch nich vadenken kann, über det janze Heilje-Jeist-Feld bis uff de Reeperbahn, un man konnte se nich fangen. De Blauen un de Feuerwehr, un weeß der Deibel wer, hab'n stundenlang Jagd uff se jemacht. Alle Zeitungen waren nachher voll davon. Sind ooch übern Kinderwagen wechjesprungen und hab'n weder de Amme noch det Kind jeprellt. Ick hab mit Herrn un Frau Müller un ihr'n hübschen kleenen Jungen in de Kastanienallee jewohnt, nich weit von'n Zirkus. Sah aus wie der in Berlin, nur'n bißken kleener. Nu ja, jeder Zirkus is rund.

Camora oder die Banditen der Abruzzen · Im Elefantenkeller · Unterjang der „Euterpe"

Wir jeben det Stück „Camora". Wat Italjensch mit so'n blutdurstjen schwarzen Kerl, den der zweete Reschissör spielte, den ick imma besuchen sollte, um die Mimikerei zu lern'n, un den ick nich traute. Un ieberhaupt 'n Mann, der sowat spielt mit Messerstecherei un so de Oogen rollt, den is allet zuzutrauen.

In'n letzten Akt war de Blaue Jrotte, allet von oben bis unten blau, alle Kostüme un ooch's Wassa. Ick hab nu in den Wasserakt ne Meerjungfrau mit'n langen blauen Schwanz jemacht, der mit blaue Jlühbirnen ringsum bespickt war, un den ick bei'n Schwimmen ruff- un runtersteijen ließ von wejen den Effekt un det et ooch natierlich aussah. – Da mußt'ck zum erstenmal durchs Tunnel unter Wasser schwimm'n un plötzlich vor det vablüffte Publikum ufftauchen, det janich wußte, wie'ck da uff eenmal herjezaubert kam. Det war jeden Abend een „Ah" un „Oh", un ick war stolz, det ick se so vakohl'n konnte.

Wenn de Frau Müller abends früher mit ihr'n kleenen Jungen nach Hause jing, denn trank ick noch nach de Vorstellung manchmal in den Elefantenkeller, visaquer vom Zirkus, 'nen heißen Tee mit'n Schuß Rum, wenichstens so lange, bis de Haare 'n bißken trocken war'n, denn ick konnte so lange nich in de Jardrobe bleiben. Man machte so schnell duster. Da war'n ooch Seeleute, aber ooch sehr feine Jungens von de Navigatsjonsschule dicht bei'n Zirkus. – Da war Karl Veilchen, jroß, blond un scheen. Der war noch nie in Honolulu jewesen. Un da war ooch'n richtjer Kapitän, Hans Wied. Weil er so jerne naschte, nannten wir'n Hans Spriet. Un denn war noch da een echter erster Deckoffizier, der hieß Paul Vichelmann, den nannten wa Pichelpaulus, un so hatte jeder seinen Spitznamen, den ick da ooch jleich wech hatte als „Wasserminna", wat ick janz hübsch fand. Aber weil Frau Müller jehörig uffpaßte, war ick ooch sehr artich un jing de Woche höchstens zweemal in'n Elefantenkeller un denn nur eene Stunde.

Der Karl Veilchen brachte ma denn imma nach Hause, weil da nachts in diese Straßen von Sankt Pauli ne dufte Jejend is un nischt for een anständjet junget Mächen, wat alleene loofen muß. Ville Trinen un betrunknet Schiffsvolk. – Un eenmal in de Haustüre sagt der Karl Veilchen un jlupscht ma mit seine jroßen veilchenblauen Oogen an: „Minna, gib mir'n Kuß!" Denk ick: Er war ja nich in Honolulu, aber wer weeß, Seemann is Seemann. Un ick denk an det, wat Justav ma von'n Kuß jesagt hat. „Nee", sage ick zu Karl Veilchen, „ick fang erst janich an." Weent der beinah: „Ich will ja weiter nichts. Nur'n Abschiedskuß. Übermorgen fahren wir weg. Achtzehn Monate auf der ‚Euterpe'. Denke, Minna, achtzehn Monate!" Weene ick ooch, denn ick kann ihn fein leiden, ville mehr wie den Apotheka, der ma de Pillen jeben wollte, un sag leise: „Nich uff'n Mund. Nimm de Backe hin!" Un reich ihm meine Backe, die er abknudelt un ick seine. Aber nich an'n Mund ran! Den hab'ck feste zujekniffen, ooch de Oogen. –

'n nächsten Tach hab ick noch fein uff de „Euterpe" jefrühstückt. Det war'n jroßer Fünfmaster, een janz kolossaler Segler. Hat ma abjeholt, un ick hab den Hafen det erstemal jeseh'n. Det Jetute un Jefahre un der Ruß! Uff so'n kleenet Schiffken is er selbst mit ma rüberjerudert zu de „Euterpe", die Petroleumfässer jeladen hatte un vor Anker lag. Ick hab erst det Schiff bekneist un denn uff Deck jefuttert. Bedient wurde ick von lauter schwarze Kulis. Det war wie 'ne Pantomine in'n Zirkus.

Denn is er wirklich den nächsten Tach in See jestochen. Un denn vierzehn Tage später is de „Euterpe" wejen der Petroleumladung in de Luft jeflogen. Da hab ick denn jeweent, un's hat ma leid jetan, det ick ihm keenen richtjen Kuß jejeben hab.

Mit meine Penunse bin'ck nich janz ausjekomm'n, weil ick nich richtich einteilen konnte un vornehmlich, weil ick meine Mutta, um ma dickezutun, wat ick allet bei'n Zirkus erübrichte, imma jeden Jaschetach zwanzich Mark schickte. Ick zahlte damals for det Zimmer vier Mark de Woche. Det war ja nich ville. Aber ick mußte ma doch vapflejen un konnte doch nich imma bei de Müllers mitfuttan. Da kam ick nu in jroße Schwulitäten, koofte ma manchen Tach nur Schrippen un weißen Käse. Ick hatte ooch keen heilet paar Stiebel mehr un rannte schon uff de Brandsohlen.

Endlich faßt ick ma 'n Herz un jing zu den ersten Herrn Sekretär Zündloch un fragt' ihn um'n Vorschuß. Der aber hatte ma schon lange jefressen, weil ick nich in seine Wohnung jekomm'n war, um ma Freibilljetts abzuhol'n, wie er det so jerne jeseh'n hätte. Aber de Sina un de Fanny hatten ma davon abjeraten, weil se sicher war'n, det der Kerl wat andret wollte als Freibilljetts austeilen. Hatte ooch noch mit'n Apotheker von damals de Neese voll. Nu sagte der Zündloch zu mia: „Nee, Frollein Minna, Vorschuß jiebt es nich."

Dabei sah dieser volljefress'ne Kerl janz jemein aus un kiekte ma so schadenfroh an. „Is jut", sagte ick un haute ab.

Denn vatraute ick ma de olle Nowaken an, die unsre Oberjardrobiere war und bei'n Ollen 'nen Stein im Brett hatte, weil se de janzen Kostüme befummelte, wo'n jroßer Wert drin war, denn se erzählten, det de Kostüme for de „Camora" hundertundzwanzichtausend Mark jekostet hab'n, wat ick einfach nich jlooben kann. –

Also die Nowaken, die den Zündloch auch nich vaknusen kann, weil er bei de Jaschenzahlungen imma so pampich is un imma so tut, als schenkt er uns wat, sagt den Rat, det ick ma so jern een paar Schuhe koofen möchte, weil ick nur noch uff Löcher loofe un uff mein eijnet Leder.

Un richtich, der olle Busch, is übrijens erst so höchstens fufzich, läßt ma bestellen, ick kann ma den Vorschuß abholen. Da bin ick vielleicht keß vor den Zündloch hinjetreten un hab jesagt: „Mein Herr, in den Namen von de Direktion ersuche ick Ihnen, mir die zwanzich Mark Vorschuß zu jeben."

Denn is der janz langsam uffjestanden. Er war ja imma zu fett, um flink zu machen, is an den eisernen Jeldschrank hinjebottet, hat erst 'ne halbe Stunde den Schlüssel jesucht un hat ma denn meine zwanzich Mark rausjerückt un uff den Tisch jeschmissen, wie wenn man'n Hund 'n Knochen hinschmeißt. Habe mir janischt anmerken lassen, det ick det for 'ne jroße Unbildung hielt, hab jelacht un jesagt: „Na, sehen Se, Herr Zündloch, nu brauch ick se woll doch nich aus Ihre Wohnung abzuholen?" – Denn is ma der Rat im Rundjang bejejnet, un ick hab ma'n Herz jefaßt un bin hin zu ihm un hab jesagt: „Herr Rat, ick danke Ihnen ooch for den Vorschuß. Nu kann ick ma ooch 'n Paar Schuhe koofen!"

Nickt er, un kiekt ma mit seine jroßen, blauen Oogen an, die ma an Muttas erinnern, langt in de Tasche, holt'n jroßet Portmonnä raus un jiebt ma nochmals zwanzich Mark un sagt: „Hier, kleine Najade, und nu koofen Se sich noch'n Kleid!"

Küsse un Trompetenblasen · Kesselpauken zu Pferd

Nu hab ick mein liebet Tagebuch einen janzen Monat nich zu Jesicht bekomm'n. Hatte allerhand zu tun. War da eine von de Paukerdamen krank jeworn'n in „Camora", un hab ick det nach nur acht Tage Probe jelernt. Ick hab ooch Tach un Nacht in mein Jehirn jepaukt. Nachts im Bett war'n meine Knie meine Kesselpauken. Am Tage paukte ick in meine Bude uff zwee Stühle mit zwee Quirle aus de Küche. Schickte denn det Fräulein Maaßen, ne Lehrerin, die unter uns wohnte, ruff un ließ sagen, det det Kotelettkloppen doch mal ein Ende haben müßte, sonst würde sie blödsinnich.

Un so kam det, det ick so schnell det Pauken lernte un uff de Probe zum Erstaunen von den Herrn Kapellmeester Taubert un den Herrn Foottit ohne jeden Fehler meinen Takt jekloppt habe.

War da'n Musiker, der hieß Adolf Küßmich un lachte sich schief, wie'ck so in Schweiße von mein Anjesicht paukte. Sagt der Kerl zu mir: „Überanstrenge dich man nich, Paukaminna!"

Dreh ick ma um: „Ick vabitte ma, det Se ma hier imma foppen. Un ieberhaupt, wat heeßt hier ‚du'? Ick bin imma noch ‚Frollein Minna' und ‚Sie' for Ihnen!" Hat er jelacht mit seine lustjen jraujrünen Oogen. Det blonde Schnurrbärtchen hat jewippt, det ick janich mehr so böse sein konnte. Denn hatta vasucht, ma wieder zu vasöhnen in'n Elefantenkeller, wo er ein Bier for ma ausjejeben hat.

Foottit hat entdeckt, det ick musikalisch bin. Natürlich von meinen Vata erblich belastet. Hat der Herr Foottit ooch jesagt, det ick'n musikalischen Hinterkopp hätte. Meinetwejen. Ick fühle nur, det ma momentan der janze Kopp furchtbar juckt. Ick jloobe, ick habe L . . . Aber wen soll ick det anvatrau'n? Det Haar is so dick, det ick ma nie alleene richtig kämmen konnte. Hat imma Mutta besorcht. Un nu is's jeden Abend naß, un so feucht kriech'ck in de Falle. Da kann ich nich noch kämmen. Un morjens kricht ick se janich erst durch. Da sinn Knuddels un Schluppen drin, un jeden Tach werdens mehr. Zum Frisör jeh'n kost' so ville, un denn schäm' ick ma ooch jetzt, wo's so vazottelt is. Wenn ick aber den Dutt so oben uff den Kran stülpe, denn sieht et richtich ordentlich aus. Det is de Hauptsache.

Also der Herr Foottit will, det ick Trompete blasen lern. In Berlin soll'n Stück jeh'n, wo Damen uff'n Jaul jeschnallt Trompete blasen. De Frau Müller kann schon blasen. Unsre Trompeten sinn B-Trompeten. Nu scheen. Sagt Frau Müller zu mia: „Minna, det kannste bei mein Mann lern'n."

Also der Herr Müller steht nu vor mia un sagt: „Denn mußt du ma erst'n Kuß jeben." Sag ick: „Nee, wie komm ick denn dazu?" Seine Olle is dabei un sagt ooch: „Ja, sonst kannste et nich lern'n." Nu, denk ick, se woll'n ma beede vakohl'n: „Wieso hat denn Trompete blasen wat mit'n Kuß zu tun?" Sagt de Müllern: „Wejen den richtjen Ansatz." Un dabei zuckt se mit ihr Maul un trommelt mit de Zunge jejen de Lippen wie'n Lama, det die ersten Spuckvasuche macht. Na, also jut, laß ick ma von'n Müller küssen un meine Lippen in so'n richtjen Takt betrommeln, wat furchtbar komisch war un ma schrecklich kitzelte. – Un denn habe ick wirklich de erste Stimme mit de Frau Müller zusammen jeblasen, weil wa de einzjen mit det hohe C waren. De andren konnten nich so hoch.

Mir juckt der Dutt. Eijentlich untern Dutt. Wat mach ick bloß? Kann's doch nich de Frau Müller sagen? Ick wer' ma Schmierseefe koofen un den Kopp richtich damit einreiben. Ick jloobe, wenn da uff'n Kopp wirklich wat sein sollte, Schmierseefe frißt allet Lebendje mausetot. Da muß allet ersticken. Wie kann da sowat nach so'ne Ladung Schmierseefe noch atmen? Schmierseefe is billich un radikal. –

Jestern nach de Vorstellung hab ick det mit de Schmierseefe jemacht, feste injerieben. Et hat weh jetan. Un weil ick nu keen warmet Wassa in mein' Zimma hatte, un ooch keen't valangen wollte, um keen'n Vadacht zu erwecken, da hab ick mindesten eene Stunde den Kopp in'n Eimer kaltet Wassa jesteckt, bis det de Seefe so ziemlich runter war. – Aber ooch nach diese Pein hat et weiterjejuckt. Na, noch acht Tage, un ick bin wieder zu Haus bei Muttan. Ick hab Sehnsucht. Bei Muttan wird allet wieder jut.

Berlin, sei ma jejrüßt!

Wir hab'n in Berlin mit'n knorket Programm un zum Schluß mit'n Matrosenballett, wat „Unsre Marine" hieß, eröffnet. Ick war Fahnenträjer un bin da maschiat wie'n richtjer Kerl. Dabei mußt ick imma an den netten Karl Veilchen denken.

Der arme Junge. Warum hab ick ihn denn nich'n Küßken jejönnt? Der dämliche Justav. Der hat ma vielleicht von alle Seiten bekneist, wie ick nach Hause jekomm'n bin. Un Lieschen hab ick ne schöne Puppe aus Hamburch mitjebracht.

Schon acht Tage Berlin, un schon so, wie wenn man nie wechjewesen wäre.

Mir hat det Heil oder det Unheil erwischt. Meine Mutta setzt sich de Brille uff un bekiekt erst von ferne mein Haar. Denn rückt se näher un näher an ma ran un sagt mit so'ne unheilvolle Stimme, die zittat: „Mächen, du hältst de Hände nich mehr still, du krabbelst dir ja immazu. Wat is mit dein Haar? Et hat ooch so'ne trübe jrüne Farbe." Ick rück zur Seite un sage: „Ach laß man, Mutta. Det mit de Farbe kommt von det schmutzje Wassa jeden Abend." – „Ja, un det Krabbeln, wovon kommt det?" fragt se, un schon is se an mein Dutt, aus den se de Haarnadeln mit eene akrobatsche Jeschwindichkeit hext. Un schon wühlt se in meine Haare un schreit: „Allet vazottelt ... nie jekämmt ... un ... un ... wat ick dachte, ooch!"

Se läßt sich erst uff'n Stuhl fallen un is janz blaß vor Schreck. Ick jloobe erst, se wird ohnmächtich. Ick spring uff un zu ihr hin. Sie steckt aber de Hände jejen ma aus, wie wenn ick de Pest hätte: „Rühr ma nich an. O Jotte doch, det hab ick ja jewußt, det ick dir so vakomm'n wiederkriejen würde. Un det scheene Haar. Det hab ick nu von deine Jeburt an mit det teure Ochsenpootenfett jepflegt, un nu kommste so wieder." Nimmt de Schere un schneid ma wie so'n katholschen Pfaffen eene Tonsur. Na, nu denn det Brennöl ruff un später den Essich. Un weil se ma denn noch ringsum de Haare steh'n ließ, konnt ick noch fein meinen Dutt mitten uff den Kopp tragen, ohne det jemand merkte, det ick in de Mitte kahl war. –

Jeden Morjen probian wa Trompetenblasen zu Pferd. Mein Pferd is sehr nervös.

Ein ollet Freiheitspferd vom Rat, un heißt Piff. Kriegt der Herr Foottit plötzlich 'n Rappel un fängt an zu blöken, det der janze Zirkus wackelt un mein Piff varrückt wird, kurzum kehrtmacht un nu mit ma durch'n janzen Rundjang jaloppiat, un de Rampe zu de zweete Bühne ruff. Ick konnt ihn doch nich rejieren, weil de Züjel an'n Sattel an jede Seite festjemacht war'n. Un der Piff hätte sich nu in seine Rasche bestimmt von de zweete Bühne mit ma runterjestürzt, wenn Foottit nich hinterherjerannt wär un ihn eijenhändich einjefangen un vabolzt hätte. Un ick imma oben uff det blödsinnje Roß.

Wen ick am liebsten hab, det is de Sina. Se is eijentlich Russin, un von Ursprung macht se Klischnig, so Schlangenmensch. Dabei hat ihr der eijne Vata mal den Brustknochen zerbrochen, als se noch Kind war. Aber det sieht man nich mehr. War jut jeheilt, un se is een sehr scheenet Mächen, drei Jahre älter als ick, hat langet rotbraunet Haar un so jroße blaue Oogen. Se reitet imma mit de Fanny, die de Freundin von unsren ersten Jeschäftsführer Larsen is, Doppelvoltische. Die Fanny is janz brünett, ooch sehr scheen. Die beeden seh'n, wenn se so uff de Pferde in ihre scheenen weißen Kostüme mit de kurzen Trusen rumvoltijian, janz jroßartich aus. Sina spricht alle Sprachen. Se kann ooch allet. Se spielt in de Pantomine imma de ersten Rollen, reitet alle Kwadrilljen mit, kann uff de Zehenspitzen tanzen wie die in de jroße Oper Unter de Linden. Se kann ma ooch fein leiden, un ick bin stolz, wenn se ma in ihre Jardrobe ruft un ick ihr 'ne Flasche Brauselimonade hol'n darf un sojar aus de Monbijou-Apotheke 'n Pulver jejen Kopfweh. Se hat nämlich fast alle drei Tage Mijräne, sagt se. Un denn arbeet se doch wie 'ne Wilde.

Der Herr Foottit hat se aber ooch sehr jerne. Det vastehe ick. Alle müssen ihr lieben. Se is wunderscheen un jut un so mutich.

Det war fein. Heut hab ick de Sina, ick sage natürlich „Fräulein Sina", am Sonntag zwischen de beeden Vorstellungen den Kopp jekrault, weil se wieder Mijräne hatte. Dafor hat se ma fufzich Pfennje jeschenkt. Ick hätte det aber ooch for umsonst jetan. Un denn is der olle Franzose Delbosqu rinjeschliddat un hat jesagt: „Wolle Sie, Fräulein Sina, daß ick Sie heile von Ihre Migräne?" Un denn hat er mit sein'n Hokuspokus anjefangen, hat ihr Striche übern Kopp jezogen un hat ihr uff de Stirn jetippt un jedrückt, hat ihr stramm in de Oogen jekiekt un jesagt: „Fini."

Denn is se uffjesprungen, hat jetanzt un jealbert un jesagt, det se keene Schmerzen mehr hat. So'n Blödsinn. Na, wenn se dran jloobt, laß ihr. Der olle Delbosqu jiebt sich jerne überall als'n Wunderdoktor aus. Sieht ooch so aus mit seine jroße jraue Oogen un seine kahle Stirn. Un denn hat er so spillriche kleene Hände. Der is schon 'ne Type. Un in de Pantomine spielt er seine Rollen imma am besten, wie so'n janz jroßer Künstler von's Theater. Dabei war er früher Clown, der erste, der bei'n ollen Renz 'ne Pfauenfeder uff de Neese balanzieren konnte.

Ick hab ma 'ne Pfauenfeder jekooft un vasuch's. Is sehr schwer.

Nu is Nachtprobe „Hie guet Brandenburg allewege". Komischer Titel. De Plakate kleben schon an alle Säulen un Zäune. Wir zu Roß als Ritterfräuleins mit de Es-Trompeten. Fein. Hab Mutta for so'ne Säule jeführt un ihr vakohlt un jesagt: „Kiek mal, Mutta, die Jroße da rechts, det bin icke." Hat Mutta ihre Brille uffjesetzt un jesagt: „Aber et is nich sehr ähnlich." –

Der Akt mit de Es-Trompeten klappt un ooch de Ritterspiele mit de Lanzenstecherei. An de linke Seite jeht'n Turm hoch bis in de Kuppel, da reiten de Ritter ruff, un der Turm wackelt. Letzter Akt Wassa. Da schmeißt so'n hoher Fürst oder Markjraf 'n Becher von de zweete Bühne mang de Wassamanege, un nu soll da'n Springer aus de Zirkuskuppel runterspringen un nach den Becher tauchen. War ooch eener engaschiert. Aber der war nich da, hatte sich mit de Matte jedrückt. Un nu uff eenmal keener da, der von de Kuppel runterflitzen wollte. Ick denk ma: Meldste dir? Ick überleje! Hab ja nur acht Meter jesprungen, un det hier sinn achtundzwanzich!

In den Oogenblick sagt de Foottit zu mia: „Minna, traust du dich?" Dabei kiekt er ma jroß an.

Ick kann janich mehr daran denken, nee zu sagen. Alle kieken ma an. Man weeß doch schon, det ick allet mache. – Det alljemeine Vatrauen, det se alle bis zu'n letzten Kuli in mia setzen, ehrt ma, macht ma sojar stark, nich alleene de blauen Oogen von'n Meester. Da sage ick: „Na, is ejal, ob de Neese hinten oder vorne sitzt – ick springe!"

Denn werf ick de Sina, die ins Parkett sitzt, meine Handtasche in'n Schoß un renne hinten de Treppe ruff uff de zweete Bühne un von da aus uff de kleene, schmale Eisentreppe, wo man unter jede Sprosse den janzen Zirkus unter sich sieht. So komm ick uff de Brücke, die unter de

Kuppel zum Adler führt, so nenn'n se de runde Scheibe, die direkt unter de Kuppel hängt. In de Mitte is'n Loch, un dadurch muß ick krauchen, uff 'ne kleene Holzleiter, die uff so'n Absprungbrett führt. Da steh ick nu janz frei un kieke un jraule ma schrecklich, denn von oben sieht man erst, wie hoch det in Wirklichkeit is. Un nu möcht ick wieder zurück, aber unten steht der Foottit un kiekt ruff zu mia un fragt: „Bist du bald fertig?" Ick muckse ma nich. – Wat soll ick bloß tun? Un de andern kieken ooch alle ruff. 'n paar kilksen vor Lachen. Nee, ick kann nich mehr umkehr'n. Die Schande! Unmöglich. – Der Foottit fragt noch mal: „Bist du fertig?" Ick schrei: „Ja." Un schon steck ick mein'n Kopp zwischen de Arme, die ick hochhebe wie zum Jebet, federe mit de Füße un ziele direkt zu den Foottit rüber, der uff'n Manescherand steht. –

War det'n Hallo! Ick hab's jeschafft! Bin jrade jut in de Mitte anjekomm'n. Un denn jetaucht un den Becher jeholt. –

Man hat ma fünfundzwanzich Mark Jasche für einen Sprung anjeboten. Fein. Aber Bange hab ick doch. Lieber mit zehn Pferde in't Wassa. –

Nu sitz ick mit janz vaquollne rote Plieroogen un'n blutrot anjebummsten Busen un Leib zu Hause. Mutta kühlt ma. Ick bin zu flach uffjeschlag'n, un den Kopp hatt ick nich richtich zwischen de Arme jesteckt. Wie Mutta ma so wiederjesehn hat, hat se jesagt: „Du bist ja woll janz dußlich mit dein Zirkus? Jeld is ja janz scheen, aber bessa sinn noch jesunde Knochen. Det de nich mehr springst! Ick selbst jeh' zu den Herrn Foottit un wer' mal hochdeutsch mit'm reden." – „Nee, Mutta, erstens kannste det ebensowenich wie icke, un denn mit unserm Meester wer'ck bessa fertich wie du!"

Wollt eben mit Foottit sprechen, sagt der schon zu mia: „Mächen, nu ist es aus mit der Springerei. Hab schon dem Sascha von Zyrull Bescheid gesagt."

Der Sascha is ein netter blonder Junge, der ooch allet macht un kann. Eijentlich is er Bereiter. Russe, soll aus juter Familje sinn, aber nischt taugen. Hier for'n Zirkus is er richtich. Bei uns sinn ville, die woanders nischt wer'n könn'n.

Jold und Jlocken in Klondyke ·
Küßmich steicht nach ·
Ick muß Muttan meine Unschuld beweisen

Wia üben alle Tage Jlockenschlagen for de neue Pantomine. Det sinn so eijentümliche Jlocken, wie so'n Jong mit so sanfte hallende Töne, wie'ck det noch nie jehört habe. Den Namen von die neue Pantomine wissen wa nie vorher, ooch meistens nich, wat et bedeuten soll. Man rat't bloß, ob's wat aus de olle Zoppzeit is oder russisch, chinesisch oder spanisch. Diesmal aber steh'n wa alle vor'n Rätsel. Der Schumann, unsre Konkurrenz, soll nämlich nich wissen, wat wa jeben. Ooch dürfen wa aus't Haus nich ville klatschen un tratschen, wat ick sowieso nich mache. Foottit hat ma jesagt: „Sehn, hörn un schweigen, denn kannst du alt und grau bei Busch wer'n." – Alle Artisten, selbst de jrößten un feinsten, ooch de Damen, müssen in de Pantomine mitmachen. Se könn'n ja ooch alle diese Flossensprache mit de Hände un de Füße nach de italjensche Schule, wat man mimian nennt, un wat ma der Herr zweete Reschissör zu Hause zeijen wollte. Un ick komm ja dafor ooch nich in Frage, weil ick for de jroßen Trickse resaviat wer' un for de Blaserei un de janze Musik, det is jenuch for'n Varrückten! –

In'n ersten Akt mache ick 'ne arme Frau, die sich mit de Miß Allan, die eine englische Pannoreiterin is, an'n Jaul lehnt un sich von ihm de Kaskade ruffschleifen läßt. Dabei frißt nu de Allan bei's Probian immazu Schoklade, un ick sag ihr schon: „Frollein, futtan Se Ihre Schoklade nich hier in de Manege, wenn det der Foottit sieht, wird er jrob." Bläht sich diese blondjefärbte Zicke uff un kiekt ma vanichtungsvoll an: „Ick verbitten mir Ihre Ton. Ick bin eine Artistin!" Ick wackle mit de Schulter: „Wenn schon, darum dürfen Se hier bei's Probian doch nischt in'n Mund stekken!" Un richtich hat der Foottit se ooch schon wech un brüllt ihr an, det se, wenn se Hunga hat, in de Jardrobe jeh'n soll un frühstücken, un denn wiederkommen. Hat ma sehr wohl jetan! –

Det neue Stück heißt „Klondyke", det is det Land, wo man Jold jräbt, un ick bin so'ne arme Joldjräbersfrau un de Allan ooch. Im ersten Akt. Der letzte Akt is janz kolossal. Lauter durchsichtje Joldfelsen von die Manesche beinah bis in de Kuppel, un in den Joldfelsen det janze Ballett in Jold. Wir Musikrinnen mit de joldne Jlocken zwischen de Felsen drinne. Un zu unsre Jeistertöne tanzen de Sina un de Pascouli, janz in joldne Flitterkostüme uff de Zehenspitzen. Wunderbar. Det Publikum hat jerast. Dreimal mußten wa diese Jlockentonmusik von uns jeben. Keene hat danebenjehauen. Ick möchte ooch mal zukieken. Muß ja janz himmlisch sinn.

Imma is bei uns ausvakooft. Ick bin stolz uff unsern Laden. Knorke. –

Nu war ick wieder mal een bißken bequem un hab det Jechmiere in mein Buch unterlassen. Erstens Faulheit, un denn bin ick so vornean valiebt. Un ick will doch nich, weil det Unsinn is. Un ausjerechnet dieser Küßmich, den ick zuerst janich vaknusen konnte. Der is imma hinter ma her, un nu find ick ihn uff eenmal janich mehr so übel. Bringt ma fast jeden Abend zu Hause. Is sehr anständich. Vielleicht sinn die Kerls doch nich alle jleich.

Ich schließ det Buch jetzt imma jut wech, denn meine Mutta hat sich det Nachschmökern anjewöhnt, wat ick for'n Dod nich leiden kann. Se is überhaupt so komisch mit ma un sagt öfters zu ma: „Du, wenn de ma mit ne

Jöre in't Haus kommst, fliegste mitsamt dein' Bastard raus."

Heute hat se ma wieda de Lewiten valesen, bis ick in meine Vazweiflung jeschrien habe: „Du hast woll aus's Fenster jeseh'n, det ma der Herr Küßmich öfters nach Hause bringt? Aber davon krieg'ck noch lange keen Kind!" – Setzt se feierlich ihre Brille uff, kiekt ma lange an un sagt: „Du bist ja schon in andre Umstände, denkste, ick seh det nich? Die Schande, det Unjlick!"

Un eh ick zu Worte kam un ma vasah, hatt ick schon'n Ding an'n Deetz un brüllte wie 'ne Jöre: „Ick bin unschuldich, Mutta, ick hab nischt jemacht!"

Un nu hab ick det Theater mit meine Mutta alle Tache, weil ma de Rejel wechbleibt, un weeß nich warum. Hab schon im Zirkus alle Mächens jefragt. Hab'n ma jetröst't un jesagt: „Det kann vorkomm'n."

Ick bin imma noch sehr unjlücklich un wünschte, et wäre März, un wa reisten nach Breslau. Det Jebolze von meine Mutta jeht ma uff de Nerven. Man is doch schließlich jetzt ooch 'ne Künstlerin un kann ne andre Behandlung ooch zu Hause valangen! Ieberhaupt, wenn man so anständich is wie icke. Die andern Mächens in meine Jahre hab'n alle schon'n Bräutjam, überhaupt die im Zirkus. Aber ick will ja janich. Mir jrault ja ville zu sehr davor. –

Hurra, ick konnte meine Mutta heute meine Unschuld beweisen, un se hat vor lauter Freude jeweent. Ick bin sehr jlücklich.

Ick penn im Stall mang de Pferde un rett een'n Vasoffnen

Nu bin ick in Breslau un find keene Wohnung un penne schon de dritte Nacht in'n Stall uff Stroh bei de Kutscher, die alle sehr jut un anständich zu ma sinn. Der Pannoheinrich mit sein' hochjewichsten Schnurrbart un der Saphir sinn de feinsten Kutscher mit de höchste Jasche. Einhundertvierzich Mark un freie Wohnung im Stall. Da hat ma der Pannoheinrich seine Decke jejeben, un der Saphir hat ma det Stroh uffjeschütt't. Denn hat eener uff'n annern uffjepaßt, det ma nischt in de Nacht passiat is. Hab in so'n Pferdestand jelegen un wirklich fein jeschlafen. –

Et jiebt „Eiserne Maske". Is da 'n neuer Bereiter, der heißt Max Kruse un sagt, er kann schwimmen. Sonst engaschiert ihn der Foottit nich. Wie nu zuerst die Hirsche in't Wassa hopsen un de Bereiter mit de Klappern in de Hände hinterher, seh'ck, det der Kruse janich schwimmen kann, runtersackt, denn wieder hochkommt un mit de Arme um sich schlächt. Schrei'ck de annern Bereiter zu: „Kruse vasauft. Helft'n doch!"

Lacht de Blase un kräht: „Hat ja jesagt, kann schwimmen!"

Un ick in volle Straßenkluft übern Maneschenrand, rin in't Wassa un den Maxe an'n Kanthaken jefaßt un rausjeschleift. Er war schon janz blau. Jekotzt hat er ellenlang. Wie er dann janz bei sich war, hat er sich erkundijt, wer'ck war un wo ick wohnte. Hatte inzwischen bei de Frau Horn in de Luisenstraße jemietet. Da kam Maxe Kruse janz wie'n feiner Mann mit Bildung un Karakta hin, 'n Blumenstrauß in de eene Flosse, 'n Hut in de andre. Ick lag jrade uff det Sofa un hielt Mittagspause. Kommt rin un sagt: „Fräulein, ich komme nur, um mich zu bedanken, daß Sie mich gerettet haben. Ich möchte Ihnen ja was schenken, aber ich habe kein Geld."

Legt ma de Blumen uff'n Tisch.

Eh ick ma vaseh, hat er schon wieder de Klinke in de Hand. Ruf ick hinterher: „Danke ooch scheen for de Blümekens, un brauch ooch nischt jeschenkt. Hab nur 'ne Pflicht jetan, sonst nischt."

Der Küßmich is wieder hinter ma her. Ißt ooch zumeist in meine Kneipe. Aber imma kann ick nich warm essen.

Denn koof ick ma Schrippen un Käse wie in Hamburch. – Sina is jut zu mir. Wenn'ck ihr den Kopp kraule, schenkt se ma fufzich Pfennje oder'n Schnaps. Den trink ick aber imma nur nach Schluß, wenn de Vorstellung aus is.

Der Herr Baumeesta aus Liejnitz · Ick jeh in't Separeeh

Jestern is ma wat passiat. Kommt der Pannoheinrich, der ooch mein'n Wassahengst Piff sattelt, hinta ma her in de Jardrobe un flüstat ma: „Minna beeil dir sehr. 'n feina Herr, 'n janz feina wartet uff'n Sattelplatz uff dir." – „Wat will denn der?" frag ick. Meint der Heinrich: „Woll mit dir ausjehn!"

Ick war noch nie mit'n Herrn aus, wat man so ausjeh'n nennt. Ick war mächtich neujierig uff so'n Ausjang mit'n feinen Herrn. Fragte ooch de Trude, die nu mit'n neuen Herrn zweeten Reschissör jeht, ob ick ausjeh'n kann mit 'n janz fremden Mann. Die Trude, die bei's Ballett is, is eene von de Jrößten un Scheensten, mit so janz jroße schwarze Oogen und weeß schon Bescheid. Die sagt: „Natürlich kannste mitjeh'n. Un bestell dir man ordentlich wat zu futtan un nich nur zum Saufen. Die Kerls aber koofen vornehmlich nur zum Besoffenmachen, um denn die Mächens schneller rumzukriejen. Wenn du aber jut wat vorjelecht hast, so'n odentlichet Magenpflaster, denn kannste ooch ne Pulle Alkohol vatragen. Un wat soll schon in'n Restaurant hier in Breslau passian? Uff keenen Fall krauchste mit ruff uff seine Bude, un wenn er in't Savoy kampiat." –

Mit diese Rezepte in de Tasche tret ick sehr sicher uff'n Sattelplatz raus un jlupsche. Steht da richtich so'n janz jroßer, breiter, feiner Herr in'n jrauen Ulster. Kommt uff ma zu, weil'n der Pannoheinrich zurechtstößt, und sacht:

„'n Abend, mein Fräulein. Sie sind also die mutige junge Dame, die mit'n Pferd ins Wasser springt? Erlauben Sie, daß ich mich vorstelle: Walther Emden, Baumeister."

Mach ick beinah so'ne Art Hofdamenknix aus de „Eiserne Maske" un sage so mit Bildung: „Sehr anjenehm. Und womit kann ich dienen, Herr Baumeister?" Meint der Herr Baumeister Emden: „Es würde mir ein Vergnügen sein, mit Ihnen heute abend speisen zu können." Ick sage, weil ick ma 'n bißken bedrückt fühle un ooch so jarnich in Schale bin, denn ick hab ma nie wat aus de Klamotten jemacht un war nur imma froh, wenn'ck nur'n heilen Rock un ohne Flecken uff'n Po hatte. „Schämen Sie sich auch nicht, mit mir auszujeh'n, wo meine Haare noch nich mal trocken sind?" Sagt der Herr Baumeister: „Das ist mir ganz egal. Die Hauptsache ist mir Ihre Gesellschaft." Denk ick: 'n hochfeiner Mann. Kannste ruhich mitjeh'n. Der hat Benimmse.

Nimmt jleich 'ne Droschke un fährt mitten durch Breslau, wat ick nich kenne, in so'ne Seitenstraße. 'n Portjee macht uff. Hochfein. Er fragt nach'n Separeeh. Weeß ick, wat'n Separeeh is? Freu ick ma druff. –

Schubst er ma in'n kleenet Zimmer rin, wo nur'n Sofa steht, 'n Tisch un zwee Stühle. Der Kellner rückt 'n Tisch ab un läßt ma uff det Sofa krauchen, wo'ck hinsinke wie so'ne feine Dame, so mit Brust raus un hohlet Kreuz un den Kopp so recht stolz in de Höh, wenn man ooch noch det Wassa sachte in't Jenicke runter rennt. Fragt der Herr Baumeesta, wat ick zu nehmen jedenke. Sag ick: „Was zu essen, bitte. Nachher können wir ja trinken." Ick rede richtich mit de frisierte Schnauze.

Denke dabei an erster Stelle an die Ratschläge von Truden, un denn knurrt ma ooch der Magen von wejen drei Tage nur Schrippen un Käse. Bestellt der Herr Baumeesta een Menü. Fragt ma noch, ob ick det will. Natürlich will ick futtan, ejal wat. Weeß ick, wat'n Menü is?

Wie wa nu alleene sinn, is ma sehr beklomm'n, un ick sage: „Herr Baumeesta, wenn ick nur immer hochdeutsch reden muß, brech ick ma de Zunge ab. Ich“, ich sage richtig un deutlich „ich“, „bin nämlich Berlinerin un aus eine einfache Beamtenfamilje.“

Lacht der Herr Baumeesta: „Mädel, sprich, wie dir der Schnabel gewachsen ist. Berlinerisch höre ich sehr gern. Es klingt immer so lustig und dabei so bieder!“ Denk ick: Netter Kerl. Un nu wer'ck zutraulich un red, un er jießt ma echten Schampanjer in un hab noch nischt anneres im Bauch. Da jeh'n ma de Oogen schon über, un ick frag'n bißken ängstlich, wie er sich da bei mir mit uff's Sofa ranködert: „Herr Baumeesta, komm'n hier denn keene annern Jäste mehr rin? Bleibt man hier janz alleene?“

Lacht er furchtbar, reißt ma an sich un klaut man an'n Rock. Aber'ck hau ihm uff de Pfoten un blöke: „Herr ... Herr Baumeesta, wenn, wenn Se ma nich uff de Stelle loslassen, brüll ick um Hilfe, un denn kommt der Kellner rin, un Se sinn blamiat. Woll'n Se det?“ Un er läßt ma augenblicklich los un setzt sich sehr uffjerecht visaquer uff'n Stuhl un schüttelt den Kopp: „Wie kann man nur so spröde sein, Kleine? – Sieh, du gefällst mir. Ich suche schon lange so eine junge niedliche Krabbe. Ich meine es ehrlich mit dir. Ich möchte dich aushalten.“ Frag ick, denn dieser Ausdruck kam ma jleich vadächtich vor: „Wat is aushalten?“ Lacht der noch mehr: „Das heißt, ich miete dir ein schönes Zimmer. Du brauchst überhaupt nicht mehr zu arbeiten. Du kannst essen und trinken, was du willst, und kriegst auch schöne Kleider.“ Sag ick: „An sowat hab ick noch nie jedacht. Un mein Zirkus?“

„Da kannst du natürlich nicht mehr mitreisen.“ – „Muß ick immer dableiben?“ – „Ja“, sagt er. Sag ick: „Nee, ick reise lieber mit meinem Zirkus mit. – Un denn, Herr Baumeesta, Se hab'n ja'n Trauring uff ...“ Bekiekt er sich janz erschrocken un denn so traurich seine Pfote: „Ja, ich bin schon zwanzig Jahre verheiratet. Meine Frau ist krank. Ich bin schon lange kein Mann mehr." – Schüttle ick den Kopp: „Nee, nee, in eine Stadt mit Ihre Frau? Wenn die mal dahinterkommt un mia 'n paar klebt? Det jeht nich!" Will der ma trösten: „Ich wohne ja gar nicht hier. Ich lebe in Liegnitz und habe jede Woche hier zu tun. Es ginge schon sehr gut, wenn du nur wolltest. Na, überleg dir's. Es wird dir mal leid tun."

Zum Jlück kam'n uff eene Platte so ville kalte Jeschichten, villet, wat ick kannte, wie Rollmops un Sardinen un Italjener, aber ooch sowat, wat se Kaviar nennen, un wat wie janz jemeiner Hering stinkt un schmeckt, wat aber schrecklich teuer is. Da hatt ick denn von dem kalten Zeug so ville jefuttat, det in mein'n Bauch jarkeen Platz mehr war for det Huhn mit Reis un Sparjelspitzen. Un ick hab an een Abend mehr jejessen wie in mein janzet Leben. Un der Olle hat ooch'n juten Magen, un bei's Futtan hat er sein'n Liebesschmerz janz vajessen, worüber ick nur froh war. Nachher war er so müde un jähnte schon bei's Kompott. Un da standen so jroße Schalen aus feinet Jlas mit Zitronenscheiben uff'n Tisch, un ick war so neujierich, wat da drinne war un ob's wat zu trinken war. Aber ick wollte doch nich fragen un dacht ma, vielleicht jeht er mal austreten, un ick kann denn schnell mal riechen, wat in de Jlasschalen drin is. Nu mach ick Spannemann, wat er nu damit anstellen wird. Un richtich, janz zum Schluß steckt er de Finger rin un wascht sich de Pfoten ab, wat ick nu ooch wie 'ne janz jebild'te Dame, die allet weeß, nachmache, schwenk de Serviette ooch zierlich, wie'ck ma de Hände drin abwische. – Nu fragt er mia, ob er ma zu Hause bringen kann. Kann er, sag'ck, aber nur bis zu de Haustüre. Er lacht: „Na schön, kleines Mädchen, ich komme ja nächste Woche wieder, und bis dahin hast du dich vielleicht anders besonnen." Sag'ck, um nur den ollen Knast zu beruhjen: „Ja, vielleicht." Er zahlte denn de

Rechnung. Hab ick ma erschrocken. Hab'n wa beinah' for dreißich Mark nur so fors Saufen un Futtan vaknackt. Denk ick, schade um det scheene Jeld. Wenn du nur de Hälfte davon in bar jehabt hättst. Aber diese reichen Männer rücken nur raus for Essen und Drinken un so, wenn se selbst wat davon haben. 'n richtjet Herz un'n Vastehste for'n armet Mächen hab'n se nich. –

Nu nimmt er 'ne Droschke un fährt ma vor meine Haustür in de Luisenstraße, läßt den Kutscher halten, steigt aber nich jleich aus un erzählt ma noch mal von seine kranke Frau un det er unbedingt ne Jeliebte hab'n muß, det ick ihm jrade wejen meine Unbildung un wejen meine einfache Natur jefalle un ooch, weil'ck so scheen berlinerisch rede. Da umfaßt er mir jrade un will noch 'n Kuß uffdrücken, als jemand de Droschkentür in jroße Hast uffreißt un rinbrüllt mit 'ne Stimme, die beinah heiser is vor Wut un zittert: „Geben Sie sofort die Dame frei. Was fällt Ihnen ein?"

Ick hopse raus, der Herr Baumeesta schlägt schnell die Tür zu un schreit den Kutscher wat zu, er soll schnell wechfahr'n!

Denk ick: Feiner Kavalier, drückt sich mit de Matte, wo er 'ne Dame schützen muß.

Vor mir steht Adolf Küßmich, weiß wie de Wand, un wispert: „Minna, das, das hätte ich nicht von dir gedacht."

Ick lache ihn aus: „Mensch, jieb nich so an. Ick hab nischt jetan, nu wenn, wat jeht det dir an? Bin'ck mit dir valobt, oder hab ick dir irjentwat ooch nur so vornean vasprochen?" – „Nee", sagt er, „nee, aber ich liebe dich. Ich weiß es jetzt bestimmt. Ich liebe dich. Wie ich heute abend hörte, daß du mit'n Herrn weg bist, habe ich schwer gelitten. Steh beinah drei Stunden hier. Dachte schon, du bleibst die Nacht wech." – „Also for so'n Flittchen hältste mia, Adolf? Nee, denn is ooch nischt mit uns. Denn will ick dir ooch jarnich wiederseh'n. – Un wat fällt dir überhaupt ein, mir so nachzuspionian un de Dür vom Wagen wie so'n Varückta uffzureißen? Ick jloob, du hast 'nen kleenen Lütütü! Ach wat, laß ma sausen. Man soll ieberhaupt keen Mannsbild ernst nehm'n. Nur de Arbeet, nur den Zirkus!"

Wollt er ma an'n Arm packen un ma ans Aufschließen von de Haustüre vahindern. Hab ick ihm 'nen Stoß vor de Brust jejeben un noch mal jeschrien: „Laß ma in Ruh. Aus! Aus mit uns, du Affe!" Un denn hab ick ihm de Düre vor de Neese zujeknallt. – Jeschlafen hab ick wie zehn tote Ratten. –

Der janze Zirkus hat ma an'n nächsten Vormittach bei de Probe anjekiekt. Alle hab'n jewußt, det ick mit'n feinen Pinkel aus war. Jlooben nu alle, ick wer' mit ihm weiterjeh'n. Wenn die nur wüßten, wie'ck den hab abstinken lassen.

De Trude hab ick de janze Jeschichte erzählt. Hat se jesagt: „Ja, ja, so sinn de Vaheirateten. Der is noch anständich, det er dir jesagt hat, det er ne Olle hat. Die meesten sagen det erst vierzehn Tage später. Un denn natürlich kitzeln se uns arme Mächens an't Herz mit's Mitleid, die Frau is krank, oder se will nich. Aber in Wahrheit is se jesund un kann ville mehr als wie so'n oller Muffel. Un denn jloob doch nich, det er dir richtich ausjehalten hätte. Vielleicht de ersten vier Wochen, die wa hier sinn, möglich, aber nich ne Minute länger. Alle vasprechen, eenen lebenslänglich zu vasorjen, bis se bei uns satt und froh jewor'n sinn. Denn kommt wieder wat anneres ran. Diese ollen Lustknaben brauchen Abwechslung, immer wieder wat Neuet, wat Junget, so'n Kalbfleesch wie du. Eijentlich warste ja dämlich, det de nischt dabei jeerbt hast. Warum haste ihn nich hinjehalten, allet vasprochen, bis de wenichstens 'n Kleid oder 'n Paar Schuhe jehabt hast?"

Ick sagte: „Det liegt ma nich. Wenn ick jemand nich leiden kann, denn kann ick ooch nich mit'n jeh'n."

„Du Weihnachtsjans, wer hat denn wat von Jeh'n jesagt? Vasprechen un'n bißken neppen. Na, ick seh, du bist'n Vollidiot. Du mußt erst noch'n bißken bei uns in de Schule jeh'n." –

Der Baumeesta hat noch zweemal in'n Zirkus antelefoniat, wie er wieda da war, aber ick bin nich mal mehr an't Telefon jejangen.

Mit Küßmich sprech ick keen Wort mehr. Herr Wichtich will ma Vorschriften machen. Soll er lieber uff sich alleene uffpassen, det er anständich lebt. So'n Kerl. Die könn'n uns Frauen mit offne Oogen anschmian, det se tränen, un wa dürfen nich mal wo mit'n Herrn essen jeh'n! Ick bin vielleicht 'n Idiot. Aber nich so, wie Herr Küßmich jloobt. Vorschriften machen, haha! –

Der Zirkus is imma ausvakooft. Von auswärts sinn sojar Extrazüje for unsre Vorstellung von de Eisenbahn einjelejt wor'n. Bin stolz uff meine Firma.

Der Elefant zieht de Notleine · Ick opfere meine Zähne in Versailles

Wir reisen nach Wien. Da hat Busch ooch noch'n Zirkus. Ick bin sehr neujierich uff Wien. Alle sagen, der Zirkus is da noch scheener als in Breslau un Hamburch.

De Reise imma detselbe, mit's Valaden un denn dreimal so lange fahr'n wie'n normaler Zuch. Ick reise nu imma janz in de Nähe von'n Herrn Foottit, weil ick ihn bediene un for ihn uff alle Stationen wie'n Affe springe, wenn er'n Privatanliegen hat. Bin so 'ne Art Nejersklave for ihn. Wasche ooch seine helljelben Wildlederhandschuhe un krieje fors Paar zwanzich Pfennje. Aber diesmal is uff de Reise von Breslau nach Wien dreimal de Notleine jezog'n wor'n un imma aus eens von de vordern Abteile. Denn hat der Zuch lange stilljestanden, un wa war'n schon janz krank vor Angst, warum denn imma de Notleine jerissen wurde. Un denn hat man jenau uffjepaßt. War's Jumbo, der Elefant, der mit'n Rüssel imma mit de Leine jespielt hat un nu wußte, det der Zuch hielt, wenn er feste an de Leine riß. Hat man noch in de Nacht de Elefanten umjestellt un den ollen Jöhnzen, wat der Elefantenwärter is, ordentlich anjerüffelt. Der olle Mann is schließlich müde. Is der ält'ste Kutscher, den Busch noch aus seine Uranfänge hat, mit so'ne Kindermatratze in't Jesichte un jeht schon janz jebückt. –

Hab jleich 'n Zimmer an'n Prater, wo der Zirkus steht, am Sternickplatz bekomm'n. Is zwar 'n mieset Loch, bißken dunkel, weil keen richtjet Fenster uff'n Hof oder uff de Straße rausjeht, sondern uff'n Jang. Da sinn noch Scheibenjardinen so hoch vor, det man draußen nischt seh'n kann, wat ick drinne treibe.

Der Zirkus in Wien is knorke. Viel elejanter als in Berlin un Hamburch. Allet roter Plüsch mit Jold! Ick bin janz stolz uff diesen Zirkus! Man sagt: Die Wiener komm'n nur, wenn's 'ne „Hetz" im Zirkus jiebt. Nu, wenn wa „Eiserne Maske" jeb'n, un ick mit's Pferd in't Wassa spring, det wird schon 'ne „Hetz" wer'n, da wer'n se schon komm'n.

Sitz ick da mit de vaquollne Schnauze un kühle ma dußlich. Bin'ck da ieber Piff sein'n Hals bei'n Ruffreiten ieber die Kaskade jeflogen un jrad uff meine Futtaluke. Piff is an mir vorbei, ohne mir noch zu treten, wat ma ja die Hauptsache war! – Denn hab ick ihn oben wieder erwischt un bin ruffjesprungen. Hab in den Oogenblick jar nischt jefühlt, obwohl Blut aus meine Maulpartie quoll un ma mein bildscheenet Schabo, wat ick als französ'sche Markiese uff de Brust trug, besabberte.

Nachher in de Jardrobe bei Licht hab ick ma den Schaden beseh'n. Hab ick ma doch richtig vorne zwee von meine echte, anständje Zähne ausjekloppt, un die anneren war'n jesprungen wie Porzellan, un janz lose. De Trude hat jeweent, weil meine Perlzähne nu uff de Kaskade lagen. Darieber kann'ck janich weenen. Die kann man doch so leichte wieder koofen. Wenn ma bei meine Trickse nischt weiter passiat als det, denn bin'ck heilfroh!

De Leute in Wien sprechen zu komisch. Ick kann se nich vasteh'n un sie mir ooch nich. Et is, wie wenn man mit Chinesen spricht. Hoffentlich lern ick noch die ihre sojenannte deutsche Sprache.

Die Mädels sagen, wo sie jemietet hab'n, sinn ieberall Wanzen. Wien soll davon voll sinn. Ick hab Jott sei Dank noch keene bei mir jefunden. Hab det janze Bett koppjestellt. Denn hab ick nur noch'n Rohrstuhl im Zimmer un een Eisenjestell mit'n Wassanapp druff. Da könn'n keene Wanzen drin sind.

Küßmich is wieder hinter ma her. Eijentlich war'ck ihm ja jar nich böse. Ick hab'n doch schon lange jut leiden könn'n. Er hat so scheene lustje Oogen. Is ieberhaupt een so hübscher Kerl, so fein un nett. Kies hat er ja ooch keenen, aber ick meene imma, det is nich de Hauptsache. Jefall'n muß ma eener, det is mal erst nötich. Un denn brauch man janich jleich Jlupsch mit Anlauf, sondern langsam un stieke. Man kann ja seh'n.

Frühling un erste Liebe bei Schweinskarree un Heurijen · Wiena Wanzen

Nu hab ick vierzehn Dage nischt rinjekritzelt, dafor aber um so mehr erlebt. Un wat! –

Also aß ick da mit Adolfen im Jaroschauer Abendbrot. Hat er ma fein einjeladen wie so'n richtjer Kavalia. Hat jesagt, det kann er sich ooch mal leisten. Also jut, Jaroschauer. Det is'n jroßet Jartenlokal visaquer von'n Zirkus. Nur sonntags mit Musike.

Uns war's ooch lieber so, wollten uns doch unterhalten, un Hunger hatte ick ooch un bestellte Schweinskarree mit Salat und Nockerln, hinterher 'n Appelstrudel. Wie ma nu jenug Heurijen hinter de Binde jejossen hatten, sagte Adolf: „Ick bringe dich nach Hause, mein Kind."

Ick war wirklich janz jlücklich, un allet war so leicht un froh in mir. Ick hätte alle Welt umarmen könn'n, selbst die Kellner und Fiakerkutscher vor de Türe. Un hakte Küßmich unter un schwebte uff'n Prater entlang unter de Kastanjen, wo allet in Blüte stand, ooch der Flieder, un et war eene so schwüle un scheene Nacht, wie'ck noch nie eene jefühlt un jerochen hab. Richtich nach Erde un nasses Jras roch de Luft, un de Sterne zwinkerten an'n Himmel, un ick mußte singen, um ma Luft zu machen. Dabei kann ick janich singen. Hab nur imma in de Schule zweete un dritte Stimme jeblökt. Aber Adolf fand, det ick jut sang, un det muß wohl ooch so in diese Nacht jewesen sind. Un denn küßt er ma uff eene Banke halbtot, bis'ck keene Puste mehr hatte. Da sagte er: „Laß uns nach Hause geh'n." Nahm mir untern Arm un führte ma direkt nach'n Sternickplatz. Vor meine Türe jing det Jeknutsche wieda los. Da sagte er: „Minnekin, nimm mich doch mit rauf. Ich will ganz artig sein. Ich will nur das, was du willst. Ich schwöre dir." Sag'ck: „Kannst doch nich mit ruff. Ick schäme ma doch for'n Portjee." – „Quatsch", sagt er. Klingelt. „Der Kerl kricht'n Julden."

In Wien hat man nie 'nen Hausschlüssel. Imma muß so'n Portjee uffmachen. Ekelhafte Einrichtung. Also der macht uff, un Küßmich drückt'm schnell 'nen Julden in de Pfote, packt ma untern Arm wie seine selbstvaständliche Braut un flieht mit ma die drei Treppen ruff wie'm Lift. Ick schließe janz leise un bescheiden de Türe uff, leg'm de Hand uff sein'n Mund und flüstre: „Loof uff de Zehenspitze oder besser, zieh dir de Stiebel aus, de Olle hat'n jutet Jehör!"

Wa beede loofen uff de Zehen un janz leise un komm'n ooch ohne jeden Zwischenfall in mein Zimmer, wo'ck det Jaslicht anstecke, det so recht jelb un dreckich leucht't. Nu sag'ck: „Nimm Platz“ un biet ihm mein eenzjen Rohrstuhl an.

Adolf lacht un nimmt neben ma uff det Bette Platz un fängt an, ma abzuknutschen. Ick sag: „Raus aus mein Bette! Ick mache dir'n feinet Lager an de Erde.“

Er will erst nich, denn is er artich un hilft ma det Federbett rauslejen. 'n Koppkissen kriejt er ooch un meine Reisedecke. Sagt er: „Ach, Minnekin, et is so hart, willste mal seh'n un probieren?“ Un zieht ma zu sich nieder, un wälzt sich über mia un knutscht un küßt. Ick bin janz alle un bin überhaupt nich mehr. Un weeß jar nischt mehr. –

Da kraucht schon der Morjen übern Flur. Adolf schnarcht wie'n Rattenkönich. Ick hab ma langsam in meine eijne Molle vakrochen, kann aber keen Ooge zumachen, denn'ck muß imma dran denken: Wie kriech'ck Adolf wieder raus, ohne det et de olle Dreiern merkt? Ick pfeife leise un ruf'n an, damit er 'n bißken zu säjen uffhört. Mir is so, wie wenn ihm det janze Haus schnarchen hör'n muß.

Da schlürft ooch schon wer übern Jang, stutzt, denn seh ick een Schatten an unser Fenster. Aber der Schatten bleibt kleben, un de Hände von'm fangen an mein Fenster zu putzen, ausjerechnet morjens vor fünfen.

Ick springe uff, krauche zu Adolf hin un flüstre ihm: „Du, Adolf, die olle Dreiern is an unser Fenster. Durch de Jardinen kann se ja nich kieken, aber säje bitte nich so!“ Ich deck'n feste zu un lech ma wieder in't Bett. Is aber da ooch schon de Olle uff'n Stuhl jestiegen, kiekt über de Jardine wech un fängt an zu schrein uff ihr komischet Deutsch: „So eine Saubande . . . Zirkusleit. Niemals nehm i solche wieder! Hob i doch g'wußt! Un so ein Sauportjee!“

Keift un keift in ihre blödsinnje Sprache, wat ick nich vasteh un brüll raus: „Mensch, ick zieh ja schon!"

Sag'ck zu Küßmich: „Also hilf ma nur schnell mein'n Koffa packen, un denn raus! Hier bleib'ck nich ne Stunde."

Springt er uff un beruhijt ma: „Die Olle hat ja'n Knall."

„Vielleicht hat se recht, Adolf. Man soll doch wohl nich'n Mann mit ruffnehmen, ooch, wenn man ihn jerne hat. Det jehört sich nich."

Lacht der Adolf un umarmt ma wie'n Varrückter un schreit: „Willst du ne olle Jungfer werden, dummes Mädel? Und ich mein's doch ehrlich mit dir. In Berlin gehe ich zu deiner Mutter, und wir verloben uns. Aber jetzt braucht's noch keiner zu wissen." Sag'ck: „Du hast recht. Foottit liebt det Rumjeknutsche im Zirkus ooch nich. Er sagt immer: ‚Entweder heiraten oder raus!'"

Un somit hatten wir de Klamotten jepackt, mein kleenet Köfferchen, un raus. Ick jing nich mehr zu de Olle hin. Der Adolf schmiß ihr de Miete uff'n Tisch.

Bin denn mit Edith Korsch von's Ballett zusammenjezogen. Waren zwar in det Zimmer, selbst an de Decke, in de Nacht ville Wanzen, aber de Frau war dafor nett. War'n arme Tschechen. Det Dienstmädel schlief mit det jüngste Kind in de Küche am Fußboden. Un wenn wa in unser Zimmer wollten, mußten wa nachts durch die janzen Schlafzimmer durchkrauchen un ooch über die wechsteijen, die sich an de Erde zusammenjerollt hatten.

Mit de englischen Missesse nach Hamburch · Minna vasumpft unterwejens

Nu also von Wien nach Hamburch! Wir haben jetzt allerlei Engländerinnen im Ballett, die soll'n flotter tanzen un mit mehr Drill wie wir deutschen Mächen. Der italjensche Balletthopser Severini sagt: „Die Engländerinnen müssen mitnehme die Deutsche." Diese Engländerinnen, allet jroße schlanke Mächen, könn'n ma fein leiden. Die woll'n ma nu in ihr Kupee hab'n un renn'n jeden Tag in det Büro, wo wa, die wa zusammenreisen woll'n, uff eene Liste jeschrieb'n wer'n. Die Edith un de Trude wer'n ma nu böse sind, det ick mit de Engländerinnen fahre. –

Wieder in Hamburch! War det diesmal aber 'n langet Ende!

Zwee Nächte un beinahe zwee Tage. Wir hab'n uns aber ooch janz so einjericht wie zu Hause, in'n Morgenrock un Latschen an de Beene. Un'n jroßen Freßkober hatten wa mit. Die Maud, det Aas, hat sojar uff de Toilette uff ihren Spirituskocher Kaffe jemacht un Spiejeleier jebraten. Un de Violet, die jrade um diese Zeit mal mußte, hat aus'n Fenster raus de Jejend bejossen, un wa hab'n ihr an de Beene festjehalten, damit se uns nich aus de Pantinen kippte. Denn mauschelten wa wie de Varrückten un bejossen uns de Neese mit Schnaps un jrölten, bis uns der Foottit uff eene Station sein männlichet Faktotum, den langen schwarzen Hans, schickte un sich Ruhe ausbat. Mensch, war det ne Fahrt! Wir hab'n uns imma abwechslungsweise zu zweet in den Jang jelegt, mal'n bißken auszustrecken. Wenn'ck so lange uff eene Stelle sitze, tut ma der Steißknochen weh, den ick mia uff Piff bei de Wassaspringerei jeprellt habe. –

Un nu noch eene komische Jeschichte. Hält der Zuch uff offne Strecke. Da blühn im Jraben un dahinter so scheene bunte Blumen, die'ck jar nich kenne, so ausländische. Die Engländerinnen, vornehmlich die lange Maud, brüllen: „Minna, die Blumen! Oh, pfluck uns diese Blumen!"

Ick raus wie der Blitz, muß doch rasch machen, weil ick nich weeß, wie lange der Zuch hält, un rin in'n Jraben, wo'ck bis an'n Hintern ran vasinke un nu Hilfe brülle, weil'ck fühl, det ick noch tiefer rutschen wer' un alleene nich mehr rauskomm'n kann un vasaufen muß. Un der

Zuch pfeift schon, un det allet for de Engländerinnen ihren dämlichen Blumenfimmel.

Sieht der Foottit aus det Fenster un lacht un lacht. Schickt de Bereiter. Die zieh'n ma aus de Mostrichtunke raus, un ick stinke wie'n Wiedehupp zehn Meilen jejen den Wind. Nu wollten ma de Engländerinnen jar nich mehr in ihr Abteil hab'n. Sag'ck: „Ich opfre ma for euch Biester, ick lass' beinahe det Leben for euer dämlichet Jrünfutter, un nu wollt ihr ma rausschmeißen? Ick kann doch nu nich Tach un Nacht uffs Örtchen hocken."

Da hab'n se ma buchstäblich ausjezogen. Hatte ja nich ville an, 'n Hemd un eene olle Wollhose un denn 'ne Schürze drüber, die war ooch nischt mehr wert. Det allet hab'n se aus's Fenster jeschmissen, ooch de Strümpfe, die voll Bollen war'n. Meine Latschen war'n im Sumpf steckenjeblieben. Un nu hab'n se ma neu einjekleidet, un ick erbte so von jede 'ne Kleinichkeit. So kam ick in 'ne neue Schale in Hamburch an. – Ick wohnte wieder bei dieselbe Wirtin in de Kastanjenallee, aber diesmal ohne Familje Müller. – In meine freie Zeit bin'ck imma mit Adolf. Ick liebe ihn wirklich. Wir woll'n ooch heiraten, aber erst soll er mit meine Mutta sprechen. Ick esse manchmal mit ihm, un er bezahlt. Det is doch nich neppen, weil'ck ihm wirklich jut bin. Von'n Mann, den ick nich leiden kann, würde ich ooch jar nischt annehmen. Un wenn'ck nicht mit'm jeh'n würde, würde er 'ne andre hab'n, der er ooch wat von Zeit zu Zeit spendian müßte, un die würde ihn bestimmt nich so lieben wie ick ihn. Also nehm'ck an, wenn er ma einladet.

Für Berlin üben wa so'ne ungarsche Jeschichte mit Zijeuner un so. Ick mach 'ne diebische Zijeunerin, die se abfass'n und die'n Hintern vollkricht. Mia vasohlt der Clown Fratellini, der Paolo, der wirklich sehr komisch is. Un den tanz ick noch so jut ick kann in'n annern Akt ungarisch. Aber det is schwer! – Hacke, Spitze, Fuß un denn seitwärts springen un de Absätze zusammenhaun, det det nur so knallt. Ick hab ma dabei schon de Knöchel blau jebufft.

Nun bin'ck wejen de Reiserei un de villen Tach- und Nachtproben nich zum Schreiben jekomm'n. Ick hab ma so an det kleene Büchlein jewöhnt wie an'n Menschen, an'n Freund, den'ck mit allet de Ohren vollquasseln kann, ohne det er ma jrob wird oder ma jute Ratschläge jibt, wat ick in'n Tod nich leiden kann un dämlich finde. Jeder muß selbst wissen, wat er will, un wenn's ne Dummheit is. Kann uns doch keener helfen, nich mal de Mutta, die ärjert sich höchstens, wenn se allet von uns wissen würde. Ick wer' ihr den Adolf Küßmich ooch noch nich vorsetzen. Noch 'n bißken mit de Valoberei warten!

Mit de drei Fratellinis in de Pußta · Der Kopp im Schornstein, un det Alpenjlühn

Da hab ick jestern mit den Paolo Fratellini Theater jehabt! Wir jeben nu det ungarsche Stück, det „Pußta" heeßt. Haut ma der Kerl doch mit'n Knüppel bei de Vasohlungsszene richtich den A.... voll, det ick weene un ma so feste reibe, det det Publikum wie toll lacht. Draußen uff den Sattelplatz steht der Foottit un sagt: „Großartich, Mächen, so mußt du's alle Tage machen!" Sag'ck: „Nee, danke, Herr Foottit, un wenn Se ma de doppelte Jasche zahlen. Ick kann ja vor Schmerz jar nich loofen. So vajnüjungssüchtig bin ick nich! Woll'n Se sich vielleicht mein'n Allerwertesten höchstselbst bekieken?" Na, so vajnügungssüchtig war wiederum der Meester Foottit nich un schickte ma nachher den Herrn Fratellini, der sich so halb und halb entschuldijte un ma ooch nachher nach de Vorstellung een'n Schnaps koofte. Dabei knobelten wa denn aus, det ick ma übern Hintern Kissen un druff een Brett binden sollte.

Denn wollte er sein'n Knüppel ooch noch wattian. Det machte denn Lärm, un er konnte feste kloppen, ohne det es weh tat. Un so machen wir's ab heute. Hab'n de Szene zum Clownentree ausjebaut, un det Publikum brüllt vor Lachen.

De Fratellinis sinn morjens in de Probe sehr nett zu ihre Kinder un vapolken se nich wie andre Artisten. Ooch der François is nett. Luigo is der Älteste, un der Jüngste is der Alberto. Alle vier arbeeten in de Clownentrees, die sehr jut sinn. Ooch unser Rat is abends imma in de Loge, wenn se arbeeten. Det tut er nur, wenn de Artisten ihm jut jefall'n.

Wir probian jetzt wieder 'ne Sache mit Wassa. Ick muß for de Sina, mit dieselbe Perücke wie sie hat, un detselbe Kostüm uff een Dampfer unterjeh'n. Un werde von ihr'n Liebhaber aus det Stück jerettet. Erst fahr'n wa 'n paarmal uff'n Dampfer rum, der nich jrößer is wie'n kleener Kahn von'n Havelsee. In det Schiff steckt'n Mann mit'm Kopp im Schornstein, damit er uff de Manegenplatte nich so jedrückt loofen muß. De Platte is nur 'n juten Meter runterjelassen. – Sonst is se drei und einen halben Meter runterjetaucht. – Wenn wa denn so ziemlich in de Mitte von det Wassabassin sind, fängt'n mächtjer Spektakel an, Donner, Blitz, Wassa von de Decke, also so'ne Art von Wolkenbruch, wovon der Dampfer schon von selbst zu tanzen und zu schwanken anfängt. Un wa schrei'n un loofen da uff de Nußschale rum un ringen unsre Flossen. Der Kapitän stützt mia schwachet Weib un will ma beruhjen, aber ick mach ma los un umhalse den Schornstein, der plötzlich Feuer spuckt un explodiat. Er kippt aber bloß um, un ick weeß nun ooch, nach welche Seite er kippt, damit er ma nich de Neese einbufft. Er is aber ooch nich sehr schwer, sondern aus steife Leinwand. – Denn fängt det Schiff an zu sinken. Wie'ck nu schon bis zum Jürtel in't Wassa bin, kommt der Liebhaber in'n Kahn an und holt ma ab. Da fällt der jroße Vorhang ringsherum um de Manege. Aus!

In'n letzten Akt sind lauter Felsen von unten bis uff de zweete Bühne, un es sinn de Alpen un jlühn. Ick mache een Alpenveilchen und bliehe im vaborjnen, janz oben in de letzte Reihe, von wejen meine Armbewejungen, die imma noch nich janz rund sinn, wie der Ballettmeester Ottavi, den wa jetzt hab'n, sagt. Er is ooch Italjener un quatscht ebenso vaquast wie der Severini. Man muß furchtbar uffpassen, sonst weeß man nich, wat er meent.

Heimliche Valobung un heimliche Kinda!

Also Adolf Küßmich war bei meine Mutta, jleich nach de Premjere mit'n jroßet Blumenbukett. Wa hab'n uns janz stieke valobt, janz in de engste Familje, Mutta, Lieschen, Justav un Ernste. Hermann, der imma noch seine Droschke fährt, is krank. Hat wat mit de Lunge. Mutta sagt, det war nie in unsre Familje. Aber wer kennt alle seine Jroßväter? –

In'n Zirkus hab ick det mit meine Valobung nur de Sina un de Fanny jesagt. Aber nachher hab'n et doch ville jewußt, un da kommt 'ne Statistin, die in de Elsässer Straße wohnt, zu ma in'n letzten Akt, wo'ck ma jrade als Alpenveilchen hinpflanze, un sagt: „Sie, Frollein, wissen Se ooch, det der Küßmich schon valobt is un'n Kind hat? Seine Braut wohnt ooch in de Elsässer. De Eltern hab'n 'ne Kneipe, wo er vakehrt."

Wech is se. Ick kann kaum uff mein'n Felsblock steh'n, so zittern ma de Beene. Un meine Armbewejungen war'n bestimmt ooch nich rund. Kann's jar nich erwarten, bis der Akt zu Ende is un ick den Adolf zu fassen krieje. Bin eens drei fix umjezogen un steh an de Treppe, wo die Musiker runterkomm'n. Sag zu'm: „Adolf, wa trinken doch noch 'n Bier zusammen?" – Wir jeh'n in'n „Einsiedler" untern Stadtbahnbogen rüber. Ick kann ma nich länger halten un platze los: „Du, Adolf, du bist ja valobt." Kiekt der ma janz jroß mit seine jrauen Oogen an: „Du bist ja varrückt." – „Nee", schrei'ck, „un 'n Kind haste ooch!" Da lacht er laut uff: „Vielleicht noch Drillinge? Wer hat dir denn den Bären aufgebunden?" Sag'ck: „Hab ick zufällich jehört von 'ne anständje Person." Wie ick nu heule, wird's ihm zu ville, un er haut mit de Hand uff'n Tisch, det de Jläser tanzen: „Du dummes Ding, mußt du wirklich alles glauben, was die anderen dir vorreden? Wenn das wirklich wahr wäre, glaubst du, daß ich dann zu deiner Mutter gekomm'n wäre? Ich bin doch kein Heiratsschwindler! Du hast doch ebensowenig wie ich, also will ich dich doch nur aus Liebe." Ick jammre weiter: „Sag ma doch de Wahrheit, denn will'ck dir ja allet vajeb'n. Aber vakohl ma nich!"

Da brüllt er un springt uff: „Zeig mir die Person, die solche Lügen erzählt. Ich brech ihr alle Knochen. So eine Bestie will nur dir und mir kein Glück gönnen. Wirst du mir den Namen nennen?" – Da wer'ck janz kleen un denke, wenn er so ufftrumpft, dann hat er keen böset Jewissen, denn redt' er de Wahrheit, un alle de annern woll'n ma wirklich nich det bißken Liebe mit de Valobung jönnen, weil se selbst nur imma von Männern jenasführt sind. Ick bin denn noch mit'm ruffjejangen, un wa hab'n Vasöhnung jefeiert, un er war so jut un lieb zu mir wie noch nie. Man soll doch nich uff annere hörn, nur uff sein'n Mann.

Adolf is alle Tage lieber zu mir und hat ma ooch een'n Ring mit'n kleenen blauen Stein jeschenkt. „Mehr kann ich jetzt nicht geben", sagt er, „aber ich spar' für'n Brilljanten." Hab ick jesagt: „Will'ck ja jar nich, lieb dir ooch so." –

Is Weihnachten! Hab Lieschen 'n Kleid jekooft un 'n Nähkasten. Se is ja ooch schon bald nich mehr Kind. Mutta kann uns nischt schenken, aber for'n Weihnachtsboom hat's noch imma jelangt, un for 'ne Jans ooch. – Adolf hat den Heiljen Abend bei uns valebt in de engste Familje. Paule war diesmal ooch da. „Wie schön und gemütlich ist es bei euch!“ hat Adolf jesagt un sich sehr wohl bei uns jefühlt.

Bußtag un Heilichabend spiel'n wa im Zirkus nich, un det is imma 'n richtjer Festtag! So ville Stunden ohne Arbeet is ja komisch, un wenn's denn Abend wird, prickelt et eenen doch in de Fingerspitzen. Na, scheen is ooch 'n bißken Familje, un denn freut man sich, wenn man noch 'ne Mutta un 'ne kleene Schwesta hat. Un denn wird man bewußt, wat da jestickt über det Handtuchbrett in de Küche steht: „Eijner Herd is Joldes wert!“

Ob ick mit Adolfen nu ooch so'n eijnen Herd hab'n wer'? Man kann ja ooch erst mal möbliat wohnen, ieberhaupt, wo wa so ville reisen. Aber später. Un'n Kind möcht'ck denn ooch hab'n, oder zwee, een Junge und een Mächen. Die wird man ja ooch noch jroßpräpeln können. Adolf hat ma 'ne Handtasche jeschenkt un ick ihm 'n Schlips un sechs feine Batisttücher. Un jestickt hab'ck se ooch alleene. Zwölf Uhr nachts hab'n se ma alle hochleben lassen, weil doch am 25. Dezember mein Jeburtstach is. Da hat denn der Ernste noch extra 'ne Pulle Nordhäuser mit'm Schuß von Wiesenacks jeholt, wat der Adolf ooch bezahlt hat. –

Vier Wochen hab'ck mein kleinet Büchelchen nich anjekiekt. Aber nu muß ick. Heute is Montag, un am Sonntagnachmittag is de Bombe jeplatzt. Ick kann's noch jar nich glooben. Ick bin zu traurich. Allet aus. Komm' ick jrade von de Stadtbahnseite in den Torbogen rin, steht da 'ne Frau, kleen, blond, mickrich, mit'n kleenen Jungen an de Hand un sagt: „Ach entschuldjen Se, Frollein, kenn'n Se vielleicht einen Herrn Küßmich?“ Ick kieke ihr an un antworte: „Natürlich, is ja mein Valobter, un bläst uff de Kapelle de Posaune.“ Sie wird janz blaß, un ihre Stimme piepst nur noch: „So, Ihr Valobter? Könnt' ich ihn wohl mal sprechen?“

Mir wurmt det. Ick bin 'n bißken eifersüchtig, aber noch janz harmlos. Denk nur: Wie komm'n annere Weiber dazu, ihm so nachzuloofen? Antwort ick ihr patzich: „Der Herr is schon oben uff sein'n Balkon un bläst den Eröffnungsmarsch. Müssen Se nach de Vorstellung wiedakomm'n." Fängt se uff eenmal an zu plärren: „Ach, Frollein, Se sagen, det is Ihr Valobter, aber er is doch meiner, un det Kind is ooch von ihm. Wenn Sie wüßten, wat'ck wejen den Kerl schon mit meine Eltern for'n Ärger hatte, un wejen det Kind. Hat ma doch de Ehe vasprochen."

Ick halt ma an de Mauer fest, so zittern ma de Knie. Also hat er doch jelog'n un falsch jeschwor'n. Frag ick: „Sinn Se det Fräulein aus de Elsässer Straße, wo de Eltern 'ne Kneipe hab'n?" Sagt se: „Ja, 'ne Stehbierhalle, un da hat er imma vakehrt, noch bis'n Herbst. Aber de letzte Zeit kommt er nich mehr, janz selten un flüchtich mal, nur, um ma zu beruhjen. Aber ick laß ma nich mehr hinhalten. Nu hab ick det von Sie jehört, det Se mit'm jeh'n, un da hab ick ma jedacht, ick sprech mal mit Se un stell Ihn' det vor."

Un weent un schluckt un faßt meine Hände an, un denn zeicht se wieder uff det kleene Kind, det ooch weent, un sagt: „Frollein, Se seh'n, ick hab doch ältere Rechte. Woll'n Se, det det Kind keen' Vata hat? Hab'n Se'n bißken Herz? Denn jeb'n Se'n frei. Ick lieb ihn doch ooch." –

Un nu ween ick mit un sag denn endlich: „Wenn ich det von Ihnen jewußt hätte, hätt ick nischt anjefang'n. So ein ... Lügner. – Ja, behalten Se ihn un wer'n Sie jlücklich! Wat soll ick mit so een'n?"

Laß se stehn und loof in'n Zirkus un vasuch ma zu schminken. Aber imma renn'n ma de Tränen dazwischen un muß von vorn anfangen. Un wie ma der Küßmich in de Pause sprechen will, laß'ck'm bestell'n, det ick keene Zeit for'n habe. Zwischen de beeden Vorstellungen will er mit mia 'n Kaffe in det Zirkusrestaurang trinken. Sag'ck ihm: „Mit dir trink' ick ieberhaupt nischt mehr. Jeh vor de Tür, da lauert die aus de Elsässer mit'n Kind von dir." Er will ma nach. Ick brüll'n an: „Laß ma in Frieden. Et is aus! Schluß!“

Ick renne in de Jardrobe, setz ma in eene Ecke un weene. Warum ween' ick? Ieber de große Valogenheit. Kann man 'n ehrlichet Mächen wirklich so belüjen, wenn man's liebt? Un wie frech hat er jelogen!

Wenn ick'n nich noch jefragt un jebeten hätte: „Sag ma doch de Wahrheit. Ick will dir doch allet vazeih'n.“ Un wie der Kerl dann rabiat jewor'n is un jebrüllt hat: „Nenn mir'n Namen von's Biest, det dir so'ne Lügen erzählt hat. Ick breche ihr alle Knochen im Leibe!“ Un uff'n Tisch hat er mit de Hände jekloppt, det de Jläser beinah kaputt war'n. 'n Mann, der so lücht, is'n janz jemeiner Schwindler un wird's ewich bleib'n, Nee, danke, aus!

Aus is aus, un hin is hin!

Nach de Vorstellung hat er ma in'n Torbogen uffjelauert. Ick hab'n anjeschrien: „Lassen Se ma in Ruh un belästjen Se ma nich.“ Er aber hinter ma her: „Minnekin, Minnekin!“ Wie ick'n hasse! Wenn ma jetzt so'n Revolver hätte, könnt ma doch so'n Kerl jlatt übern Haufen schießen! Sowat hat ieberhaupt kein Recht zu leben. Looft er imma neben ma her: „Minna, verzeih ... aber wenigstens 'ne Aussprache!“ – „Quatsch mit deine Aussprache. Wer'n ja doch bloß allet wieder Lügen un Ausreden sind.“ – „Aber höre, Minna“, er faßt ma an'n Arm. Wa steh'n unter 'ne Laterne. Ick seh, det er Tränen in de Oogen hat. Aber die hat'n Schwindler imma leicht rausjequetscht. Sagt er: „Ich liebe nur dich, dich allein. Die andere kann ich nicht mehr sehn. Ich will nichts mehr mit ihr zu tun hab'n.“ Schrei'ck: „So is richtich! Aber'n Kind haste ihr anjedreht, un nu willste dir drücken. Du bist ja noch ville jemeiner, als ick dachte.“ Spuck vor'n hin un kleb ihm eene. Er faßt nach meine Hand und küßt ihr. Ick tret'm vor lauter Vaachtung uff'n Fuß, so recht mit'n Absatz, det er springt. Hat ja ooch'n Hühnerooge. Un nun renn ick, wat ick kann. Er trabt noch 'ne Weile hinter ma her, denn jiebt er aber't Rennen uff, weil er eben nich mehr so mitkann. Is ja ooch'n Oller. Schon vierzich. Un sowat muß zwee Bräute hab'n!

Den Abend hab ick meine Mutta noch nischt jesagt. Aber de janze Nacht hab ick jeheult, un de Kissen war'n janz naß.

'n nächsten Tach hab ick de Sina ihr'n Kopp wieder jekrault. Die hat mit de Fanny un de Fräulein Leris Loyal, die eene sehr schicke Reiterin is, eene Extrajardrobe. Wir warn'n aber alleene. Da kiekt de Sina in'n Spiejel un sieht, det ick weene. Sagt se: „Was is denn, Minna?"

Na, will erst nich sagen. – Dann kommt's langsam raus. Sina is ooch sehr traurich un meent nur, man soll sich sowat nich so zu Herzen nehmen, det käm öfters vor. Fast alle Männer lüjen un hätten Bräute nebenher. Viel schlimmer wär sowat, wenn man erst vaheirat't is. – Na, mir jenügt det ooch so. Ich meen' jrade, wenn man valobt is, so in'n Anfang, hat man doch mehr Jefühle un Sinnlichkeit als später, wenn man alt is. Un wenn man jleich zu Anfang mit Schwindel anfängt, womit hört man denn später uff? Ick könnt ma dämlich kloppen, det ick nich uff de Statistin jehört habe, alle anneren vor Schwindler jehalten habe, nur ihm nich.

Bin rausjeloofen, bißken uff'n Platz jejangen, die Leris arbeeten seh'n. Die is so fidel. Kommt da rin mit'ne Champanjerpulle un macht „Prost" zu det Publikum. Denn hebt man se uff's Pferd, un se reitet wie 'ne Beschwipste un steht so wacklich uff, det ma Angst um ihr haben könnte. Der olle Vata jeht mit de Peitsche nach un kiekt imma ruff nach ihr. Der macht so ihr Vahältnis, det ooch betrunken is, so'n ollen schicken französischen Hahn in'n jrauen Frack un Zülinder, ooch jrau, janz schief uff'n Kopp. Macht so sinnliche Oogen, det er beinah schielt un keener jloobt, det de Varrückte uff't Pferd seine richtje Tochta is. Un denn wird ihr ooch een joldner Stuhl ruffjereicht, den se uff det Panno stellt, sich ruffsetzt un weitasauft. Der Trick mit'n Stuhl soll sehr schwer sind von wejen de Balanze. Der Schluß is janz kolossal. Det Pferd rast nur so, un sie steht da un wackelt noch hin un her, schwinkt de Pulle, schreit wie 'ne Besessne un haut mit de Flasche imma uffs Pferd, det et noch schneller loofen soll. Aber eijentlich kloppt se nich det Pferd, sondern imma nur uff'n Sattel. Da muß ick imma lachen. Hab ooch heute jelacht, aber denn war ma wieder so schwer.

Nee, ick komme nich drüber hin.

Et wurmt ma schon acht Tache. Zweemal war er nu schon bei Muttan un hat ihr jebeten, ick soll wieder jut wer'n. Wat jeht det meine Mutta an! Sie bejreift ma vielleicht nich mal. Hat'n jesagt: „Ick kann da nischt machen, de Minna hat so ihren eijnen Schädel." Stimmt, hat se ooch.

Ick kann nich mehr schlafen. – Et wurmt ma. Det janze Leben hat jarkeen'n Sinn. Wenn de Männer alle so sind, wozu denn ieberhaupt noch uff eenen lauern? Imma wieder derselbe Zimt un Schwindel? Prosit Mahlzeit. Da weeß ick wat Besseret. Sch .... in allet. –

Ick überleg nur: Schmeiß ick ma unter de Elektrische? Besser wär de Eisenbahn. Schade, det wa in de Küche keen Jas hab'n. Un denn wär's ooch zu jefährlich for Mutta un det Lieschen. Ick hab ieberhaupt keene Lust mehr zu leben. Jewiß, ohne ma könn'n se im Zirkus nich alle Trickse machen. Denn müssen se't eben lassen. Ick will nich mehr mitmachen mit dieset janze valogne Leben un all den Klamauk drumrum.

In't Wassa springen kann ich nich, ick schwimme zu jut. Wenn'ck ma nu de Beene zusammenbinde un'n jroßen Stein dranhänge?

Nu is et schon vierzehn Tache her, un ick renn' imma noch mit'n Tuch um'n Hals, weil ma's nich jelungen is. – Un nun bin'ck ruhjer, weil Mutta recht hat. – Det kam so. War so jemietlich in'n „Einsiedler". Waren alle so froh, der Kaselowski, wat unser Statistenführer is, un de Trude mit'n Terzy, der jetzt unser zweeter Herr Reschissör is, un'n paar Engländerinnen un der Clown Daniels. Hab ick feste mitjesoffen un jesungen un jedacht: So is richtich! Hast se noch alle lustich jeseh'n un Abschied jefeiert, ohne det se 'ne Ahnung davon hatten. Bist selbst froh un nich so unjlücklich un kannst nu zufrieden un ruhich einschlafen for imma. Hatt' da wat von'n Erhängen jelesen un ma aus'n Zirkus 'n jutet Ende Strick injestochen.

Mutta un Lieschen schnarchten schon in de Stube. Der Justav war nich da. Die annern Jungs war'n alle außer Haus. Hab ick ma uff de Zehenspitze in de Küche geschlichen. Hatt jehört, det ma sich ooch fein an de Türklinke uffhäng'n könnt. Hab noch'n Schluck aus de Pulle jenomm'n, die ick mithatte, damit ick janz dun war. Hock ick ma hin, de Schlinge um'n Hals, det annere Ende um de Türklinke. Un denn dös ick so for ma hin un mach de Oogen zu, un ma wird kalt un warm. 'n schönet Jefühl! Un denn rutsch'ck imma tiefer, tiefer, un et puckert ma in de Schläfen un fängt an zu rauschen. Dann fahr'ck uff eenmal Eisenbahn, imma rattatata, rattatata . . . von Hamburch nach Wien mit de Engländerinnen, imma rattatata, rattatata, bis uff eenmal nischt mehr war. –

Wie'ck nu wieder uffwache, lieg'ck in mein' Bette. Mutta sitzt an det Fußende un weent, det Lieschen hockt in ihr Bett un heult ooch. Sagt Mutta: „Warum haste det jetan, Minneken? Wenn du nich so furchtbar jeröchelt un jestöhnt hätt'st, wärst du nu dot. Was hätt'st de denn? Haste det etwa wejen den vadammten Kerl jemacht? Aber, Mächen, du bist doch noch so jung! Dir steht doch noch de Welt offen. Un et jiebt so ville Männer. Ooch anständje. Muß et denn nu jrade der eene sind? Warum denn?“

Denk ick, Mutta hat wirklich recht. Warum haste dir nich vorher vanünftich mit ihr unterhalten? Wozu hat ma denn 'ne Mutta? Sagt noch: „Un denn ... wenn de nu wirklich wärst wechjeblieben, warst ja schon janz blau un wie dot, wat, wat hätten denn de Leute jesagt? Man hätte sich ja nirjends mehr blicken lassen könn'n. Wenn du noch mal uff so'ne dumme Idee kommst ... denn jeh'n Ende wech, aber mach ma nich hier de Schande. – Aber, nich wahr, Minnekin, du vasprichst ma, du machst sowat nie wieder?“

Mutta schüttelt den Kopp. Ick jloob, am liebsten hätt se ma vawamst. Aber ick hab ihr denn ooch leid jetan, wie'ck imma noch so halb dot dalag. –

Ick traute ma wejen mein'n blauroten Hals janich nach'n Zirkus. Man sah jenau, wo der Strick jewürcht hatte. Et sah jraußlich aus. Hab ma 'n Tuch umjewickelt un jedacht, mit'n Puder kann'ck det vawischen. Aber da sieht ma de Sina un sagt: „Menschenskind, wie siehst du aus? Komm in meine Garderobe. Ich werde dich schminken.“

Bin'ck zu ihr rin. Ooch de Fanny bekiekt ma mit Jlupschoogen. „Wat haste denn jemacht? Wejen dem Mann ...?“ Ick weene bloß un bitte denn: „Aber keenen wat saren. Ick schäm ma so un will ooch nich, det der Kerl wat erfährt, sonst is er noch stolz druff un erzählt det der noch mit'n Kind, un die lacht ma noch aus. Det will ick nich.“ –

Hat de Sina mir den janzen Hals mit Paste bestrichen, janz dick, un denn drüberjepudert, ooch janz dick. Da hat man wirklich nischt mehr jeseh'n.

Kommt ma de Trude, die ma imma so jute, treue Ratschläje jiebt, entjejen. Die weeß wat, bekneist ma un sagt: „Dämlichet Luda, also uffjebammelt haste dir wejen dein' Kaffa? For so'n Idiot hätte ick dir nie jehalten. Den

Jefall'n darf man'n Mann nie machen, det er nachher ieberall rumloofen un prahlen kann: ,Kiekt ma alle an, wie scheen un intressant ick bin. Wejen mir hat sich'n Mächen uffjebammelt!' Die Kerls sinn sowieso schon alle jrößenwahnsinnich. Umjekehrt muß man det machen. Die müssen sich wejen uns hinballern. Ja, wejen mir hat sich ooch schon eener aschossen!"

Ick bin janz platt un frag ihr: „War er janz dot?" Sagt se: „Beinah ... Er is aber erst ville später zu sich jekomm'n." Sag ick: „Ach so ..." Et muß doch schwer sind, sich so richtich dot zu machen. Ick wer's mal for's erste nich mehr vasuchen. –

Man nimmt ma jetzt ville mit. Ick jloob, man will ma zerstreuen. Ick jeh ooch ville zu de Sina privat, wo se wohnt. Se lad' ma öfters in. Denn krabble ick ihr den Kopp un reib ihn mit Franzbranntwein in. Det is jut for ihr kaputtes Nervenkostüm.

Adolf war wieder hinter ma her. Ick weeß nich, ob er's jehört hat, det von meine Würjevasuche. Ick jloobe, nee. Aber Luft is er for mir, piepe is er mir, wenn't ma ooch imma 'n Stich jiebt, wenn'ck ihn so von weitem sehr entfernt sehe.

Saure Proben – froher Kella!
Der Ministasohn · Küßmich sticht in See

Nu, mein kleenet Buch, war eene jeschwollne Pause, von wejen Hamburch un meine Proben am Tach un meine Kneipkuren in de Nacht. Ick find', det ick so billich bei wechkomme. Wenn ick bis nachmittags schlafe – wenn ick keene Probe habe –, denn brauch ick nur eenmal essen, ohne Kaffe morjens. Un nach de Vorstellung jeh'ck visaquer von'n Zirkus in den Elefantenkeller. Da erwarten se ma nu schon schwer, un wenn ick ma abends zu lange in'n

Zirkus uffhalte, schicken se direkt Jesandte rüber un lassen ma hol'n, weil ick so'n janzen Laden in Schwung bringe. Denn ick, ick bin lustich un sing se wat vor, von den Orjelmann un alle meine Schlager, die de Stammkundschaft hör'n will. Sind da imma noch die von de Seemannsschule un sonst ooch allet mögliche von See un Übersee. Un denn jeb'n se for ma aus noch un noch.

Is da ooch'n scheener junger Kerl uff de Schule, Baron von M., een richtjer echter Ministasohn. Sagt er ma neulich Abend, wie er ma nach Hause bringt, natürlich nur bis vor de Tür: „Minna, ich liebe dich wirklich." Heißt's nu eijentlich mir oder mich? Uff alle vier Fälle bin ick det, die er meent, also icke. Ick antworte: „Ick hab de Neese voll von de Männer. Danke. Un wenn ick wirklich mal wieder anfang'n sollte, wat ick aber nich jloobe, denn wer'ck ma dir nich aussuchen mit deine feine Bildung, deine feine Benimmse un deine adlije Familje. Mensch, sei doch vanünftich, wenn du da mit ma ankommst, hau'n se uns alle beede aus'n Tempel raus. Kiek mal, ich sprech doch nich mal richtich deutsch!" Küßt der da meine Flossen ab un sagt, det er meine Berliner jroße Schnauze jrade liebt. Er will nur 'ne lustje Frau. Un fällt vor mir uff de Knie, allet vor meine Haustür. Ick hab Angst, det det jemand sieht un ma morjen vakohlt. Nee, wie sinn de Männer varückt, wenn se hinterm Mächen her sind. Ick hab bei sowat jarkeene Jefühle mehr, un sinnlich bin ick ooch nich mehr. Ick bekieke ma de Kerls nur un denke: Se sinn dusselich, un dafor könn'n se nich. Heute erzähl'n se den Schmus mir, un morjen 'ner andren. Se sinn alle ejal, un ick will nischt mehr von den janzen Quatsch wissen. Ick bin mit mein'n Zirkus valobt un damit Schluß!

Küßmich hat sich uff'n Dampfer anmustern lassen. Is Stuart. Fährt jleich nach Honolulu. Wollt ma noch sprechen. Hab'm 'n Rücken jekehrt. Soll sich mit die nackjen Mächens amüsian. Strafe muß sind. Trude meent:

„Er hat dir doch jeliebt, sonst würde er nicht sein'n Beruf uffjeben un so weit wechmachen." Sag'ck: „Is ma ejal. Soll er uff de Teufelsinsel fahr'n, wo der Dreyfus war." –

For Berlin üben wa wieder so'ne wilde Sache mit Banditen un ville Jeknalle. Ick muß zum Schluß 'ne Postkutsche mit vier Pferde lang von de zweete Bühne runter in't Wassa fahr'n.

Aujust sein Tupeeh kricht Flüjel · Der Leichensänga un der Käse

Is da der Aujust Knauf. Det is der Leibbereiter von'n Rat. Der muß'n ooch jeden Abend in de Manesche de lange Peitsche nachtragen, wenn Busch de Pferde vorführt. Der Knauf, lang un dünn, janz jute Fijur, die sich in de Manesche macht, hat keen Haar vorne uff'n Kopp un trägt so'ne Art Kindermatratze, die man Tupeeh nennt. Also dieset Ding mit'n Scheitel klebt er sich imma vorne hin, wenn er an de Barrjere Stallmeester steht. Der Eujen, der den Oberrekwisitör Emil seine rechte Hand is, sagt zu uns: „Seid mal heute abend alle uff de Plätze bei'n Rat seine Nummer."

Na also, wir sitzen da hinter de Logen un denken an nischt Böset. Da jrade in den Oogenblick, als der Knauf de Peitschen packt un rintragen will, löst sich de Perrücke mit'n Ruck von sein'n Kopp, fliecht in de Luft un schwebt langsam bis ruff an's Zirkusdach. Der Aujust Knauf kiekt sein'n Sardellenbrötchen nach wie det entschwundene Paradies. Der Rat vabeugt sich schon vor det Publikum un kiekt sich jetzt wütend um, wo der Aujust bleibt mit de lange Peitsche. Von hinten buffen ihn de annern Bereiter in de Manesche rin. Wir hab'n laut uffjeschrie'n, wie er da nackt un bloß seinen Diener vor'n Ollen machen mußte, der ihn ooch anstierte und jar nich erkannte. Wie man nu denn den Attentäter in de Zirkuskuppel suchte, war keener da, un keener konnte bestraft wer'n.

Ieberhaupt hab'n wa imma unsre Hausclowns, die imma jefoppt wurd'n. Un jeder kam mal so'n bißken an de Reihe. – War da ooch so'n oller Leichensänga, der in de Pantomine im Chor sang. Na, den hatten se alle scharf wech. Imma kniffen un bufften se ihn mitten im Stück, jrade bei de ernsten Stellen, wo er janz stille sein mußte. Seine Sandalen hab'n se inwendich mit Leim ausjeschmiat jehabt, det er se nich von de Beene krichte, un wie er bei de Jaladiener mitmachte, nähten se ihm de Hosenbeene zu, det er nicht rinkam un zu spät zu sein'n Ufftritt kam. Un denn hab'n se ihm in sein'n schwarzen Jehrock, den er imma privat trug, 'n Käse rinjenäht, so'n richtjen Stänker, det er sieben Meilen jejen den Wind stank. Un det war jrade den Abend, bevor er am nächsten Mittach 'ne vornehme Leiche mit einsang.

Wie er nu siebzich wurde, da hatten sich alle verabred't, det der olle Mann wenichstens an sein'n Jeburtstach Feierabend haben sollte. Aber er war so unjlücklich, det ihn keener kniff oder uff'n Fuß trat, det er mit Tränen in de Oogen jeden fragte, ob er böse mit'm wär'. Er wollte direkt jenörgelt un jeneckt wer'n, weil er det sonst for Intreßlosichkeit un Nichachtung nahm. –

Wieda in Berlin bei Muttan. Hat sich jefreut un hat ooch richtich jedankt, det ick imma zum ersten un fufzehnten jeschickt hab. Lieschen hat Einsejnung jehabt. 'ne richtje jroße Feier hat Mutta jemacht, ville mehr als bei uns andren. Justav hat zu ma jesagt: „Weeßte noch meine Einsejnung? Bin nur ruffjekomm'n, hab ick Kaffe jekricht un ne Stulle, un denn den schwarzen Anzug ausjezogen un jleich rin in de ollen Klamotten, arbeeten." – „Na", sag ick zu Justaven, „meine war ja ooch nich jrade berühmt. Aber det Lieschen is nu doch mal unser Nesthäkchen, un der jönn' wa ja ooch alle wat Besonderet. Wer weeß, wie det Leben mal mit ihr umspring'n tut."

Hab ick noch extra een paar Flaschen Nordhäuser besorcht un 'n Kasten Bier. War mal so wieder de janze Familje vollzählich vasammelt, selbst der Hermann mit seine kleene Olle, der Paule, der nu Schlächter war, un der Ernste mit seine junge Frau. Wir hatten in de kleene Stube alle janich Platz un mußten uns noch Stühle borjen von Mierkes nebenan. So sanft anjedusselt bin ick denn in'n Zirkus rüberjewankt. Eenen jroßen Bogen hab ick um Meister Foottit jemacht, damit er nich jleich von meine Dunstfahne chloroformiert wurde.

Elefanten un Riesenschlangen von Hagenbeck · Der kleene Cohn wird wild

Wir hab'n 'n Transport Elefanten von Hagenbeck jekricht. Wat det nu wieder soll? Unser Jumbo un unsre Jenny im Stall hab'n sich furchtbar über ihre neuen Kollejen jefreut un se mit Heu beschmissen un wie varückt trompet't. –

Komm ick jestern vormittach in'n Zirkus nach de Elefanten kieken, weil ma die intressian, sagt der Foottit zu mia: „Du, geh mal ins Büro. Da is etwas für dich angekommen. Ich komme gleich nach." Ick loofe in't Büro un schrei: „Herr Foottit schickt ma her. Is wat for ma anjekomm'n?" Steht da 'n Korb, so'n flacher, un 'n Mann dabei, 'n Wärter von Hagenbeck. Ick uff den Korb los: „Mensch, nehm Se doch mal den Deckel ab, det ick mal kieke, was Se da in de Einholetasche drin hab'n."

Macht der 'n Deckel uff, un ick seh innandervaknäult janz dicke Schlangen liejen un will ooch schon mit de Flossen rinlangen. Sagt der Foottit, der mittlerweile ranjekomm'n is: „Mächen, Vorsicht, willst dich wohl gleich in'n Finger beißen lassen?" Ick brülle puppenlustich: „Mir hat noch nie 'n Tier wat jetan. Ick fürcht ma nich!"

Aber nu langt der Schlangenwärter von Hagenbeck in'n Korb un holt ma de fettste un jrößte un zeicht ma, wie'ck se anpack, direkt hintern ersten Halswirbel, damit se ma nich in de Hand oder in'n Arm schnappen kann. Se hab'n janz lange dünne Zähne, die ausseh'n wie Fischjräten. Sinn aber nich jiftich. Nur, sagt er, wenn se jefress'n hab'n, könn'n se'n faulet Maul kriejen, un denn is't nich jut, wenn se mit so'ne schmutzje Schnauze zuschnappen un det in't Blut kommt. Kann ick ma vorstell'n. – Ick hab ma noch in de Jardrobe mit de Schlangen anjefreundet. Die lieben nämlich Wärme, un wenn se nackichtet Menschenfleisch riechen, denn sinn se janich tücksch un klammern sich scheen um meine nackten Schultern un Arme. Un die annern Mächens, die drumrumstanden, hab'n jeblökt: „Pfui Deibel!" Un: „Nie faß ick 'ne Schlange an. Ekelhaft!" Sagt ick: „Tier is Tier. Könn'n doch nischt dafor, det se so lang sind un keene Beene hab'n. Wer'n sicher ooch lieber wat anneres jewor'n als ausjerechnet Tanzschlangen!"

Dann kam der Herr Foottit un sagte: „Wer nicht mit einer Schlange tanzen will, soll es lieber gleich sagen. Der soll lieber in die Küche gehen oder Strümpfe stopfen." Hab'n da nur drei widersprochen, die nich mitmachen wollten. Also, die könn'n jeh'n! Janz richtig. In'n Zirkus darf man vor nischte Bange hab'n. Denn soll'n se in't Theater tanzen jeh'n, wo man nur Normalet un Vanünftjet von se valangt.

In vier Tagen soll'n wa sechsunddreißich Schlangen kriejen. Ick freu ma dot. Ick wer' se for alle Mann dressian un zahm machen. Is nur schrecklich, det se lebendje Tauben un Karnickels futtan. Det is det eenzje, wat ick de Schlangen so'n bißken nachtraje. Aba vielleicht könn'n se wirklich nischt dafor, det se so'ne Lustmörder sind. Det is eben eene Rasse mit so'n blutrünstjen Karakta un Moral, wie det so heeßt. Un nachher tut se det jedesmal leid, un denn kriejen se det faule Maul. –

De Elefanten soll'n uff'n Bauch von de erste Bühne runterrutschen. Det is leichter jesacht als jetan. Hab ma so'ne Probe anjekiekt mit de Trude, de Fanny un de Sina. Wa hab'n da in de erste Parkettreihe jesessen. Da war nur de Lotte, die schon raushatte, wat man von se wollte, lecht de Vorderbeene schon scheen uff de Schräje, schiebt den dicken Bauch nach un rutscht jroßartich in det Wassa, wat ihr Spaß macht. Plantscht da rum, trompetet un spritzt mit Wassa um sich, imma so aus 'n Rüssel raus, wie 'ne Fontäne. Aber denn kommt der kleene Cohn, det eenzje männliche Indevidebum von de zwölwe, un will un will nich. Schlägt mit'n Rüssel um sich, tippt dem Bereiter Lehmann uff'n Deetz, det der hinschlägt, reißt sich los, un rast über de Bühne un von die uff'n Balkon, zertrampelt alle Sitze, zerstampft bis ruff uff de Jalerie alle Bänke, die unter seine wütende Beene wechbrechen wie Zahnstochers. Na, un wir sinn jetürmt in de Jardrobe un hab'n uns da vastochen. Wie se'n wiederjekricht hab'n, is ma schleierhaft. Der kleene Cohn is von da ab imma det Aas uff de Baßjeije jeblieb'n.

Nu also war Premjere. Ville Bliemekens un Kränze, un der Herr Foottit mußte sich vabiejen. Sagt der zu mia nachher: „Bringst mir morgen die Kränze in die Privatwohnung. Die von den Lieferanten schmeißt du auf den Mist im Hof. Die brauch ich nicht. Aber den vom Rat Busch und meinem Freund Jacques Burg, die bringst du mir!" Foottit is doch'n Patentkerl. Der jeht nich uff'n Leim. Jeder Schmus is ihm zuwider. Recht hat der Mann. Sagte noch: „Die Direktion zahlt sowieso die Kränze von den Lieferanten." Det jloob ick ooch. –

Det neue Stück heeßt „Dahome". Wenn schon! Ick weeß nich, wat det heeßt, un doch tanz ick drin mit de Schlangen. – Na, ooch jut. Keener weeß, wat der Name soll. Ob ick Foottit frage? Am Ende weeß der ooch nich, un ick bringe ihn in Valejenheit. Wozu?

Ausvakoofte Häuser. Der Rat scheffelt. Wo der nur mit det ville Jeld hin soll? Hat nur zwee Kinder, un wa war'n mit die von de erste achte.

Allet is jut, nur det de Mädels vor lauter Angst vor de Schlangen de armen Biester den Schlunk abdreh'n. Hat der Schlangenwärter von Hagenbeck zu se jesagt, det se de Schlangen hinter den ersten Halswirbel fassen soll'n. Soll'n se ooch. Aber wie? Doch nich quetschen un drücken, bis der Wirbel platzt. Nu hab'n wa 'n paar Dote. De armen Viecher. Hab de Else von't Ballett 'ne Backpfeife jelangt, weil se de Schlange dotjemakelt hat. Morjen um zehn is Probe, un da wer'ck se mit meine fette Schlange, die de jrößte von alle is, de Handjriffe noch mal beibringen. De armen Viecher hab'n ja mehr Angst vor de Mächens als die vor de Schlangen!

Der Bereiter Müller, der ooch sehr tierlieb is, hat de Pflege von de Schlangen mit mir zusamm'n. Die liejen in jroße Kästen in det Magazin rechts von de Bühne uff Wärmekästen, weil se keen'n kalten Bauch kriejen dürfen. Wat is det nu for'n Leben? Den janzen Tach da in de dunkle Kiste liejen, uff warme Kissen oder Wärmepullen, denn alle drei bis vier Wochen een Kaninchen oder 'ne Taube mit Haut un Haar vaknacken un nischt saufen. Un denn noch jeden Abend aus'n Schlaf jeriss'n wer'n un hintern ersten Wirbel von dämliche Ballettkälber halbdot jemakelt wer'n, na, denn wär'ck lieber dot. Warum hat man se nich in ihre Urwälder jelassen, wo se doch wenichstens uff de Bäume rumhängen un mal runterkieken könn'n?

Jestern is ma wat Scheenet passiat! Na, danke! Sagt ma noch der olle Kostümdrachen, die olle Nowaken: „Nehmen Se sich ooch alle mit de Schlangen in acht, det se nischt schmutzich machen! Sie überhaupt, Frollein Minna, wo Sie den schönsten Mantel anhab'n." Der war ooch scheen, janz puterrote Seide mit Joldstickerei un Wachsperlen. Also ick hänge ma vorne in't Vestibül, wo die Jardrobenablage is un der Bereiter Müller mit de Schlangenkörbe steht, meine fette Nudel um'n Hals. Kaum fühlt die mir, da fängt se an, sich zu winden, zu drücken un zu stoßen, det ick wirklich jloobe, se hat heut so'n Tropenkolla. Eh ick ma besinne: Klatsch, der janze scheene Mantel von oben bis unten mit so'ne pechschwarze Brühe voll, wie'ck se noch niemals vorher jeseh'n un jeroch'n hab. Hab nich mal mehr de Zeit, den Mantel auszuzieh'n. Müssen schon alle in de Manesche rin. Ick muß ma imma ausjerechnet von'n Thron rechts uffstellen, uff dem de Hauptdarsteller sitzen, der Terzy un de Sina. Na, die rümpfen vielleicht de Neese un flüstern ma zu: „Mensch, stell dir mit dein faulen Aal 'n bißken solo!" Wie kann'ck det, wenn der Foottit imma von vorne linst un sich schief lacht. Ja, der hat jut lachen! Wat wer'ck nachher von de olle Nowaken zu hör'n kriejen? Na ja, lerne leiden . . . det kann man hier wirklich.

Nu hat der Ernste keene Arbeet. Ick hab'n hier bei de Statistrie anjebracht. Kricht er wenichstens 'ne Mark. Er hat ooch 'ne Frau, aber nischt zu fressen. Muß man so jung heiraten? Blödsinn! Bei mir ist't imma noch vorbei. Dafor sauf ick mal'n bißken. Det tröstet ma ooch, wenn ma so manchmal noch schwarze Jedanken von wejen meine unjlückliche Liebe komm'n.

De jroße Elefantenjagd un een Zaquetschta · Ziehharmonika un Rollschuhloofen · Der Schneida Joseph im Koffa

Hab ick ma aschrocken! Nach de Elefantenjagd schrei'n se in meine Jardrobe: „Een Statist is tot! Hab'n ihn an de Wand jequetscht wie 'ne Briefmarke mit de Kaskade!" – „Wat hat er denn for'n Kostüm?" Schrein se: „'ne lila

Hose un 'ne jelbe Jacke!" Jott ... mein Bruder! Nur noch eener von de janzen Kerls hat det Kostüm mit de lila Hosen an. Ick fahre hoch, un raus aus de Jardrobe, un den Berg ruff von hinten uff de Bühne, wo se den Zaquetschten schon vorjezojen un hinta de Bühne uff'n Schneidakoffa jelecht hab'n. Drumrum steht der halbe Zirkus. Ick sehe nur in de lila Hosen de Beene runterbaumeln un schrei uff, un ma wird so ohnmächtich. Denk an Mutta, die saren wird: „Also dazu lotst du ihn in'n Zirkus, det se ihn dotquetschen?" Un denn denk ick an seine Frau. Wat ick den Oogenblick jelitten hab, kann'ck janich in det Buch rinschreib'n.

Da klatscht ma eener von hinten uff de Schulter un lacht: „Jloobst woll, ick lieje da. Nee, det is der Badinger!" Steht da der Ernste leibhaftich vor ma in seine lila Hosen un de jelbe Jacke. Da fall ick ihm in de Arme ohne Besinnung, un nu muß er ma runtertrag'n. – Ob ick nu schon nervenschwach bin? Sowat is ma doch nie passiat. –

Nu is et wieder Frühling, un wir jeh'n nach Wien! Uff Wien freu'n wa uns alle imma am dollsten. Mutta weent imma, wenn'ck zieh! Un nu muß se doch schon dran jewöhnt sind. Det Lieschen is nu schon'n richtichet Fohlen. Möchte am liebsten mit. Aber von die Statistenjasche kann se nich leben, un ick kann se doch nich durchfuttan un denn noch Muttan schicken. Jeht nich. –

War det'n Triumphzug durch Wien mit det janze Dutzend Elefanten! Der Rutsch von diese Viechers uff'n Bauch muß for de Wiener, die nur so ausjefall'nen Blödsinn, wat se Hetz nennen, lieben, direkt kolossal sind. Na, un wat wer'n se erst zu unsre sechs Fuß lange, echte Schlangenbiester sagen? Wenn det nich een janz jroßet Jeschäft hier in Wien wird, möcht ick ma von de Elefanten zertrampeln un von de sechsunddreißich echte Schlangen zusammen in'n Busen beißen lassen, wie diese wütje ägyptische Könijin!

Se komm'n doch nich in Scharen. – Wat is los? Ick ärja ma for den Rat Busch un den Foottit. Am liebsten möcht' ick ma mit'm Lasso uff'n Prater hinpflanzen un de Menschen einfang'n un an de Kasse schleifen. Es macht ja keen'n Spaß zu spiel'n, wenn't nich voll is. Un doch tut jeder so, als jehörte ihm der Zirkus alleene. – Drüben im Jaroschauer is'n jroßer Saal. In den sinn morjens de Proben, wenn im Zirkus de Manesche besetzt is. Wir lernen wieder neue Stücke uff de Trompete, ooch muß ick so'n jebogenet Jagdhorn blasen. Det üben wa schon for Berlin, also schon sieben, acht Monate vorher. Ooch sinn da so'ne jroßen Schifferklaviere, Ziehharmonikas, anjekomm'n. Ick muß det nu zuerst ausprobian.

Ick bin ieberhaupt det Vasuchskarnickel. Un wenn ma denn wat jut jlückt, denn müssen ooch de annern dran jlooben, wat ja eijentlich nich richtich is. Ick weeß, det ick sehr bejabt bin. Wat könn'n de annern dafor, det se der liebe Jott hat dämlich jeborn'n wer'n lassen? Ooch war Vata hochmusikalsch. Det hat er ma vaerbt mitsamt de Vorliebe for'n Prösterken.

Die annern hab'n natürlich 'n jesunden Rochos uff ma un stupsen ma un saren: „Mensch, Minna, stell dir doch'n bißken dämlich an. Denn kann der Foottit doch nich so ville von uns valangen." Ja, ick möchte schon, aber mir jelingt allet, wat ick vasuch, un et wird ma sauer, for de annern Idiot zu machen. Hin un wieder tu ick's ja schon. Aber denn riecht der Foottit doch Lunte un brüllt ma an: „Mädchen, stelle dich nicht so dämlich an, du kannst doch, wenn du willst!" Un wenn er ma denn so anbrüllt un noch recht dabei hat, denn kann ick doch nich anners un muß allet det jut, jenau un pünktlich ausführ'n, wie et von meine Obrichkeit valangt wird. Krich ja ooch for bezahlt! –

Wir hab'n da schon 'n duftet Quartett, det is der Schneider Joseph, a Wianer Kindl, der Schuster Nazi, a Böhm', der Sattler Petersen, 'n Schwede, un der Siegfried, 'n deutscha Hufschmied, vierschrötich un jähzornich, aber 'n knorka Schmied, wie allet bei uns Leute sinn, die vor de Premjere de letzte Puste herjeben. Ohne zu schlafen, arbeeten se oft vier Tage un vier Nächte vor de jroße Premjere, die in jede Stadt jroß is, weil wa doch imma mit 'ne neue Horde von zwei- bis dreihundert Statisten arbeeten un eben in jeden Zirkus allet anders is, ooch mit de Ausmaße un so. De Bühnen sinn ooch alle ville kleener als in Berlin.

Wenn denn aber nu so'n Rummel rum is, denn fängt de Sauferei an. Aber nich alle mit eenmal. Erst mal Josephen un denn der Nazi un so de Reihe rum. Denn kann et ooch passian, det der Joseph sternhagelvoll in een'n Koffa jekrochen is un sich da auspennt, während ihn der Foottit in'n janzen Zirkus suchen läßt.

Ieberhaupt der Joseph. Trifft der ma, wie'ck mit meine Trompete aus den Saal vom Jaroschauer rauskomm un sagt zu ma: „Minnerl, Trompetenblasen macht Durst. Willst du net a Bier?" – „Na", sag ick, „am Tage mach ick ma nischt draus. Aber de Probe is rum, warum soll ick nich?"

Also setzen wa uns hin. Aus een Jlas wer'n zwee un so fort, bis ick nich mehr zählen kann un sich allet vor ma dreht un'ck kaum mehr uffsteh'n kann. Da lacht der Joseph, un'ck hör nur so wie im Traum seine Stimme: „Un sagst imma, du kannst mehr vertragn als i. Do siehst's, Minnerl." War noch so anständich un hat ma im Fiaker nach Hause jefahr'n. Un denn hab ick ma am Nachmittach feste ausjepennt.

Wie ma de Wirtin am Abend jeweckt hat, war'ck wieder janz richtich. Ick hab doch'n starken Karakta! Aber bei'n Foottit hatten ma 'n paar Biesta vaklatscht. Der kam jleich uff ma zu, kiekt ma so tief mit seine scharfe, blaue Oogen in de Visasche un sagte: „Na, wieder nüchtern?"

Ick war beleidicht: „Imma zum Dienst parat, Meesta, Tach und Nacht! Un wenn'ck mal fehlen sollte, denn kieken se bei mir zu Hause nach, aber denn bin'ck 'ne Leiche." –

Nu lern' wa noch for Berlin Rollschuhloofen. – Nur acht Paar. Icke natürlich mang. Na, det is een Jestolpre im Saal. Aber Spaß macht uns det doch. De juten Tänzerinnen sinn empört un sagen: „Wer zahlt uns, wenn wa uns de Knöchel vaknacksen un nich mehr Spitze tanzen können?" Uff'n Hintern fliecht man bald mal. Aber ick meene, davon kann der Knöchel doch nich kaputtjeh'n. Hab'n doch alle ne jutjepolsterte Kiste, un denn allet junge Mädels. In'n Zirkus is man eben nich in't Theater. Det sag'ck se alle Tage. Un bei'n Zirkus hab'n se Jahresenjaschement un ville Jahre vor sich, un bei's Theater weeß man nie. Und wie oft jeht da 'n Direktor pleite un zahlt nich mal de Jaschen. Denn flieg'ck ooch mal uff'n Hintern un hab'n jahrelanget Brot. Mein Jott, 'ne Tänzerin kann sich ooch mal'n Knöchel bei's Tanzen vaknacksen. Det kommt öfters vor. Soll'n nich so anjeb'n.

Ick hab imma de jroße Schnauze. Ick weeß, det muß ja ooch mal bestraft wer'n, un darum schimpf ick nich. – Seh'ck da den Bereiter Müller un den Stallmeester Hiese übern Damm trotten. Renn aus'n Saal uff de Rollschuhe raus un schrei: „Kiekt mal, wie'ck schon fein loofen kann!"

Un klatsch, rutsch ick uff'n paar Pferdeäppel aus un schlag lang vor se hin. Dabei hab'ck ma de beeden Handjelenke lebenslänglich vaknackst, det se janz dick anjeloofen sinn. Bin zum Zirkusarzt rüber, der'n Bluterjuß in beede Pfoten feststellte un se vaband. Drei Tache soll ick nich mitarbeeten. So'n Quatsch! Am Abend hab ick mit'n Vaband jeschwomm'n un mit de Schlangen jetanzt! Foottit hat jesagt: „Die is verrückt. Aber besser als pucklig, ist nicht so zu seh'n!"

De Wiena hab'n sich besonnen. Nu komm'n se. Aber noch lange nich jenuch. Komisch, manchmal, wenn man jloobt, bei det un det Stück muß det Publikum de Bude stürmen, denn besinn'n se sich, un umjekehrt is et. Det

Publikum is een zu komischet Pack von eijenwillje Wassaköppe. Nich auszudenken! Un man meent et doch so jut mit se. Aber wenn se nich woll'n, denn kann man sich koppstell'n un den Erzengel Jabriel in 'ne Badehose Ballett tanzen lassen.

De Hamburjer loofen uff'n afrikanischen Kitt · Herr Dokta kricht Keile

Einpacken, Hamburch!! Wozu hab'n wa vier eijne massiwe Zirkusjebäude? Wär ja jelacht! – De Hamburjer komm'n uff den afrikanschen Kitt un den Bauchrutsch von de sojenannten „Urwaldkolosse". Det is'n scheener, neuer Ausdruck. Wer'ck ma merken. –

Nu hab ick ma in Hamburch 'n bißken det Jrockjesaufe mit de Marine anjewöhnt. Imma noch in'n Elefantenkeller. Aber een Bestimmter is nich an ma ranjekomm'n. Ick kann zu keen'n Mann mehr Fühlung nehm'n. Denn jreif ick lieber mal zu de Pulle, denn een Lebensinhalt muß der Mensch doch hab'n, un wenn's der Inhalt von so 'ne Kruke is. Un außadem: Mein Bräutjam is der Zirkus. Uff den kann ick ma wenstens valassen. De Männa brauch ick nur for's Ausjeben un ma bis zur Haustür bringen. Wat hab'n denn schon de Kollejinnen von de Kerls? Is et een armer Schnorrer von uns, 'n Bereiter oder so, denn kann er nich spendian, un de armen Mächens haben alle nur de eene Angst, det se alle vier Wochen een Kind kriejen. Is et een Artist, denn is et noch schlimmer. So eener jiebt schon aus, aber in vier Wochen haut er ab in't Ausland ... un wer war der Vata? – So'n Artist is nich treu. Kann ooch nich. Zuerst vaspricht er: „Ick nehm dir in meine Nummer mit als Astent." Scheen, de Else hat's jejloobt un is mit eenen, den ick hier nich brandmarken will, obwohl det Schwein det vadient, jejangen. Un denn hat er ihr nich mal Adjö jesagt un is am letzten Abend aus'n Zirkus zu 'ne Hintertüre raus, wie se mit de Schlangen tanzte.

Ick hab die Herren Artisten ooch so bei de Reise beobachtet. In Berlin hab'n se sich von ihre Bräute mit Blumen, Schnapspullen un Stullenpakete an de Bahn bringen lassen. Un de armen Mächens haben jeweent, Rotzblasen un Dreierschnecken! Mit so'n kleenet vaknautschtet Tüchelchen hab'n se Winke-Winke jemacht, bis det der Zuch in de Nacht vaschwand un se der Arm lahm wurde. Un in Wien oder Hamburch hab'n an de Bahn ebenso scheene, junge Weiber jestanden un dieselben Herren abjeholt. Die hab'n von ihre ville Reiserei in jede Stadt eene Feste. Un jede jloobt, sie is de eenzje, sie is de Heimat! – Nu jut, die aus Privat soll'n in ihr'n düstern Jlauben seelich wer'n. Aber wo nimmt so eener de Frechheit her, uns Mächens von'n Bau zu vakohl'n? Nee, bei mir in de Kanne! – Un wenn een janz feiner Pinkel aus Privat mit eene von uns ausjeh'n will, denn will er doch nur eenmal un husch, husch. Un denn soll er doch schon lieber gleich uff de Friedrichstraße jeh'n. Wir brauchen unsern juten, jesunden, bildscheenen Körper for wat annres. Jott sei Dank! Aber alle denken nich janz jenau wie icke un putzen sich jern, und denn sahnen se so'n Reichen 'n bißken ab, wat ick diese Kerls ja ooch direkt jönne.

Is da de Bella, jroß, scheen un blond, 'n feinet Mächen mit Bildung un Benimmse. De Mutta is Witwe von'n Inschenjör un kann nich mehr so, un darum muß de Bella tanzen. Die valiebt sich richtich in so'n Feinen, Doktor is er ooch, un weil se'n liebt, nimmt se keene Jeschenke. Der zahlt nich mal 'n warmet Abendbrot, obwohl er aus alle Knopplöcher nach Jeld stinkt. Sein Vata hat 'ne jroße Konfektsjon am Neuen Wall. Weent die in de Jardrobe un sagt: „Ich kann nicht mehr. Ich gehe in die Elbe." Schreit de Trude: „Biste varückt? Wejen den Kerl? Will er nich mehr?" Heult de Bella: „Ich will nicht mehr. Ich...!

Nimmt mich mit in seine Wohnung, un jeden Morgen um drei oder vier Uhr sagt er: ‚Nun mußt du aber geh'n.' Bleibt liegen. Ich muß mich anzieh'n und gibt mir den Schlüssel, bringt mich nicht mal runter. Jagt mich auf de Straße wie eine, die er bezahlt, weil er sich vor seiner Aufwartefrau morgens schämt, oder weiß der Teufel vor wem. Oder vielleicht nur, weil er faul ist und ungestört weiterschlafen möchte. Und ich muß doch morgens auch in die Probe und muß arbeiten. Vielleicht mehr als er."

Trude schlägt die Hände übern Kopp zusamm'n: „Un das läßt du dir jefall'n? Hast ihm nich'n paar jeklebt? Un dabei is der Kerl nich mal vaheirat't? Det machen sonst nur de Ehekrüppel, wenn ihre Olle mal uff Reisen is un se denn schnell mal wat bei sich rinschmuggeln!"

Ick hab nur jesagt: „Pfui Deibel! Dieser vadammte Schweinebraten. Ick hoffe, det du nu von dein' vornehmen Herrn kuriat bist un du dir diese Nacht det letztemal von ihm hast uff de Straße setzen lassen. Schließlich bist du doch'n anständjet Mächen von 'ne jroße Firma. Du blamiast den janzen Zirkus, uns alle, wenn du noch een enzjet Mal mit den mitjehst. Wenn der noch mal wagt, in'n Zirkus zu komm'n, denn vawammsen wa ihn alle!"

„Ja, det machen wa, Minna, famos!" brüllt de Trude un klatscht in de Hände. „So'ne Bolloogen soll er kriejen un so'ne rote Neese! Un wa sag'n unsern Jungs hier nischt, det machen wa Mächens janz alleene ab. Det wird'n Fest!"

Bella lacht, un denn jammert se wieder, wa soll'n det lassen. Aber wir lassen det nich. Der Herr Doktor wird vapolkt. Heute abend noch. Auf, auf zur fröhlichen Jagd! Ick besorje mir'n Rohrstock, mittelschwer. –

Au, det war fein! Ick hab ma meine janze Wut uff de Mannsbilder aus'm Leibe jeschrien. Zum Kloppen kam's wenjer, weil der Kerl feige war. Det war nu so. Der Doktor mit'm Kneifer uff de Neese, piekfein, 'n jrauen Anzuch, 'ne Butterblume uff'n Deetz, steht an'n hintern Zirkusausjang in de Bernhardstraße un lauert. Aber seine arme mißhandelte Bella kommt nich raus, sondern icke, de Trude, de Pine, ooch eene von de Jroßen, Robusten von't Ballett, de Else un noch drei von de Kuraschierten, un frage: „Sie warten woll uff Fräulein Bella?" Sagt der Dussel ooch noch: „Ja." Ick schrei: „Herr, ick rat Sie jut, nehm'n Se den Kneifer von de Neese." Un denn brüll ick: „Wat bilden Se sich ieberhaupt ein, wat so'n Mächen von'n Zirkus is? Jlooben Sie, weil Sie'n Doktor sinn, det Se de Bella behandeln könn'n wie de Mächen von de Heinrichstraße? Nee, Herr Doktor, die Bella is aus'n anständjet Haus wie Sie, un weil se arm is un tanzen muß, dafor kann se nischt. Un noch wenjer kann se dafor, det se ausjerechnet in Ihnen vaknallt is. Aber 'n armet, bessret Mächen nachts uff de Straße alleene rausjagen un selbst weiterpennen, un nur so'n Mächen ausnützen un ihr noch nich mal 'n Abendbrot koofen, weil Sie schon satt jejessen herkomm'n, Sie Egoiste, Sie Jeizkrajen, Sie Affe!"

Un schon hab ick ihm eene jeklebt. Un wie er uns da alle sieht, die Fäuste in de Luft un mir mit'n Rohrstock, da nimmt er Reißaus. Feije is er ooch noch. – Na, der kommt nich wieder. Hat wenichstens 'n kleenen Denkzettel.

Wassarutsch un Veilchenoogen

Nu hab ick wieder lange nischt jeschrieb'n. Un dabei habe ick ma doch so an meine Notizerei jewöhnt. Die Berliner Premjere liegt längst hinter uns. Det Stück, wo wa müssen uff de Rollschuhe loofen, heißt „Berliner Winterfreuden". De Rollschuhe soll'n eijentlich Schlittschuhe sinn. Ooch jut. Un denn in'n letzten Akt is Wassa. Da müssen wa von de zweete Bühne mit Kähne runta in de Wassamanesche rutschen. Mit mir rutschen nur noch Männer, un da druff bin'ck stolz. Hab et ooch det erstemal de Männer vorschliddern müssen. War de Bahn uffjestellt bis oben uff de zweete Bühne un sagte Foottit: „Na, wie is't, Minna, wagst du's? Oder soll ich erst den Müller oder den ...“ – „Nee“, schrei'ck, „ick bin Ihr Vasuchskarnickel, un dabei bleibt's. Da is meine Tasche. Wenn's schief jeht, wissen Se ja, wo Mutta wohnt. Adschö, meine Herrschaften!“

Un ruff war'ck oben in so'n janz kleenen Kinderäppelkahn, abjestoßen un richtich runterjekomm'n. Nachher sinn alle jerutscht. Bei de Proben hab'n wa uns feste jebufft, bis ick zu Foottit sagte: „Herr Foottit, det jeht nich so. Se müssen uns wenstens een Kissen mit Heu oder Stroh untern Hintern lejen. Der Anprall is zu doll!“ Na also, mein Allerwertester hatte wieda for alle annern ausprobiat. Aber trotzdem war de Bahn, die aus zwee Teile besteht, weil se so an fuffzehn Meter lang is, falsch zusammenjelegt, so det det untre Ende 'n paar Zentimeter über det obere überstand. Ick rutsche imma als erster vor alle Kerls vorneweeh, un da, bums, prallt mein Schiffken an de überstehende Bahnkante an, det ick in'n Salto rausflieje un unten uff de Bahn uffknalle un denn mit'n Wupptich in't Wassa spring'! Un nischt hab ick ma dabei jetan, nur'n furchtbaren Schreck hatt ick, un'n blauen Hintern. Zum Jlück is ooch der Kahn oben, wo de Bahn überstand, hängenjeblieben un ma nich in't Kreuz jeflogen.

Un'n anneres Mal bin'ck so im Kahn uffgebufft, det ick dachte, de Wirbelsäule kommt ma oben zum Schädel raus. Det kam so: Oben, wo wa abrutschen müssen, kabbeln sich 'n paar Rekwisitöre. Jeder will ma jerne mit'n Kahn abstoßen, weil ma jeder fein leiden kann. Un nu stoßen ma 'n paar kräftje Männer zusammen ab mit viel zu ville Schwung un Jefühl, det ick wie'n Christboomengel de Bahn runterflitze. Un schlage uffs Wassa mit so'n Anprall uff, det der Sitz, wo noch'n Kissen druffliecht, mitten durchbricht. Da hab ick vielleicht meine vier Buchstaben jefühlt. Setzen konnte ick ma ieberhaupt acht Tache nich mehr.

Uff'n Bauch hab ick de Nacht jelegen un nich einschlaf'n könn'n. 'n nächsten Tach hatt ick noch'n paar blaue Veilchen im Kopp.

Mutta hat jleich Schabefleisch jeholt un druffjelegt. Da sah'ck am Abend schon beinah menschlich aus. Hauptsache! Un denn sinn alle Rekwisitöre zu ma jekomm'n, wie sich det jehört, un hab'n ma um Entschuldjung jebeten. Nachher hab ick se im Zirkus nach de Vorstellung 'ne Lage jeschmissen, Bier un Kümmel dazu, mehr konnt ick nich von meine paar Piepen berappen, na un denn hat der eene un andre noch 'ne Lage mangjeschob'n, bis wa alle knille war'n. Jetanzt, jesung'n und tralatat hab'n wa ooch un war'n een Herz un eene Seele. Ooch det Lieschen mit Willy, der Buchdrucker lernt, un ooch mit abends Kahn rutscht, un sich so vornean for unser Lieschen intressiat, war mit. Warum nich? Wenn er erst ausjelernt hat un'n richtjer Buchdrucker is? Mutta meint ooch ja. – Denn hat uns der Willy nach Hause jebracht. Aber Mutta war noch wach un böse, det wa so spät komm'n. Sagte: „Wo det nu jestern mit dir passiat is, steh'ck imma so'ne Angst aus, wenn ihr im Zirkus seid. Wenn ihr schon bummeln müßt, denn kommt vorher ruff un zeicht euch lebend. Ick kann ja sonst de janze Nacht keen Ooge zutun."

Vetta Fritz aus Kiel · Mutta bricht'n Been

Kommt aus Kiel paar Tage zu Besuch, um sich Berlin anzukieken, der Vetta Fritz, so alt wie icke, jroß, blond, 'n scheener Junge mit mehr Bildung un Anstand un Sitte als wie wia. Erst war er oben bei Muttan zum Kaffe, un denn hab'n wa ihn in'n Zirkus vafrachtet un'n Freibilljet for ihn jeschnorrt. Da hat er aber Oogen jemacht, wie er ma da hat so jraziös un schick Rollschuhloofen jeseh'n. Ick hab ooch heute sowat rinjelejt mit meine janze weibliche

Vaführungskunst. Wenn'ck ma schon nischt aus de Männer mache, soll'n se wenstens hin un wieder wild wer'n. Det is mein eenzjet Vajniejen. Det is doch nich ville? – Ick will ja janich im Jrunde een'n Mann imponian. Dazu sind se ma ville zuwenich, un mit de Liebe, det is aus. Ick will ma eene alljemeine Beliebtheit erfreun, un det tu'ck. Det is ville mehr als nur for een eenzjen da sinn. Blödsinn! Se könn'n ma alle fein leiden, von Rat Busch bis zu sein'n letzten Mistjungen. Feinde hab ick nich, un det is mein Stolz. Wat is sonst Jlück? Vielleicht Jeld? Aber det nützt ooch nischt. In'n Sarj könn'n wa doch nischt mitnehm'n. –

Et is Sonntach, un zwischen beede Vorstellungen flitz ick zu Mutta ruff mit'n paar Jardinen von de Trude, die weeß, det Mutta jut wäscht un sich von meine Kollejinnen nur de Auslagen bezahlen läßt. Sag'ck zu Muttan: „Mutta, hier sinn Jardinen von de Trude. Det Mächen hat ooch imma keen Jeld. Vielleicht kannste se Montach waschen?" Sagt Mutta: „Lech man hin." –

Un nu hab ick den Fritz uff det Jewissen. – Er is wie doll, will janz nach Berlin zieh'n. Wa hab'n Sonntachnacht jebummelt in't Monbijoukaffee, janz harmlos, nur 'n paar Bier. Er hat ooch nich ville. Sagt er: „Ich liebe dich!" Er spricht so mehr wie'n Hamburjer, wat feiner klingt wie't berlinerisch. Ick antworte ihm: „Weeßte, Fritz, ick jloobe, ick kann keen männlichet Wesen mehr lieben. Man hat ma zu sehr vakohlt."

Fang ick Heuochse an zu plärr'n. Lejt er ma seine Flossen um de Schultern un spricht so zart, janz wie'n feiner Mann: „Tröste dich, du wirst auch darüber wegkommen. Alle Männer sind keine Schufte. Es gibt auch noch anständige!" Na, un so unjefähr hat er zwee Stunden uff ma rumjetröstet, bis ick janz duslich war un ma meine Mutta un ihre Angst einfiel. Da hab ick ma schnell nach Hause bringen lassen un treffe vor de Tür det Lieschen mit ihr'n

Willy, die ooch wejen Muttan früher kommt. Willy bringt uns nach oben.

Da sitzt Mutta uff'n Sofa un lacht noch. Dabei zeicht se uff ihr linket Been, wat wa nu bekieken. Hat se von de eene Seite den längsten Holzlöffel un von de andre Seite 'n Quirl mit'n ollet Handtuch festjebunden. Sagt: „Ick jloobe, ick hab ma's Been jebrochen." – „Wieso?" ruf ick. „Nu, ick hab de Trude ihre Jardinen jewaschen, un wie'ck se nu uff'n Boden uffhängen wollt', da is der Stuhl umjeknallt. Hatte nur drei Beene. Hab ick vorher nich jeseh'n. Nu, nu sitz ick da." Sag ick: „Det jeht nich so. Komm, Willy, wir tragen Muttan in det Judenkrankenhaus in de Aujuststraße."

Un denn hab'n wa, Willy un icke, unsre Hände überkreuz zusammenjefaßt un Muttan druffjesetzt. Lieschen hat ihr an de Schultern festjehalten, un so sinn wa de Treppe runter un über de Straße in det Jüdische Krankenhaus, wo se Muttan jleich unter de Lupe jenomm'n hab'n. Natürlich 'n Beenbruch. Wird fünf bis sechs Wochen dauern. Un det allet, weil ma for 'ne Kollejin schnell un billich 'n paar Jardinen waschen lassen wollte. Imma hilfsbereit un pünktlich! –

Wie'ck det nu de Trude in de Jardrobe erzähl': „Du, dein Jardinenwaschen is teurer zu schteh'n jekomm'n, als wa jedacht hab'n", sagt se: „Wieso?" –„Na, meine Mutta is da bei't Uffhängen aus de Pantinen jekippt un hat sich's Been jebrochen. Dabei hat se in deine Jardinen 'n jroßet Loch jerissen." Sagt die mit'ne janz traurije Stimme: „Det mit'n Loch schad' nischt, nur deine Mutta tut ma leid. Ick wer' se besuchen." De Trude hat doch 'n jutet Herz. Is'n juter Mensch.

Der Fritz hat's durchjesetzt. Is bei Siemens als Elektriker for fest anjenomm'n. Is'n hübscher Kerl, ooch woll anständjer als de annren Männer. Hab ihn ooch jern. – Aber is doch keene Liebe wie damals mit'm Küßmich. – War ja ooch der erste. Un alle sagen: „Nur de erste Liebe is richtich!" Ick weeß nich. Manchmal denk ick, mußt doch mal wieder vasuchen. Un ma is ooch so. Aber denn denk ick: „Heiratste eenen privat, denn is't aus mit'n Zirkus, denn komm'n Kinda, un mit die kannste doch nich mehr Kahn rutschen oder mit's Pferd in't Wassa huppen."

Vetta Fritz war ooch mit bei Muttan in det Krankenhaus un hat ma janz komisch anjejlupscht. An den Nachmittach war'n achtzehn Damen von't Ballett da, alle mit'n janz kleenet Veilchensträußchen, jrade wie bei 'ne Hochzeit. Un Mutta hat sich jefreut un jesagt: „Hab janich jewußt, det ma deine Mächens alle so fein leiden können." Bring ja ooch die eene oder andre mal nach de Probe oder zwischen zwee Vorstellungen zu uns ruff, un Mutta macht Kaffe un jiebt se imma 'ne Schmalzstulle und sagt: „Ihr seid ooch arme Luders un müßt so ville schuften."

Mit Waldhorn un Windhunde uff Bärenjagd · Heiratsantrag un doofe Kinda

Wir hab'n 'n Transport rußsche Windhunde bekomm'n. Sind uff'n Hof in'n extra Stall jesperrt. Sinn noch sehr scheu. Paar schnappen ooch zu, aber'ck laß se jeden Tach uff'n Hof loofen, jeb se Hundekuchen un spiel mit se. De armen Viechers langweilen sich doch schrecklich. 'n Jlück, det det vierundzwanzich sind. Könn'n sich wenstens wat erzähl'n.

Wir üben rußsche Tänze. Man kennt ja schon det Jehopse von de vaschiedenen Völkerrassen. – Wird wohl wat mit Rußland wer'n. – Ooch so'n Ballett, wo der Meesta, wir hab'n jetzt'n Deutschen, un heißt Richard Riegel, sagt: „Drei, die vorn tanzen, sinn Pferde, un eener hinten, een Bereiter, macht den Kutscher." Sagt de Trude, de eene Hauptrolle spielt un nich mehr mittanzt: „Kinder, det soll 'ne Troika sein, die ihr tanzt." Aber wat se eijentlich selbst spielt, weeß de Trude nich un ooch nich de Sina, die so'ne Feindin von de Trude macht. Aber de Trude is sowat wie 'ne Könijin un de Sina nur eene janz Arme. Aber zuletzt hat se doch recht und kricht ihren Liebsten doch. –

Mutta is wieder zu Hause un humpelt noch'n bißken. Is aber heile. Nimmt die ma beiseite un sagt: „Du, der Fritz is hinter dir her, aber et wär'n jroßet Unjlück, wenn de ausjerechnet den nehmen tätest. Er is dein Vetter. Det jeht darum schon nich, weil ihr denn blödsinnje Kinder kricht. Willste sowat? Na, denn laß de Finger von den." – Et is wirklich 'n netter Kerl. Ick könnte ihn vielleicht lieben. Aber dämliche Kinder, nee, det jeht nich. Also lieber nich.

Ick bin total fertich. Uff alle Fälle de Beene. Mit de Hände kann'ck ja noch schreiben. Wa spiel'n so'ne Art Jagduffmarsch, ick in de erste Reihe, Fanfare in de Rechte un so'n rußschen Köter an 'ne Leine in de Linke. Neben ma nur de Frau Müller, aber ohne Köter, weil se froh is, wenn se nur mit de Fanfare loofen kann un ihr nich noch'n Köter bei't Maschian mang de Beene springt. Aber nu de annern vierundzwanzich Mächens hinter ma, alle so'ne Lanze in de rechte Flosse un'n Windhund links, kurz im Takt de Kaskade von de erste Bühne mit hohe Absätze runterstiebeln, det is'n Kunststück. Am meisten hab'n ma de armen Tiere leid jetan. Jott, hab'n die wat zusamm'njejault, wenn de Mädels se uff de Pfoten ruffjetreten hab'n, mal eene von de eene Seite, un denn eene von oben, un denn ne annre, die'n Schritt zurück machte. Wa war'n alle so nervös, det wa ieberhaupt selbst nich mehr richtich loofen konnten. Foottit wurde janz wild un brüllte: „Vadammte Blase! Ich schicke euch fufzichmal ruff und runter, bis es klappt!" – Mir war's schon ejal. Fühlte meine Knochen ieberhaupt nich mehr un dachte: Von mir aus hundertmal. Un drückte in meine Fanfare allerhand Töne, die nich zur Sache jehörten, un wurde so meine Wut uff die Weise een bißken los. Nu hat er uns ieber dreißichmal ruff- un runterbotten lassen, un nu wissen wenichstens de Russenhunde, wie se tippeln müssen. – Un een Akt spiel'n wa Musikalschen de Ziehharmonika, wat wa schon vor sieben Monate in Wien studiat hab'n, un de annren tanzen.

Fritz hat ma 'n richtjen Antrach mit Schwung jemacht. Wir war'n im „Einsiedler“ un schon so'n janzet bißken benebelt. Er bezahlt imma for mia. For'n Mann hab ick ieberhaupt noch nie berappt. Det is wat for de Alten. – Also sagt der Fritz: „Minna, du bist so 'ne gute, anständige Deern, hab dich jetzt richtich studiert. Ich hab dich wirklich lieb.“

Kiekt ma mit seine treuen Oogen so lieb an. Mir bibbert. Er jiebt ma 'n Buff uff'n rechten Schenkel. Det jeht ma durch un durch wie elektrisch. Er red't weiter. Er kann nur richtich quasseln, wenn er een'n uff de Lampe hat. Sagt: „Warum soll'n wir uns denn nich verloben? In zwei Jahren habe ich ausgelernt, und dann wirst du meine Frau.“ Antwort ick: „Möchte schon, aber't jeht doch nich.“ Fragt der natürlich: „Warum?“ – Bin'ck wieder still. Kann ihm det doch nich mit de blödsinnje Kinder sagen, wat Mutta meent. Druckse ick rum. Da fragt er: „Oder liebst du 'n anderen?“ – „Nee“, brüll ick, „du weeßt doch, wie'ck von die meersten Männer denke. Du bist jut, weeß ick, aber ... die Kinder.“ Nu war's raus. „Na, wenn ich dich ernähren kann, wird doch auch für zwei Kinder was abfallen“, will er ma trösten. Ick brüll wieder: „Nee, wir dürfen ieberhaupt nie welche hab'n.“ Kiekt er ma janz dämlich an un rückt noch näher, legt ma seine Hände uff de Schultern un flüstert: „Na, warum denn nich, Minnekin? Bist doch 'n gesundes Mädchen.“

Ma wird janz schummrich un sinnlich, un ick mach ma von ihm los: „Nimm de Flossen von ma wech“, schrei'ck janz barsch, weil ma so liebevoll is un er det nich merken soll: „Ick bin schon jesund, aber ick bin leider deine Kusine. Un darum ... un darum dürf ick keene Kinder von dir kriejen, weil se sonst ... se sonst Idioten wer'n. Willste dämliche Kinder hab'n, denn heirate mir!" Un nu lacht er. Will et besser wissen un sagt denn zum Schluß: „Wir brauchen ja auch zuerst mal gar keine haben." – „Nee, det bleibt nich aus. Det kennt man ja. Un imma die Angst. Nee, nee, ick will nich, ich will keene Kinder hab'n!"

Ick brüll' so laut, weil ick schon een'n sitzen hab. Er schämt sich, weil annere uns ankieken un lachen un zu uns rüberbrüllen: „Laß ihr doch in Ruh, se will doch keene Kinder hab'n!" Spring ick uff un er hinterher un der Kellner ooch, der jloobt, det wa ihm prellen woll'n. Zahlt der Fritz uff de Straße, faßt ma untern Arm und sagt: „Beruhige dich, mein Minnachen. Ich will ja gern noch auf dich warten, wenn du dich noch nicht entscheiden kannst."

Er is so jut zu mia un so anständich. Ick jloobe, der will det ieberhaupt nich, wat die annren alle wollen. Aber wenn man vaheirat is, kommt doch mal so 'ne stille, schwache Stunde mit Jefühle, wie man so sagt. Det bleibt doch nich aus. Un mal muß er doch. Un zu 'ne andre würd ick ihm doch nich lassen, denn icke bin sehr eifasüchtich. Vor de Haustüre hat er mir noch'n festen Kuß uff'n Mund jejeben. Aber so jut un anständich. Also et jiebt doch noch feine un anständje Männer!

De jroße Katharina un der lange Riegel

Det neue Stück heißt: „Katharina". Die Katharina von Rußland macht de Trude. Se sieht wirklich aus wie 'ne janz jroße Kaiserin in ihre Hoftoilette un nachher in det jrüne Samtkleid in Hosen in den Jagdakt, wo wa mit de Windhunde Kaskade runtabotten, un'ck voran de Signale blase. Det is'n Akt. Allet scheen in Jrün-Jrün. Un denn det Hoffest, wo wa de Troika tanzen, in echte jestickte Russenkleider. Der Ballettmeesta, der Riegel, is knorke. Mal annre Ideen als de italjenschen Balletthopser aus de olle Schule. Hat ooch for's Ballett een extra jroßen Applaus jehabt. Nu, der hat ooch seine Rutine. Ville, ville Jahre in Rußland un ooch da in jroße Zirkusse von Moskau un Petersburch bei Salamonskin. Riegel sagt zu ma: „Ville tanzen kannste ja nich, aber du bist ein brauchbarer Kerl!" Na also, bei den hab ick nu ooch schon wieder 'n Stein im Brett. De Sina spielt een armet Mächen, der die Katharina den Bräutjam wechschnappen will. Aber er will nich. Blödsinn, welcher Mann will nich mit so'ne jroße, scheene, reiche Kaiserin mit de Hoftoilette, die ihre Hosenspitzen sojar sehen läßt? Un wie de Trude de Oogen schmeißt un vadreht! Da will doch jeder, un wenn't nur for een eenzjet Mal wär. Mehr will se ja ooch nich. Aber nee, er jeht nich zu ihr uff de Bude, und dafor muß er nach Sibirjen in de Bergwerke, wo'ck ooch so'ne Vadammte mache in'n braunen Kittel. Und muß imma mit so'ne Ketten de Treppen ruff un runter un Flüche ausstoßen uff russisch, so zwee Brocken un denn imma wieder mit de Ketten rasseln, de Hände zum Himmel strecken. Un denn kommt eener mit de Knute un vasohlt ma, aber nich richtich. Et knallt fürchterlich. Det is der Inhalt von de Katharina. Zum Schluß natierlich Befreiung, un de Liebenden kriejen sich, un 'n jroßet Fest!

Lieschen is sechzehn jewor'n un hat sich mit Willy valobt. 'n Bessren find't se bestimmt nich. Er hat se lieb un sie ihm ooch. Un da sagt Mutta schon ja. Der Fritz kraucht imma noch hinter ma her un sagt: „Warum nich zwee Brautpaare in de Familje sein könn'n?"

Ich möchte manchmal schon halb, aber denn denk ick imma: Dußliche Kinder! – Un noch dazu, wo'ck doch hin un wieder sauf. Nee, ick hab Jewissen. Man kann ooch Moral sagen, oder vaklärten jroßen Karakta mit Aberjlooben! Mir soll'n meine Kinder nich uff'n Kopp spucken un sagen: „Warum haste uns jemacht? Hab'n wa dir dazu beauftragt?" Et loofen schon jenuch Krüppel un arme Irre rum. Hart sein, wenn't ooch schwerfällt. – Karakta! Mut! Aberjlooben! Heilichkeit! –

Nu war'ck wieder schreibfaul. Nich böse sein, kleenet Jebetbuch. Wenn'ck dir wirklich mal zwee Monate in de Ecke schmeiße, denn rumorst du doch imma in mein' Inschtinkt, un et fehlt ma wat. Nu hab ick dir wieder bei'n Jrips jefaßt, un nu mußte herhalten. Bin'n Breslau, wo wa an Stelle Berliner Winterfreuden Breslauer Freuden von uns jeb'n. For jede Stadt 'ne Extrawurscht. Det woll'n de Menschen so hab'n, un wa sinn ja dazu da, sie so kleene Zuckerplätzchen in't Maul zu stecken. Hab'n nu in jede Stadt unsre süße Ecke, det is'n Schnapsladen janz nah bei'n Zirkus, wo man ooch mal nach de Probe schnell mal rüberflitzen kann, wiewohl'ck am Tage eijentlich nie wat Alkoholschet zu ma nehme. Erst Dienst un denn de Jefällijkeit. Unsre süße Ecke jehört een'n Kolonjalfritzen, der allet vakooft un nur an een'n kleen'n Tisch Spritjosen ausschenkt. Is da een Rekwisitör mit uns un hebt een'n. De Engländerin Maud hat aber so'n Kohldampf un sagt: „Oh, dier mie, ick hab'n solke Hungwer!" Sagt der zu den Budiker: „Ach, hol'n Se uns man den janz alten Ingwer aus'n Keller." Der Dussel vaschwind wirklich durch de Kellerluke, un nu klaut der 'nen Käse unter de Jlocke wech un packt'n de Maud in ihre Handtasche un ooch aus'n Faß 'ne saure Jurke un'n Ende Servelatwurscht. Unterdessen kracht det Brett unter de Trude ihren Hintern, die uff de Heringstonne sitzt un nu mit'n Allerwertesten in de Heringslorche rutscht. Na, die hat noch acht Tage jeduft't.

Wohne imma in jede Stadt bei dieselbe Wirtin, wat doch'n Zeichen for meine Anständichkeit is. Ieberhaupt alle unsre Leute. Zuerst zieh'n se 'ne Fresse, wenn man miet't un sie erzählt, det man von'n Zirkus is, un nachher woll'n se een'n am liebsten for Lebenszeit behalten.

Breslau–Wien. „Wiener Winterfreuden." Det ick nich lache! – Nu, ja, ieberall is Schnee, ieberall is irgendwo Wassa, wo man Schlittschuh looft oder Kahn fahr'n kann. Uff de janze Welt ejal un de Menschen ooch. Imma zwee Klassen, die Privaten un die von Bau, wie man so sagt. – Bin viel mit de Sina zusamm'n. Wat det arme, scheene, junge Ding imma mit'n Kopp zu tun hat un imma Pulver schlucken muß! Un daneben noch manchmal Jallenanfälle. Un jeden Abend reit' se un spielt ihre Rolle. Wat dazu jehört! Schont sich keenen Tach. Wie soll det später wer'n? Wa schonen uns ja alle nich. Hab ooch neulich 'n Hals mit janz weiße jroße Pocken inwendich jehabt un vierzich Fieber. Sina, de Trude un de Fanny sinn mit'n Zirkusarzt in meine Bude jekomm'n un hab'n Kompressen jemacht un vaboten uffzusteh'n. Wie der Arzt nu wech war, sag ick zu de Trude, de Sina un de Fanny: „Ihr jloobt wohl nich im Ernst, det ick hier'n paar Tage im Bett bleibe? Wer soll denn da Kahn rutschen, wo'ck doch de eenzje Dame bin?" – „Wir schließen dich ein", schreit de Sina, un'ck brüll so heiser ick bin: „Jut, denn laß'ck ma an de Bett- un Handtücher runter aus'n Fenster!" Na, se hab'n de Wirtin mir uff de Seele jebund'n. Aber am Abend bin'ck mit meine vierzich Jrad Fieber doch Kahn jerutscht, un in eene Woche wer'n de weißen Stippen im Halse ooch so wech sind.

Schkandal um Minna ·
Schwarzfahrten im Auto ·
Meine Freunde blamian ma im Zirkus ·
Mondschein uff de Alster

Der Fritz hat in Hamburch bei'n feinen Herrn in Uhlenhorst 'ne Stelle als Schafför anjenomm'n. Der hat'n janz in Leder einjekleid't, un er sieht sehr jut un scheen aus, un alle Mächens beneiden ma um ihm. Er muß ma doch sehr lieben, denn sonst würd er ma doch nich nach Hamburch nachkrauchen. De Trude red't ma zu: „Nimm ihn doch. Der paßt jut zu dir. Is'n feiner Mensch. Un imma wer'n de Kinder von de Blutsverwandten ooch keene Idioten. Willste darum so'n anständjen Menschen loofenlassen? Et jibt wenich jute Männer, kannst ma jlooben." De Trude lebt nu schon ville Jahre mit unsern ersten Rollenspieler un Unterreschissör, Elefanten dressiat er ooch, zusamm'n. Se lieb'n sich ja sehr, aber manchmal jeht's ooch hoch her. Er is sehr eifasüchtich. In Breslau war so'n kleener Leutnant von de Kürassiere janz doll in se vaknallt, als se de Katharina mimte. Der schickte ihr ooch öfters Blumen ohne Namen dran. Aber wa wußten schon, von wem. Un eines Tages ritt er in de Früh mit seine Kawalkade an ihr'n Fenster vorbei, det se uffriß. Mit'n Blumenstrauß von lauter Rosen, die er ihr am Abend jeschickt hatte, winkte se ihm zu. De Frau Dressör Eschberger stand neben ihr. Da jeht die Tür uff, un als se sich harmlos umdreh'n, steht der Terzy wie'n Tiger vor de Trude, reißt ihr de Rosen aus de Hand un haut se ihr so lange um de Ohr'n, bis er nur noch den Strunk in de Hand hält. So'ne Liebe wär' ma zu ville.

Heute früh hab'n wa den Bereiter Hans, den Liebling von Foottit, erstochen uff'n Hof jefunden. So'n junger, jroßer, scheener Kerl! Jammerschade! Un so tüchtich war er. Wer war der Mörder? Vielleicht der rumänsche Kutscher, mit dem er sich imma wegen Foottit seine Schulpferde in de Wolle hatte? Der is so plötzlich jetürmt! Oder is'n Eifersuchtsdrama? De Weiber war'n ja toll nach ihm, ooch die aus de Logen.

Wenn Fritz sein Oller uff Jagd is oder sonstwie wech aus Uhlenhorst, denn holt er ma in den feinen Auto ab, un ick komm ma vor wie de Kaiserin von China. So reiche, feine Damen hab'n es doch jut. Wenn man will in so'n elejanten Wagen spazianfahr'n, noch'n feinet Lederkissen in't Kreuz un ne vornehme Plüschdecke über de Knie, det is knorke. Neulich hat er ma schon mittags nach de Probe abjeholt, un de Fanny un de Trude sinn ooch mitjefahr'n, janz jroß, de Elbchaussee raus, un hab'n in Blankenese uff'n Süllberg Kaffe jetrunken, so janz wie feine reiche Leute. Un unten uff de Elbe sinn de Schiffe vorbeijefahr'n, de janz jroßen von Übersee, so kolossal un majestätisch. Ick hab ooch so doll Lust jekricht, mit rauszufahr'n uff'n Ozean nach Amerika oder so. Ick reise jern, aber nu schon Jahr un Tach deselbe Tour in de jleichen Städte, det is nischt mehr. Aber wat soll Busch in Amerika? Da hab'n se ihr'n eijnen Klamauk mit Barnum un Bailey, den'ck mal vor ville Jahre in Berlin jeseh'n habe.

Wir üben nun so'n Ballett mit Lasso in de Hände un so'ne Bocksprünge. Komisch. Man weeß wieder nich, wat det werden soll. Un denn wird wieder so'n klassischet ollet Ballett jeübt. Da mit diese Zusammensetzung wird keen Schwein draus klug. Wassa soll ooch drinne vorkomm'n, aber't soll erst in Berlin jeübt wer'n.

Der Elefantenkeller is imma noch mein Stammlokal. Da treff ick jedes Jahr meine ollen Soffbommen wieder, den Kapitän Wried, den wa imma noch Köppen Spriet nennen, un den Pichelpaulus, der mit det linke Ooge in de rechte Westentasche schielt. Nun is jestern ooch der Karl Schaper, der lange Karl, von See einjetrudelt un sieht ma nach de Probe aus det Zirkusportal rauskomm'n. Is schon blau un winkt von de Kellertreppe imma raus un blökt übern Damm: „Hallo, Minna, mein Deern. Wie wull een afsniden, een supen!" Un denn komm se alle raus, ooch'n paar von de Navigation, un det winkt un pfeift un ruft, un'ck wink se ab un leg mein Finger uff de Schnauze un zeich se, det se still sein soll'n, denn vor ma looft der Foottit in de Sonne langsam uff und ab. Will sich woll 'n bißken nach de Probe vaschnaufen, bis er da visaquer bei Portermeyer sein Mittach einnimmt. Un'ck schäm ma sehr vor'n Foottit un will ma in eene Nebenstraße vadrücken, weil er's nich liebt, wenn wa schon am Tage in de Keller runterrutschen.

Uff eenmal dreht sich Foottit um un ruft: „Du, Minna, hörste nich, deine Saufkumpanen brüllen nach dir. Nu geh schon rüber! Aber daß du am Abend am Platz bist!"

Na, denn bin'ck zu ihnen runter in'n Keller. Hab zuerst Mittach jejessen un hab noch mehr jetrunken, bis de Vorstellung anfing. Un trau meine Oogen nich. Sitzen da unten rings um de Manesche de janzen Kerls aus'n Elefantenkeller in't Parkett! Un wie wa da in de Hamburjer Winterfreuden bei dreißich Jrad Hitze vorübertanzen, winken se: „Minna, he, Minna, un Trude, un Lilly, he, Meta!" Wir hab'n nur zu Foottit rüberjelinst, der janz wütend vor'n Einjang stand mit'n roten Kopp. – Aber det Dollste war, wie'ck da mit'n Kahn oben uff de Bahn stehe, schrein de Kerls alle aus een'n Mund: „Bravo, Wassaminna, man tau, hallo, Wassaminna!"

Un'ck weeß selbst nich, wie'ck den Abend in't Wassa trudelte un wieder rauskam. Erstens brummte ma selbst der Schädel und zweetens blökten de Elefantenkellerjungs wie de Varrückten, bis'ck aus ihr'n Blick war. Un ick vorbei an'n Foottit un rasch rin in meine Jardrobe! – Aber der mir hinterher un de Türe uffjerissen und rinjeschrie'n: „Du, wenn du deine meschuggenen Saufkumpanen noch einmal in'n Zirkus bringst, schmeiß ich dich mitsamt deinen Schnapsbrüdern raus, verstanden?" Bibbernd steh'ck vor Foottit, noch in det nasse Kostüm: „Herr Foottit, ick kann doch nischt dafor, det se alle herjekomm'n sind. Se hab'n doch alle voll bezahlt. Keen einzjet Freibilljett." – „So, alle bezahlt? Das ist etwas andres. Aber benehmen lernen müssen sie sich noch." – Un denn zog er beruhicht ab. Denn ließen se ma durch den Aujust Knauf bestell'n, det se mia un noch alle Mächens, die'ck mitbringen wollte, wieder in den Elefantenkeller erwarten. – De Trude, die ooch sehr lebenslustich is, wär' natürlich sehr jerne mitjejangen, aber der Terzy is ja so eifersüchtig! De Sina jeht ooch nie mit, denn sie is zu fein, un aus Saufen macht die sich ooch nischt. De Fanny is valobt mit'n Jeschäftsführa Larsen, so'n jroßer, blonder Däne, un da kann sie'n abends un nachts ooch nich alleene lassen. Na, denn hab ick denn de Lilly un de Berta Maus, die aber eijentlich jar keene Maus, sondern eher 'n Pferd is, so jroß un stabil, un de Anna Galandi, die hier in Hamburch mit'n richtjen feinen, jebildeten Amtsrichter pussiat, der jeden Abend mit'n richtjen bezahlten Billjett in de erste Parkettreihe sitzt, einjeladen un zu sie jesagt:

„Also Kinda, hab 'n paar knorke Kerls. Habt ja jeseh'n, wat da allet wejen mir in't Parkett jesessen hat. De hab'n ma vor heute abend einjeladen, un ick kann mitbringen, wen'ck will." Da hab'n se vielleicht tralalat un anjejeb'n, un ick bin mit'n Hallo von meine Freunde in de Bernhardstraße erwartet wor'n. Un denn rüber uff de Reeperbahn. Un da hat der Pichelpaulus zu den Ober von'n Hamoniakaffee jesagt: „Borg mir mal dreihundert Mark. Morgen bekomm ich meine Heuer."

Hat der Ober wirklich, ohne mit de Wimpa zu zucken, den Pichelpaulus dreihundert Märker in de Flossen jedrückt. Kannt' ihn woll jut, un ooch, det er wirklich berappte. Un denn hat er ooch wat von zu Hause jehabt un war'n reicher, bessrer Junge. – Na, un nu mit dreihundert Mark jing's mal erst de Reeperbahn ruff un runter. Rin in jeden Bums, wo't nach schlechten Tobak un so 'ne Ausdünstung un klebrijen Dreck stank, mitten mang in de besoffne Marine mit ihre Mächens un die, wat Leine zochen. Denn kooften unsre Kavaliere ooch die mal eene Knackwurscht, weil sie Hunger hatten un lange nischt Warmet im Bauch. Un die Anna, die ihren Amtsrichter heute abend mal richtich vasetzt hatte, war am lustichsten, janz blau schon uff de Reeperbahn. Aber wir hab'n se doch noch mit alle andren in zwee Droschken valaden un sinn noch nach de Alster jefahr'n.

Un war so'n scheener Vollmond, so richtich for eene Sejelpartie, wat den Köppen Spriet seine Idee war. Wir machten 'nen scheenen, neuen Kahn von'n Stech los un alle Mann rin un de Sejel jehißt, un los uff de Alster, von links nach schräje un so weiter bis uff die sojenannte Außenalster. Die Anna hing mit'n Hals über de Bordwand, wat seinen juten Jrund hatte, un de Lilly sang Lieder oder jrölte, wat uff eens rauskam. Berta Maus jlotzte in'n Vollmond un weente von wejen ihre Liebe, die in Wien war, un besoffen war se ooch. Ick schaukelte in Pichelpaulus sein'n Arm. Er erzählte ma von Liebe un lauter so'ne scheene Sachen, die ma in den Oogenblick in't Boot jefall'n hab'n. Aber denn zeijte'ck ihm Vöglein: „Mensch, ick bin besoff'n un du ooch, aber'ck bin darum noch nich doof. 'n Seemann hat in jeden Hafen seine Braut oder ooch zwee un drei, aber damit basta. Wenn die schon zu Lande ihre Mächens un Frauen betrüjen, wie wollt ihr denn zu Wassa treu sind? Quatsch. Laß uns jute Freunde bleib'n un damit Schluß, denn jeh'ck mit dir bis an't Ende der Welt!" Na, un denn war's Morjen, un wa hab'n da irgendwo kolossal jefrühstückt. War mittlerweile ooch schon neune jewor'n, un de Probe war schon uff zehne anjesetzt. Hab'n wa Mächens uns 'ne Droschke jenomm'n un sinn denn piekfein vorjefahr'n. –

Mit Fritz is aus. Hab'n jesagt: „Ick heirate nich, un aus!" Nu weeß er, det et Ernst is, un nu will er zur See. Det Meer is jroß. Da wird er ma schon vajessen. Ieberhaupt, Männer vajessen doch schnell. Er will uff det Schulschiff „Niobe".

Wir rüsten for Berlin. –

Lieschen macht Hochzeit · Flutwellen brechen sich · Der Schiffa im kleinen Kahne

Premjere nur mit eene Balletthopserei: „Schwarzweißrot." Sonst'n scheenet Projramm. Mutta is wieder froh, det ick da bin. Lieschen is nu richtich mit Willy vaheirat't.

Wa üben wat mit 'ne jroße Springflut, wo'ck an'n Boom jebund'n wer', un denn komm'n de Flutwellen von hinten anjeschossen un über ma wech un so doll, det ick Ohrensausen krieje un der Buckel weh tut. Wenn der Boom nich so'n ersten Anprall wechnehm'n tät, würd ick jlatt in de Manesche uff'n Bauch fall'n. In dieset Stück is det ooch mit det Lassowerfen un de Bocksprünge. – Ick ärjre ma doch, det man eijentlich nie vorher weeß, wat et wer'n soll. Wie kann Busch denn imma so'ne Angst vor de Konkurrenz hab'n? Der Schumann macht doch sowieso imma wat andret. –

Nu endlich is et raus. Et heißt: „Farmerleben". Ick klebe wieder an jede Anschlagsäule mit de Flutwellen, die über ma fortrollen. Kolossal sieht det aus. Hat Mutta jleich jeseh'n, als se heute morjen einhol'n jing. Jeden uff de Straße hat se anjequasselt un de Säule jezeicht un jesagt: „Seh'n Se mal da oben, det Mächen mang de Wassastürze, det is meine Tochter!" Mutta is nu stolz uff mir, stolzer als ick selbst, un dazu jehört wat.

Ick vatrete da eijentlich de Sina, die de Hauptrolle spielt. Aber de Sina kann det mit'n Wassa nich un is keene Schwimmerin. Nu hab ick dieselbe blonde Perücke uff un wer' nur schwach un dunkeljrün beleucht't. De Indjaner binden ma an den Boom, un denn türmen se, bevor det Wassa rinstürzt. Wenn'ck nu so Stücker acht Stürze uff'n Buckel hab un'ck bis fast an de Knie in det Wassa steh, kommt der Herr Künstler in een Kahn un rettet ma. Nu rejen se sich schon wieder uff, det der Herr Künstler, der ooch Bereiter is, schon unter det Kostüm seine Privatklamotten an hat un nach den Wassaakt türmen kann, wo die annern alle den letzten Akt mitmachen müssen. Un hat da in de Loge oder in't Parkett imma eene Braut, imma 'n schicket Weib, worüber die annern in de Hauptsache neidisch sind. Aber der Herr Künstler is ooch'n scheener Kerl. Warum soll er nich? Nu hab'n se zu ma jesagt: „Minna, heute abend mußte uns 'n Jefall'n tun. Wa woll'n wieder mal über dir lachen. Willste?" – „Nu, warum nich? Ick mache jeden mal jern 'n Jefall'n!" Also jut. Sie hab'n ma jebeten, ick möchte doch mal, wenn der Herr Künstler mia rettet, den janzen Kahn umschmeißen, det er mit seine feine Kluft ooch mal in't Wassa fliecht. Erst wollt ick nich, un denn hab ick ma doch richtich beschmusen lassen. Wie ma der Herr Künstler nu umfaßt un ma in'n Kahn zieh'n will, da tret ick mit meine beeden Hinterläufe so feste uff'n Kahnrand mit'm festen Schwung, schlag hin un reiß mit meine beeden Flossen ooch noch de andre Kahnseite über ma wech, det wa nu beede unter det Schiffken zu liejen komm'n. War det'n Jelächter bei't Publikum. Wir hatten mehr Lachen un Applaus als de Clowns.

Un nu is wieder Hamburch un detselbe Heckmeck. Wohne schon in't achte Jahr in de Kastanjenallee!

Amatörreiten un der Herr uff de Krankenbahre

Nu muß ick ooch noch in't Projramm als Artist mitwirken. Eijentlich bin'ck dazu nich vapflichtet. Aber wat tut man nich allet for seine olle Firma! Un denn kann'ck eben Foottit nischt abschlagen. Weeß nich, wie det kommt. Ick jloob, wenn der ma sagte: „Mächen, spring von die un die Klippe runter", ick tät's ohne Besinnen. Varrückt, aber so is det. Also ick muß nu Amatörreiten mitmachen. Det is so: Een Pannopferd wird in de Manesche jeführt, un der Sprechstallmeester sacht zu det vaehrte Publikum: „Komm'n Se runter, meine Herrschaften, un vasuchen Se Ihr Heil! Wer dreimal uff diesen Jaul im Stehen in de Manesche rumreiten kann un nich runterfliecht, kricht von de Direktion hundert Mark. Nischt kann passian, denn seh'n Se hier det Seil, det kriejen Sie um'n Leib, un det is Ihre Sicherheit!" – Nun meldeten sich vielleicht 'n paar von de Jalerie. Krabbeln uff det fette Roß mit de Strippe um'n Bauch un vasuchen nu uffzusteh'n. Natierlich jeht det nich, denn wenn de Reiterei ooch wie'n Kinderspiel aussieht, is't doch det schwerste, wo't jiebt. Umsonst brechen sich de besten Stehensreiter nich alle Oogenblicke 'n Been oder sonst wat. – Un nu, wo sich de Kerls am dämlichsten anstell'n, ruft der Sprechstallmeester: „Damen werden ooch höflichst einjeladen, mitzumachen!" Da brüll ick denn von'n dritten Rang runter: „Warten Se, ick bin jleich da." Un nu krabble ick, als olle Kuchenfrau anjezogen, in meine ält'ste Kluft, mit 'ne altmodische Schrippe uff'n Kopp runter un laß ma so recht sachte iebern Maneschenrand helfen. – Ick hab ma mein'n Bauch noch extra fett ausjestoppt. So heben ma zwee Bereiter uff de Rosinante, un dabei platzt schon mein Rock. – Nu jeht's los. Mal häng ick mit'n Kopp untern Hals vom Pferd, denn zieh'n se ma an de Strippe wieder hoch. Ick lieje lang uff den Schinder un rutsche nach hinten, wo'ck in meine Vazweiflung 'n Schwanz fasse un nu so'ne Weile, de Beene in de Luft, koppsteh, weil se ma hochzieh'n. Dabei sieht man meine roten langen Flanellhosen mit Langetten. Ick valier ooch mein'n Hut un mein'n falschen Zopp. Det Publikum rast vor Lachen. Da mach ick jeden Abend annre un imma dämlichere Stellungen. Zum Schluß flieg'ck wie'n Christboomengel durch de Luft un reiß de janzen Bereiter, dic mir zum Stillstand bring'n woll'n, um. – Un denn red' Herr Terzy, der der Reschissör is, uff ma ein un sagt laut, ick soll morjen wiederkomm'n. Dabei tu'ck so, als ob ick nur uff den hör, un jeh imma rückwärts, bis ick an de Maneschenpiste ran bin, über die'ck nach hinten 'n Salto dreh. Det mit den Salto hat ma nie jemand nachjemacht. Manchmal hab ick ma ja ooch dabei blau un braun jeschlagen, aber wenn de Leute jebrüllt hab'n, hab ick jar keene Schmerzen jefühlt.

Den een'n Abend nu hat'n Herr im Parkett so furchtbar ieber ma jelacht, det er von die Sanitäta mußte rausjebracht wer'n. Er hatte so'n Herzklaps jekricht un lach draußen in'n Rundjang uff de Bahre, weil er sollt' in't Hafenkrankenhaus. Wie'ck ma nu mitleidich näh're un den ankieke, hält der sich de Hände vor't Jesicht un fängt wieder an zu kickern un brüllt: „Fräulein, um Gottes willen, geh'n Sie, geh'n Sie. Ihretwegen hat mich beinah der Schlag gerührt."

Der Mann hat ma leid jetan, aber'ck hab ma jefühlt! –

Ick höre, det da 'ne Eisenjlocke jekomm'n is, un Nachtproben mit de Männer ohne mir. Ick reiß ma nich um de Arbeet. Ick lass' se ma in't Haus bringen. Wenn se ma brauchen, wer'n se ma schon hol'n. Ick kann warten.

Acht Tage hab'n de Bereiter, die ooch jute Schwimmer sinn, probiat. Herzlichen Jlückwunsch! Heute hat ma Foottit in de Pause rufen lassen un jefragt: „Hast du dein Wasserzeug da?" – „Natierlich", hab ick jeantwortet, „mein Triko is imma da." – „Dann bleibst du nach der Vorstellung da." – „Jut!" – Wie'ck ma nach de Vorstellung abschminke, kloppt et an de Tür, un der Bereiter Krunert steht draußen. Nehm den Mantel um un jeh zu ihm uff den Jang, weil de annern Mächens halbnackich sinn un wa in diesem Zustande Herrenbesuche nich jerne seh'n. Sagt der Krunert zu ma: „Du, Minna, ick jloobe, der Foottit will dir nach de Vorstellung zu de Probe dabehalten." – „So, hat sich det schon rumjesprochen?" frag ick. Sagt der: „Ja, aber stell dir det nich so einfach vor. Wir probian nu schon acht Tage, un keener hat det jeschafft, da in de Jlocke unter Wasser rinzukomm'n. Da is nämlich keen Sauerstoff drin, un wenn de den nich hast, kannste keen' Atem hol'n un fällst um wie 'ne Flieje un bist dot." – „Nu, ick wer schon seh'n, bange machen jilt nich, oller Freund. Un von wejen Sauerstoff, wird schon welcher drin sind, sonst wird ma der Foottit jar nich erst probian lassen. Na, un bis ick wie 'ne Flieje umfalle, da kannste lauern, bis ick dir den Jefall'n tu." Sagt er: „Wenn dir det nu wirklich jelingen sollte, wat wa nich jeschafft hab'n, valangste denn ooch mehr Jasche? Du, det sag'ck dir, wenn de nich mindestens fünfhundert Märker forderst, biste ... bist'n Idiot!"

So läßt er ma steh'n, un ick jeh in meine Jardrobe zurück un denke drüber nach, wie det mit'n Sauerstoff is, un ob ick vielleicht da unten doch aus de Pantinen kippe. Mittlerweile hab ick mein Triko an un spazia in'n Bademantel zu unsern Meester, der in de Manege neben den Eisenkessel steht. Is so'ne jroße Eisenschale, wie so'n jroßer Kaffeepott mit vier kurze Eisenbeene, die an de Maneschenplatte festjemacht sinn. Sagt der Foottit: „Diese Eisenglocke geht nun mit der Platte unter Wasser, so tief, daß man sie von oben nich sehen kann. Ihr springt alle vom Manegenrand runter und versucht, in den Kessel unter Wasser zu tauchen. Wer drin ist, bleibt unten. Da ist ein Hammer an der Glocke befestigt, den ich mit dem Strick hier hoch und nieder ziehe, dann sind zehn Minuten vergangen; wenn er das zweitemal anschlägt, sind zwanzig Minuten vergangen und so weiter. Also los, Platte runter!"

Die Platte senkte sich, un langsam vaschwand ooch de Jlocke, die'ck wirklich nich mehr sah. Nu jab Foottit 'n Klingelzeichen, un wa machten 'n Koppsprung. Icke mit sechs Mann unter Wassa! Ick bumse ma wirklich in mein'n Biereifer den Kopp an'n Kessel an, fühle den Kessel bis unten ab un erwische een Been von'm, an det ick ma mit Leibeskräfte hefte. Meine Beene jeh'n dabei langsam in de

Höhe. Aber ick kann ja zwee bis zweeeenehalbe Minute tauchen. Ick hab 'ne ausprobiate Pferdelunge! Un so zieh'ck ma an det Kesselbeen langsam in de Jlocke rin. De Beene von den Kessel sinn wirklich zu kurz. Ick schind ma bei det Rinzieh'n den janzen Puckel uff. Nu bin'ck drin un richt' ma uff. Wassa reicht ma nur bis an'n Bauchnabel. Aber meine Ohren sinn doof, wie vastoppt, in meine Neese sitzt sowat wie'n Kloß. Nu denk'ck, ob det davon kommt, det hier keen Sauerstoff drin is? Ob ick nu bald wie 'ne Flieje umkippe? Denn vasauf ick am Ende? Aus meine bittren Jedanken scheuchen ma de Kerls uff, die sich den Kopp an den Kessel inrennen. Imma jeht det: Bums! Bums! Schon wieder eener. Aber Jesellschaft krieg'ck keene. Un nu tun ma de armen Lümmels leid. Ick möchte se jerne helfen un bück ma un will eenen oder den annern rinzieh'n. Fasse aber imma nur 'n Been oder 'ne Hand, die ma denn 'n Stuk jiebt, un wech sinn se! Ja, die können nich so lange de Luft anhalten. Un nu kloppt der Hammer, un ick denk: Jott sei Dank! Zehn Minuten rum. Na, mit Jottes Hilfe noch zehne un denn fertich! Et is duster hier drinne un keene Lampe un nischt. Ooch keene Zijarette un keen Pülleken. Janz alleene mit det Wassa, un vielleicht ohne Sauerstoff. Un nu kloppt der Hammer det zweete Mal, un denn ruckt det so komisch unter mia. Plötzlich fängt det Wassa un allet um ma rum zu glucksen an, un'ck jloobe schon, ick flieje mit den janzen Kessel in de Luft. Da steck ick den Kopp unten raus un richt ma uff un seh Land, det heeßt, ick seh den Foottit un de annern, de alle schrei'n: „Hurra, se lebt!"

Da kiekt ma der Foottit an un sagt: „Na, da seht mal, ihr Sch . . . kerle, det Mädel an! Schämt ihr euch nicht? Die hat's geschafft, also nochmal runter mit'm Kessel!"

Ohne ma zu fragen oder ma zu sagen, wat los is, fährt de Platte mit ma wieder runter, un'ck vasinke in de Nacht. –

Nu is't erst traurich! Keen Hammer kloppt mehr. Ick steh ma de Beene in'n Leib un weeß janich mehr, ob's Tach oder Nacht is, wie ville Stunden, Wochen, Monate ick so jestanden hab. Endlich fährt de Platte wieder hoch. Detselbe Jekluckse wie vorhin. Obn uff'n Maneschenrand steht der Foottit un lacht: „Mädchen, beinah hätte ich dich da unten vergessen! Entschuldige bitte, aber du bist eine Kanone! Na, seht ihr nun, daß für mehrere Stunden Luft im Kessel ist?" Un schenkte ma 'ne janze Pulle Korn un zwanzich Mark! Die annern erzählten ma nachher, det er drieben bei Portermeyer essen war mit'n paar Herrn un mir sicherlich in meine Jlocke janz vajessen hatte. Un denn is denn nach'n paar Stunden der Krunert rüberjerannt un hat jesagt: „Herr Foottit, de Minna is imma noch unter de Jlocke. Soll'n wa se nich lieber hochzieh'n, nachher is se vielleicht doch mal dot!" Da is der Foottit wie von 'ne Tarantel jestochen uffjesprungen un rieberjerannt, un ick hab'n den Jefall'n jetan un hab noch jelebt. Aber ohne mir wär' dieser neue jroße Trick nie jelungen. Det weeß ick janz jenau. Un nu wollte Foottit ooch nur Mächens hab'n. Un da wa noch nich jenuch hier in Hamburch war'n, mußte ick nach Berlin un da ooch tauchen lehren un in de Jlocke rinziehen helfen. Zuerst hab ick aber de kurzen Beene absäjen lassen und längre dranlöten, denn wa konnten uns doch nich alle Tache den Puckel uffschinden.

Bin de Nacht durchjerasselt. Berlin, ick jrüße dir! Jepäck bei Muttan abjeladen un um neune im Zirkus, wo man ma schon avisiat hatte. Aber wie'ck hinkomme, is allet zu un mit Bretter vanagelt. Ick kloppe an jede Tür. Allet wie dot! Aber rin mußt ick. Ick klettre ieber den Hofzaun un kloppe an de Stalltüre. Ooch varrammelt! Wat nu? Steht da 'n Fenster von de Jardrobe offen. Ick bau ma 'n Postament unter de Beene un zieh ma hoch, un drinne bin'ck. Da sinn se schon alle um det Wassabassin vasammelt, un Stücka zwanzich Mächens in't Schwimmtriko wimmeln durch'nander. „Na, da seid ihr ja alle", sag'ck. „In so'n Kessel is allerhand Sauerstoff, da braucht keener Angst zu hab'n. Ick alleene war ja schon 'n paar Stunden unten. War janz nett. Nu mal Platte hoch, un ihr sollt euch erst mal an die Umjebung unter Wassa jewöhn'n. Vatrauen is allet!" Nu hab ick se erst alle mal unter die Kessels jestoppt un denn erst de Platte vasenkt. Denn hab ick ma unterdessen mein Wassazeuch anjezog'n un hab jede einzeln aus den Kessel rausjeholt. Aber alle konnten nich mal det un hatten Angst, den Kopp unter Wassa zu stecken. Dabei hatten se doch alle jesagt, det se in Tauchen bewandert sind. Na, allet Schwindel! Denn hab ick die, die nich mal von alleene hochkomm'n wollten, an de Luft jesetzt un mit de annern weitaprobiat. Von de zwanzich, die da war'n, war nur eene, die von'n Maneschenrand runtersprang un in de Jlocke rinfand. Det Lieschen konnte't natierlich ooch nach een paar Koppstücke von mir. – Nu wurden wieda Zeitungsinserate rinjesetzt: „Schwimmerinnen, firm in Tauchen, sucht Zirkus Busch."

Ick klapperte alle Schwimmvereine ab, un jeden Tach jing det Probian los. Von zwanzich oder dreißich imma nur eene, de wirklich tauchen konnte. Et war ja ooch keene Kleinichkeit.

Erst jingen wa mit'n Kessel runter. Wir krochen also trocken rin, janz ohne Wassa. Da sollte uns der Rundvorhang um die Manesche vor die Oogen der Zuschauer vadecken. Un denn jab's in jede Jlocke 'n Klingelzeichen, un raus mußten wa, erst 'n Reijen schwimmen, un denn ruff uff det Dach von'n Kessel. Denn wieder 'n Koppsprung un in de Jlocke visaquer rin un unten bleib'n, bis der Akt aus war. –

Wie nu der Foottit mit de janze Jesellschaft aus Hamburch jekomm'n is, da hab'n de Proben erst richtich anjefang'n. Un Vöjel hat er uns ooch noch mitjebracht. So'ne Möwen un een so'n unjlücklichen Moschusvogel, der jräßlich jestunken hat. Die Vögel mußten wa mit in de Jlocke nehm' un uff det erste Klingelzeichen rausstupsen. Da wunderte sich det vaehrte Publikum, wo uff eenmal de janze Vogelschar herkam. Ick mußte natierlich den Moschusvogel befummeln, weil der so stank un keener ihn untern Arm klemmen wollte. Det arme Tier, nu jut! Aber ick roch noch imma nachher sieben Meilen jejen 'n Wind. Nur war det in de Kessels 'n Elend. Licht hatten wa jetzt, un ooch 'ne Bank, die drinne festjemacht war. Aber de Vögel wurden meschugge un bissen de Mächens in'n Arm un wohin se konnten. Die brüllten unter de Kessels, det man se oben hörte. Da hat denn der Foottit de Möwen zu Hagenbecks zurückjeschickt, un wa krichten Enten un 'n bildscheenen Schwan, der fuffzich Pfund wog un mir natierlich wieder uffjedrängelt wurde. Zuerst wollte ma der Schwan ooch zu Leibe. Aber nich wie Ledan, sondern er hat ma janz anders un richtich jepackt jehabt. Da hat er'n Jummiring um seine freche Schnauze jekricht. Später hab'n wa uns so scheen vatragen, det ick mit mein' Schwan machen konnte, wat'ck wollte, ooch ohne Neesenring. – Un de Enten war'n so frech, det se sich, wie wir'n Reijen schwamm'n un ne Weile als Stern uff'n Rücken lagen, sich uff unsern Bauch setzten un schnatterten oder sich balchten oder liebäujelten un noch janz annre Sachen machten, det det Publikum vor Vajniejen brüllte!

Ick werde mariniat un entwickle ma zum Polüpen

Wa war'n nu mit mir zwölf Schwimmerinnen, hatten unsre Extrajardrobe un hingen zusammen wie Pech un Schwefel. Schon bei de Proben wurden wa Kameraden. Ick war nu ihre Könijin oder ihr Anführer oder sowat. Se konnten ma alle fein leiden. Wia freuten uns ooch sehr ieber unsre scheenen Fischkostüme, allet von Kopp bis Fuß in jrüne Flitta wie Fischschuppen, die leuchteten. Uff'n Kopp hatten wa Helme, wat mehr Ritter als Fisch war. Ieberhaupt det janze Stück is knorke. Nur drei Akte, aber Sensazion! Da is de Sina eene Fischersbraut. Ihr Oller sticht in See. Kommt nich wieder. Erster Akt. Zweeter Akt een künstlicher Meeresjrund mit'n Schleier ringsum um de Manesche, uff den so Lichtbilder mit Fische druff tanzen. Un hinter den Schleier steh'n wa in so vaträumte Tänzerei, als Quallen un Korallen, Fische un Seeunjetüma. Ick machte so'n Biest mit hundert Flossen, die et wirklich jeben soll, un det so'n armen Matrosen runterzieht un eenfach in seine Fangarme abnibbeln läßt un ufffrißt. Det is een Polüp. Nu mußte de Sina wat machen, wo se jeden Abend jräßliche Angst hatte, weil se mit ihr'n ew'jen Mijränekopp schwindlich wurde. Also se mußte in de Zirkuskuppel krauchen un ieber de kleene Brücke mit det schmale Jeländer oben uff'n Adler ruff un von da uff eene schmale Treppe uff det Schiff klettern, wat nu von de Decke so dreißich Meter runterschwebte, also wie'n kaputtet Schiff, det uff'n Meeresjrund vasinkt. – Un denn war zum Schluß wirklich Wassa, wo wa mit unsre Enten kam'n un mit unsre Taucherei. Un et war'n janz jroßer Erfolg.

Karl, der Oberrekwisitör, bringt ma imma Zijaretten. Is scharf! – Laß ihn! –

Sina is jetzt imma sehr nervös un mit Mijräne. Det kommt von de Angstjefühle jeden Abend in de Zirkuskuppel. Aber se will det keen'n Menschen zeijen. Nur ick weeß. Se tut ma leid. Un hat ooch oft so'ne Anfälle mit ihr'm Leiden. Jalle jloob ick. Sie hält aus wie'n Held. Annre Frauen könn'n sich 'ne Scheibe von ihr abschneiden. Ieberhaupt de Vaheiraten un die, die sonst keene Sorjen hab'n.

Am liebsten zieh'ck nach de Vorstellung mit meine Mädels los. Wa sind ieberall jern jeseh'n. Wa machen Stimmung. Finden imma jemand, der for uns berappt, weil wa lustich un imma juter Dinge sinn, ooch wenn wa mal de Schnauzen voll Wassa jekricht hab'n. Schad' nischt. Da is unser Café Monbijou. Da is Leben un Musike. Wenn wa da rinkomm'n, de Lene, de Trude, de Frau Lemke, Sybille, Else, Martha un icke, kriejen wa'n Tusch von de Kapelle, un unser extra for uns komponiater Schwimmermarsch wird jespielt. Wia singen alle Mann:

Wenn dich de Leute fragen,
Könnt ihr's ihnen sagen:
Wir sind die Schwimmerinn'n vom Zirkus Busch,
Wir tauchen, schwimmen, husch, husch, husch!

Un so endlos weiter, imma von uns un unsre Kunst. Un is nur eena, der eifasüchtich is, wenn'ck selbst mit de Mädels jeh, det is Karl. Will, det ick nur nach de Vorstellung soll mit ihm losschieben. Aber det kann'ck nich. Det is wejen de Ellbogenfreiheit. Wenn ma eener imma zu sehr uff de Fersen klebt, wird er ma mit de Zeit lästich. Hab ick 'm ooch jesagt.

Wa ieben nu 'n andret Stück, soll zu Weihnachten raus. Aber jeden Abend voll mit „Hallig". –

Jetzt is Februar un imma noch „Hallig"! Det andre Stück bleibt for nächstet Jahr.

Meine Schwimmkarte un icke · Onkel Otto un de jeheimnisvolle Sejeljacht · Kriminella Besuch bei Muttan

Un is wieder Hamburch un der Elefantenkeller un meine Schwimmädels imma mit ma mit. – Un wenn eene eenen feinen Pinkel kennenlernt, muß der Arme uns alle mit einladen, sonst jeht se nich mit'm. Det is Ehrensache! Det is Treue!

Is da unser oller Rekwisitenbefummler, der olle K., der liebt de Else schrecklich. Aber de Else nich ihn, weil er wirklich nich nur alt is, er is ooch nich scheen. Aber er is jut un will ja ooch sonst weiter nischt von ihr, als ihr nur mal de Hand drücken un ihr wat spendian. Un denn bestellt uns eben de Else ooch alle hin, un er muß for uns alle blechen. Kooft ihr zum Bespiel ooch 'n Kleid un Mantel, sagt de Else: „Aber de Martha un de Minna sinn noch ville ärmer als icke." Kooft uns der olle K. ooch denselben Firlefanz un puppt uns alle ein. Wenn det nich Liebe is, weeß'ck nich! Ick jloobe, seine janzen Notjroschen schmeißt er for ihr raus. Männer sinn doch dußlich. Soll man nu drieber lachen oder weenen? Kann denn so'n oller Herr wirklich jlooben, det 'n son scheenet, junget Ding wie de Else ihn wiederlieben kann? Mit nischt is doch Liebe zu koofen. Seh'ck doch an ma selbst. Den'ck wirklich mal jeliebt habe, der hat ma so jut wie nischt jeschenkt! –

Is da noch'n Seemann, sagt, er is Kapitän uff eene jroße Privatjacht, die liecht in Cuxhaven. Der lad't uns ooch alle zusamm'n ein. Bringen ooch mal unsre vahungerten Bereiter mit un alle, die sonst Kohldampf schieben. Der muß mächtich ville Kies hab'n. – Wenn dann mal eener von unsre Kerle eenen uff de Lampe hat un'n bißken jemeinen kleenen Witz erzählen will, denn haut er mit de Hand uff'n Tisch, det de Jläser un Humpen tanzen un brüllt: „Ich verbitte mir solche Redensarten in Gesellschaft von Damen."

Zuerst hab'n wa jelacht, aber denn hab ick ma doch sehr jebauchpinselt jefühlt. So'n erhabenet Jefühl is in ma injezogen un hab jedacht: Is doch sehr anjenehm, mal als wat Bessret zu jelten un so mit Vornehmheit un echte Benimmse behandelt zu wer'n. Man is doch ooch wer! Man is doch ooch, wat mit de Kunst zusammenhängt un nich jeder Dreckfetzen! Man is wer!

Dieser Herr Kapitän sagt, det er Otto heeßt un sonst keenen Namen nennt, weil er wat janz Feinet wohl mit Adel is. Kommt ooch vormittags in de Probe, holt de Frau

Lemke ihr kleenet Mächen ab un fährt se uff de Reeperbahn un so rum spazian, weil er sagt, der Staub im Zirkus is for'n Kind nich jesund. Hat er recht. Un denn holt det Kind mittags seine Mutta aus'n Zirkus ab, de Arme un Hände voll Jeschenke, allet von Onkel Otto, wie wa'n nu nennen. Der muß wirklich jut sinn un ooch Zaster hab'n. –

Nu will er wieder 'n paar Tage nach Cuxhaven, seine Jacht beseh'n un Pinkepinke hol'n.

Is bald zurück, der Onkel Otto. Hat der Lilly aus't Ballett 'nen Papajei mitjebracht. Sacht aus Brasilien. War noch an Bord. Nu wollt'n wa alle 'nen Papajei von ihm. Hat er ooch vasprochen. Will demnächst sieben Monate wechmachen. Hat sich mit uns alle uff de Reeperbahn fotojrafieren lassen. Hab de Postkarte Muttan jeschickt un ihr jeschrieben, det wa'n feinen Mann kennenjelernt hab'n, der zu uns alle wie'n Vata is. So'ne Männer sinn wirklich rar! Wir nehmen ihn alle wie wat Höhret, wat er bestimmt ooch is. Uff den is selbst Karl nich eifasüchtich, weil der Herr Onkel Otto sowat Erhabenet direkt ausstrahlt. Man merkt doch ooch trotz seine eijne Unbildung un Niedrichkeit, wenn man mit wat Bessret zu tun hat! –

De Fanny, wat de Freundin von de Sina is un mit ihr Voltische macht, hat unsern Jeschäftsführer L. jeheirat', richtich un echt jeheirat'. Det war 'ne Uffrejung, weil zuerst keener richtich dran jlooben wollte. Nu hat er doch! –

Mutta schreibt heute 'n furchtbaren Brief. Ach, könnt ick doch de Seiten mit'n Onkel Otto aus det Büchlein rausreißen! Aber denn mach'ck ma det janze zuschanden. Also bleibt er schon drinne. Deswejen kann ma de Polente doch nich an meine Hammelbeene kriejen. Ooch wenn se's finden. Steht ja eijentlich nischt drin. Na sowat! Wie man sich doch täuschen kann. Die Männer, nee! – Also Mutta schreibt:

Mein Minnekin, um Jottes willen, in welche Gesellschaft befindest Du Dir? – Kommt da morjens um achte 'n

Kriminal zu uns ruff, in meine alte, ehrliche Beamtenwitwenstube, un fragt: „Kennt Ihre Tochter da in Hamburg einen Herrn Otto?“ Sag’ck: „Nee, wat ick nich wüßte.“ Un meine Angst, wat Du vielleicht mit den Kerls ausjefressen hast. Kommt det Lieschen dazwischen un sagt: „Otto . . . doch, Onkel Otto schreibt Minna doch imma, der spendiat fein un is jut zu alle.“ Zeicht der Kriminal ’n Photo aus det Vabrecheralbum, un schreit Lieschen jleich: „Ja, so sieht der Mann uff de Postkarte aus, die Minna neulich aus Hamburg jeschickt hat.“

Nu holt Lieschen de Postkarte, wo ihr alle um den Kerl rumsitzt, mit det Kind von Frau Lemke uff den Schooß. Un richtich, er is der Jesuchte, ein Vabrecher, mein Kind, ein Raubmörder! Mit wat for Banditen hast Du Umjang? Man is imma de janzen Jahre arm un ehrlich jewesen, un nu kommst Du vielleicht in Untersuchungshaft! Nie hab ick un ooch Vater je wat mit’t Jericht zu tun jehabt. Un nu diese Schande!

In tiefster Bekümmernis,

Deine Mutter.

Wie’ck den Brief jelesen hab, hab ick jeheult un hab doch keene Schuld jehabt. Keene von meine Mädels hat det mit Onkel Otto jlooben woll’n. Un nu laure ick un wa alle jeden Tach uff de Polizei. Kommt aber keene.

Ick mache ma wehrhaft · De Männaschlacht im Zirkuskella oder: Emil kricht Keile, oder: „Wat ma aus Liebe tut!“

Wir lern’n jetzt Säbel- un Florettfechten. Nur acht Damen. Dabei icke. Wat det nu wieder soll? Wir hab’n so’n ausjestopptet Busenvasatzstück, so’n wattiaten Arm un ’n Maulkorb um.

Sina macht sowat wie 'ne Könijin. Det Stück scheint kurz un schmerzlos zu sein. Ooch muß'ck wieder Trompete blasen zu Pferd.

Mit det neue Stück hab'n wa jleich in Berlin anjefang'n. „Barbarossa" heißt et un is ohne Wassa. Der olle Barbarossa in den Kyffhäuser mit den durch de Tischplatte durchjestochnen Bart is de Apotheose, wie auf'n Projramm steht. Wir fechten in den Turnier wie der Barbarossa noch lebt, un de Lilly mit Onkel Ottos Papajei hat ma vor lauter Eifa bei de Premjere mit ihr'n Säbel beinah de Neese abjehackt. Is zum Jlück in meine Lockenperücke hängenjeblieben! –

Un im annern Akt steht die Sina als könijlichet Frollein in de alte Tracht, janz in Hellblau uff'n Balkon uff de erste Bühne, un vier Damen blasen als Herolde Trompete zu ihr ruff, un sie winkt uns zu. Da kommt denn 'n janzet Heroldballett. Zu scheen!

Karl hat ma nach de Premjere einjeladen in 'ne Kneipe visaquer vom Zirkus. Lieschen un Willy sinn ooch mitjelatscht, un hat er for uns alle ausjejeben un war sehr jroß un spendabel. Will'ck da an de Theke wat bestell'n, kommt der Emil rin, der is Statist bei uns, und sagt: „Trinkste 'n Bier mit?" Sag'ck: „Natierlich." Mache Prost mit'm un unterhalt ma 'n bißken. Winkt ma Lieschen. Denn kommt se: „Minna, der Karl is weiß wie de Wand. Komm doch an unsern Tisch zurück." Ick vasteh det nich un antwort': „Ick komme jleich. Aber wat hat er denn?" Indem is ooch schon der Karl anjelatscht un sagt zu den Emil: „Wenn die Minna 'n Bier trinken will, dann kann ich's zahlen!"

Lacht der Emil: „Na, haben Se sich man nich so!" Ruf ick: „Wat fällt dir denn ein, Karl, hast woll'n kleenen Weihnachtsmann, wat? – Der Emil is länger bei Busch als du, den kenn'ck aus meine erste Kunstperjode, bitte!" – „Ja, Minnekin, hast recht!" – „Wat", schreit der Karl, „Sie sagen auch du zu meine Minna, un Minnekin sagen Se och?" – Da aber brüll ick: „Bin nich mit dir vaheirat', Karl, bin ooch noch nicht valobt, aber wenn du so bist . . . danke."

Nimmt der Karl den Emil bei'n Arm und sagt: „Komm'n Se mit, wa sprechen draußen weiter, mein Herr!"

Un kaum is der Emil vor de Tür, da jeht die Bolzerei los, aber wie, det de Fetzen fliejen! Mantel von Emiln kaputt, Hut in de Renne un er im Handumdreh'n neben sein'n Hut!

Ick steh neben Karl un bin sehr wütend. „Schämste dir nich, langer Lulatsch, dir an det kleene Hämekin zu vajreifen? Wat haust du den? Wenn de wat zu kloppen hast, kleb mir doch'n paar!" Karl zittert. Er is janz furchtbar blaß. „Reiz ma nich, Minna! Aber eh ick ma an'n Weib vajreife . . . nee!"

Nu stand Emil wieder uff wie so'n armet Lumpenbündel mit Veilchenoogen, un'ck sagte zu ihm: „Vaklage den Karl. Ick bin dein Zeuje. Un'n neuen Mantel muß er dir ooch koofen!" Ick rufe eene Droschke ran, die vorbeifuhr, un half ihn rin. Der war froh, det er nu nach Hause fahr'n konnt. Aber ick sagte zu Karl: „Un wir sinn von heute ab jeschied'ne Leute! Aus der Traum!"

Ließ den Karl steh'n un bottete alleene nach Haus zu Muttan un weente imma stille vor ma hin. Nee, so'n eifasüchtjen Mann will ick nich. Ick bin'n Freiheitsmensch! Lieber jleich dot. –

Hat den nächsten Tach det Lieschen uff ma einjeredet. „Minna, du vasündijst dir an den Karl. Der liebt da wirklich!" Hab ick jesagt: „Wenn Liebe so aussieht, nee, danke!"

Hab dies Allotria meine Sina erzählt. Die sagt ooch: Schluß machen! Frauen sinn doch ville besser. Ick krabble ihr noch den armen Kopp. Sie is sooo jut. Nu springt se noch mit den Schips, unser bestet Springpferd, über sechs annre Pferde. Hat noch keene Dame vor ihr jemacht. Sie hat Mut. Sieht ooch bildscheen in ihr'n roten Reitfrack aus mit de schwarze Sammetmütze. Dabei is der Schips direkt varrückt, un et is schwer, ihn zu reiten. Uff'n Sattelplatz müssen ihn zwee Bereiter halten, weil er sonst lostürmt. Hat sich schon in seine Raserei uff'n Rundjang 'n Ooge ausjeschlag'n, weil er mit'n Kopp durch de Wand wollte.

Nu jeh'n wa ins Maxim! · Klinik Karlstraße · Der Ring mit'n blauen Stein

Wir probian wieder 'n neuet Stück. Ballett. Keen Schwein wird draus kluch. Ick jloob ooch, det der „Barbarossa“ nich Sensazion is wie die „Hallig“ vorjet Jahr. Wir schwimmen ja ooch nich, wiewohl de Hauptzahl von de juten Primaschwimmerinnen dajeblieben is un mithopsen muß. Foottit weeß ooch janz jenau, wat er von diese kuraschierte Mächens hat. Die kann er zu allet brauchen, un richtich tauchen un schwimmen is schwer. Hat er jeseh'n! Un de „Hallig“ war ooch noch nich in Wien.

In unsern Zirkus is de Operierwut ausjebrochen! Wer kann, läßt sich 'n Leib uffschneiden. Is da 'ne Sängerin von uns, heißt Adele un hat Jallensteine. Hat sich jenau Stücker dreihundertzwanzich Steine rausnehmen lassen. Nu hat se keene Krämpfe mehr un singt noch besser. Da is noch unser oberster Kostümdrachenvawalter, Frau Nowak. Die hat sich ooch an de Jalle ritzen lassen. Waren aber bedeutend wenjer Steine. Aber se fühlt sich nu sehr wohl un vawaltet un vateidicht de Kostüme noch heldenhafter, weil se keene Schmerzen mehr hat un nu imma da is.

Sacht heute de Sina zu mir: „Du, ich glaube, meine Krämpfe und Migräne kommen von der Galle. Ich lasse mich mal untersuchen.“ Hat ja ooch furchtbare Zustände manchmal. Wird manchmal janz blaß un jelb in de Jardrobe, un ihre kleenen Händchen krampft se dann an mia un stöhnt. – Muß ihr jetzt fast tächlich zwee Mijräneberuhijungspulver aus de Apotheke hol'n, damit se mit ihr'n Schips springen kann un nachher det könijliche Frollein machen. – Se is ville feiner un scheener als ick, aber'ck möcht nich tauschen. Die Arme. –

Bin morjens in de Probe for's neue Stück. Sitzt Sina uff'n Maneschenrand un kiekt ma an und lacht wie so'n Spitzbube: „Du, ich hab Gallensteine, wahrhaftig, war beim Professor!"

„Müssen Se 'ne Ölkur machen wie de Mutta von'n Statistenführa Kaselowsky. Die is schon so alt dabei jeworn!" antwort ick. Lacht se noch mehr: „Nein, danke, ich habe genug von den Schmerzen. Ich hab mir's überlegt. Ich laß mich operieren wie die Adele und die Frau Nowak!"

Ick schrei: „Um Jottes willen! So jung, dreiundzwanzich, un schon uff de Schlachtbank! Nee, det erlaub ick nich, det will ick nich!" – Steht se neben ma un umfaßt ma, det mein Herzchen puppat, un flüstert: „Du weißt doch, wen ich liebe. Will für ihn eine gesunde Frau werden. Grade weil ich jung bin, wird's besser geh'n, als wenn ich schon älter wär! Und wenn die andern durchgekommen sind, warum sollte der liebe Gott mir nicht helfen?" – Frag'ck se: „Wann ... wissen Se denn schon, wann Sie jeh'n woll'n?" Steht se da wie'n kleener Held, blickt ma mit ihre jroßen, dunkelblauen Oogen an un sagt: „Morjen." –

Ma bleibt de Spucke wech. Ick dreh' um un loofe wech. Soll nich seh'n, det ick heule. – Uff'n Abend läßt se ma in ihre Jardrobe hol'n, wo de Fanny sonst mit drinne is, un sagt ma: „Minna, hast mich doch heute schön stehenlassen. Warst gar nicht mehr bei mir oben. – Willst du nicht heute nacht bei mir schlafen? Sollte eigentlich schon heute in die Klinik. Aber der Arzt hat mir erlaubt, daß ich heute noch in mein'n Zirkus darf, wenn ich nichts esse. – Bleibst du nun die letzte Nacht bei mir? Ich glaub, ich kann nicht schlafen, und du ... du bist doch tapfer und lustig, und wir erzählen uns dann noch was und machen ein bißchen Unfug. Willst du?" – Ick sagte nur: „Ja." 'n Kloß steckte ma in meine Kehle. Denn fragt ick: „Muß et denn wirklich sind? Könn' Se denn'n Arzt nich vielleicht sagen ..." – Sie sprang ganz fuchsteufelswild uff und schrie: „Sei still, nichts kann ich mehr sagen! Ich will es so. Es muß sein!" – „Aber so plötzlich, so von heut uff morjen? Det jeht doch nich", sag'ck. Sina lachte wieder: „Dummkopf, ick wußt es ja schon lange, hab's aber niemand gesagt, weil ich eure Miesmacherei kenne! So ... Und nun kein Wort mehr davon und raus. Und nach der Vorstellung holst du mich aus meiner Garderobe ab."

Sie schmiß ma direkt raus. Ick stand da noch 'ne Weile vor ihre Türe un bejriff nischt mehr. Ja, wenn se wollte, da konnt ick ja nischt machen. Jeder kann mit sein'n eijnen Körper machen, wat er will. Ick hab ja ooch nie uff annre jehört. Man hat ma oft von de schweren Trickse unter Wassa un drieber abjeraten, un ick hab's doch jemacht. Un Sina ooch. Hab ick ma jesagt: Jott vatrau'n! Wir alle un ooch de Sina war'n in unsern schweren Beruf so ville mehr als alle annren Menschen in Lebensjefahr, un is nie wat passiat. Warum nu jrade in de Klinik? Wenn se Jott hätt' haben woll'n, hätt' er se schon längst holen könn'n. Damals, wie se sojar ieber sechs Pferde mit den Schips sprang, un se runterfloch, den Kopp jejen de Maneschenpiste, mit de Schleppe, die in de Jabel festhängen blieb!" – Dummheit! Werd' ihr'n letzten Abend noch's Herz schwer machen. –

Hat ma da als Frollein, wie'ck vor ihr de Trompete jeblasen hab, noch zujewinkt. Meine Hände hab'n jebibbert. Ick jloobe, ick hab mehr Angst als sie. –

Hab ma schnell abjeschminkt un bin hin zu ihre Jardrobe. Denn hat se noch ieberall adjö jesagt, un wa sinn mit de Stadtbahn, wo se am Zoo wohnt, jefahr'n un ruff in ihr hübschet Erkerstübchen, det ick kenn'. Un hab'n um den runden Tisch drumrumjesessen, un se hatte for mir noch'n Viertel jekochten Schinken besorcht un belegte ma selbst eijenhändich de Stullen, schob se ma rieber un sagte: „Da, iß, Minna."

Aber der Kloß war noch in meine Kehle, un'ck war satt un konnte nischt essen un schob den Tella zurück. Da drohte se mit'n Finger un rief: „Du, wenn du nicht ißt, dann esse ich's auf, und du weißt doch, daß der Doktor es verboten hat!" –

Da hab ick denn mit Widerwillen zujelangt. Wa hab'n nich ville jesprochen. Wat sollt ick ooch sagen? Un aus den Unfuch, den wa da treiben wollten, is nich mehr ville jewor'n. – Sagt noch zu mia, eh se det Licht ausmacht: „Minna, wenn ich nicht wiederkomm'n sollt, den kleinen Ring mit dem Saphir will ich mitnehmen. War sein erstes Geschenk. Daran häng' ich sehr." –

Ick schlief uff ihr Kanapee, un sie in't Bette. Ick konnt' nich schlafen un hörte ooch, det sie nich konnte, sagte aber keen Wort. Hörte ihr'n Atem, un denn seufzte se ooch'n paarmal. Da kroch ick unter de Decke un weente. –

Früh um achte weckte se mir. Ick war jrad noch 'ne Stunde injeduselt. Sacht: „Minna, um zehn muß ich in der Klinik sein. Will aber doch noch vorher einmal den Zirkus seh'n, wenn die andern Probe haben." – Hat ma die Wirtin Kaffe jebracht. Sina durfte ja nischt trinken. –

Wie se ma so in de Stadtbahn jejenieber sitzt un de Sonne so in ihr schmalet, hübschet Jesicht un uff det jlänzende rote Haar fällt, da kullern ma plötzlich de Tränen aus de Oogen. Muß wechkieken, raus, de Reklame an de Häuser lesen, un se tut, wie wenn se nischt sieht. Kiekt ooch raus.

Uff'n Bahnhof Börse rennt uns de Fanny in de Arme. Ick schneuze in't Taschentuch. Da packt Sina de Fanny untern Arm, läßt ma steh'n un rennt fort. Ick steh da wie verdattert un kiek ihr nach. Sie schlendert übern Damm un singt janz laut: „Nu geh'n wir ins Maxim..." Ick schüttle den Kopp. – Sina! Sina! Krauch über de Straße, ihr nach in'n Zirkus. Steht se da an'n Manescheneinjang un spricht mit'n Foottit, det ick's ooch richtig hör'n soll: „De Minna heult immerzu, die will mir'n Mut nehmen. Aber das schafft sie doch nicht. – Übrigens, Minna!" Sie winkt ma, un'ck loof zu ihr hin: „Du, in der Klinik sind Nonnen. Da kann ich doch eigentlich nicht meine Nachthemden mit der vielen Spitze anziehen ... und auch vor'n Professor nicht. Das schickt sich nicht. Da hast du acht Mark... mehr darf's nicht kosten. Kauf mir 'n einfaches Hemd ohne Spitzen, höchstens 'n bißchen Stickerei. – Bei Wertheim in der Rosenthaler!"

Bin'ck jleich hinjesprungen. Hab ick zu die Verkäuferin jesagt: „Bitte jeb'n Se ma 'n vornehmet, bescheidenet Nachthemd for'n Krankenhaus. Ick muß operiat wer'n." Da hat se ma jleich vastanden. Hat bloß sechs Mark fufzich jekost't. Un denn wieder hin zum Zirkus. – Jab ick ihr det Hemde un fing wieder an zu weenen. Sagte Sina: „Nu wollt' ich dich in die Klinik mitnehmen. Aber du weinst ja wieder. Also, auf Wiedersehen, Minna. Auf Wiedersehen!" Packt de Fanny untern Arm, winkt noch eenmal zu mia zurück, rennt noch an de Kasse, steckt den Herrn Diekmann ihre Flosse rin und singt, un ick steh im Vestibül un heul. – Et war Freitag! –

Den janzen Nachmittach hab ick bei Muttan jeheult. Hat jesagt: „Jieb dir nich so hin. Det Mädel wird schon wissen, wat se tut. Se is noch jung. Da is't nich so jefährlich." –

Am Abend sagt der Herr Foottit zu mir: „Wir hab'n schon Nachricht. Operation gut überstanden. Na, siehst du!" – „Jott sei Dank!" antwort' ick.

Aber als ick da nachher in de Manesche die Trompete blase un de Frau Hartwig, die Sina ihre Rolle spielt, uff'n Balkon erscheint, in det hellblaue Ritterfräuleinkleid, da renn'n ma doch de Tränen runter un'ck kiek wech, un bild ma ein, de Sina steht oben un winkt ma zu. – Nachher sagt de Fanny zu mir, eh'ck nach Hause botte: „Du, Minna, ich hab'n unheimliches Gefühl. Sina sagte zu mir noch in der Klinik: ‚Du, Fanny, wenn ich bleiben sollt', hol ich dich nach!' Sie sagte das natürlich im Scherz und lachte. Kann's aber jar nicht loswerden. Muß imma dran denken!" –

Se wollten ma uff'n Bummel mitnehm'n. Bin aber zu Muttan un jleich in de Falle. Kaum jeschlafen. Früh um achte uff un so jejen neun in de Klinik Karlstraße hinjerannt. Macht eene Schwester mit so eene katholische Haube uff. Frag ick: „Vazeih'n Se, Schwester, det ick so früh da bin. Hab aber keene Ruhe. – Bitte sag'n Se ma doch rasch, wie jeht's de Dame aus'n Zirkus, die jestern hier operiat wor'n is? Kann'ck se nur 'ne Minute seh'n?" Sagt de Schwester: „Ja – die Dame vom Zirkus ist tot." Ick vasteh' se janich un schrei: „Die Kunstreiterin, ick meene Fräulein Euphrosina Spampani ... heißt ooch noch Schindler ..." Die Schwester nickt: „Ja, in der Nacht gestorben. Liegt schon hinten in der Halle. Wollen Sie sie sehen?"

Jeb keene Antwort mehr, stürz wech. De Häuser tanzen. Meine Knie zittern, setz ma da irjendwo 'n Oogenblick in'n Hausflur. Stopp ma det Taschentuch in'n Mund, det ick nich laut schreie. – Sitz da, weeß nich wie lange. – Un nu wohin? – Zirkus? Mutta? Ja, zu Muttan.

Mutta sieht ma's an. Brauch nischt sagen. – Sie weent ooch. Sie kennt ja de Sina nich richtich. Hat se nur in'n Zirkus jeseh'n un ihre Wäsche jewaschen. War nur eenmal zum Kaffe bei uns. – Aber Mutta weeß, wie'ck se jern hatte un wie jut se war! – „In'n Zirkus jeh'ck nich. – Kann niemand seh'n, Mutta." Lech ma uff's Bett. –

Die Jedanken quäl'n ma sehr. Wie is's möchlich? Jestern um dieselbe Zeit hat se noch jesungen. Warum hat se det jemacht? Dreiundzwanzich war se. Eene Ölkur hätt's ooch jeschafft, un se wär' alt jewor'n wie de Mutta Kaselowsky. Hat so sein soll'n. Vielleicht is ihr ville Kummer erspart jeblieb'n. War ooch nich janz jlücklich mit ihre jroße Liebe im Herzen un denn imma det Vasteckspiel vor de Menschen. Ob er se jeheirat't hätt'? Er wollte, wenn seine Kinder jroß jewesen wär'n. Wollte seine Kinder keene Stiefmutta jeben. Hat er vielleicht recht jehabt, aber se hat doch jelitten, denn ick weeß, wie se an ihm hing. Un'ck jloob, det se sich nur alleene for ihn operian ließ, damit er mal 'ne jesunde Frau krichte. An ihre Schmerzen hat se wenjer jedacht. Se hat imma nur an annre jedacht un zuerst an ihn. So'ne Frauen jibt's wenje uff de Welt. Un denn müssen se sterben. Lieber Jott, du bist doch manchmal nich jerecht! Et jibt doch so ville Biester unter uns Frauen. Aber jrade de Beste mußte wech! –

Wir Schwimmerinn'n hab'n jede drei Mark zusammenjelecht, un unser Palmwedel war der schönste. War den janzen Morjen in de Halle, wo Sina uffjebahrt war. Sie hat ausjeseh'n, wie wenn se schlief. Hatte de Händchen jefaltet, un ick hab imma nur uff'n Ring mit den Saphir jepaßt, det'n keener klaut. Kam ooch de Fanny, un wie se rintritt in de Halle, stolpert se. Kommt se ängstlich ran un sagt zu mia: „Minna, ich bin eben jestolpert. Nun holt se mich vielleicht doch noch nach." Ick sag: „Quatsch." Sie küßt Sina uff de Stirn. – Denn wird der Deckel zujemacht.

War der janze Zirkus da, ooch die Direktion. Ville Blumen. Ick hörte janich hin, wat der Pastor sagte. Unsre Kürassiere, die in'n Zirkus bei'n Barbarossa ooch abends blasen, hab'n jespielt: „So nimm denn meine Hände ..." Un unsre Sänger hab'n jesungen: „Es ist bestimmt in Gottes Rat." Da hab ick am dollsten jeweent. –

Un'ck wurde richtich krank, hatte ooch Fieber un konnt' nich aus de Oogen kieken. Mutta hatte Angst um mia. Der Arzt sagte: „Nerven."

Een Spuk · Det zweete Opfa · Kirchhof Müllerstraße

Acht Tage nach Sina ihre Beerdjung kommt de Fanny nich in'n Zirkus morjens zur Probe. Unser Jeschäftsführer Larsen sagt: „Sie hat 'ne schlechte Auster gegessen.“ Abends war se noch da un'ck jeh' zu ihr in de Jardrobe. Sieht se komisch aus, hat ooch so blaue Lippen. Sag ick: „Aber, Fanny, jeh'n Se doch nach Hause. Se sinn doch krank.“ ... Se hat aber den Abend noch jetanzt un hat ooch de Kesselpauken jeschlagen.

Ick hab de janzen Tage wie'm Traum jelebt. Hab meine Schwimmklicke alleene jelassen un ma in mein'n Bett bei Muttan satt jeheult. Mutta hat den Kopp jeschüttelt: „Mädel, so kenn'ck dir ja janich.“ – Nee, kennt ma keener.

Un nu kam det zweete Unjlück un ließ ma uffhorchen un's Leben bejreifen, wie kurz et is un wie unerbittlich det is, wat wa Jottes Ratschluß nennen. Un hab ma diese Tage oft jefragt, wozu der janze Heckmeck is, un ieberhaupt warum wa leben. –

Sagt der Herr Larsen zu mia: „Die Fanny verlangt nach dir. Sollst sie besuchen.“

Renn ick am Nachmittach nach de Probe hin. Is da vor'n Schlafzimmer so'n Vorhang aus Perlen un Muscheln, un den halt ick aus'nander un kiek zu ihr'm Bett rieber. War'n zwee Fenster, det eene vahangen. Richt' sich im Bett uff un sagt: „Minnekin, bist du da?“ – Un sitz bei ihr un halt' de heißen Hände. Sagt se leise: „Die Sina holt mich nach!“ Denn schläft se ein.

Hab denn nach de Vorstellung de janzen Nächte neben ihr uff'n Lehnstuhl jesessen. Hat se fantasiert von ihr'n Mann. Sie war sehr eifasüchtich. Sprang se uff un schrie: „Siehst du ... die Blonde, die Blonde da in der Loge links, wie die nach mein'n Mann schielt? Siehst du?“ Un ick hab ihr de Hände uff de heiße Stirn jehalten un jestreichelt: „De Blonde is ja schon wech, aus'n Zirkus rausjejangen. Is ja janich mehr da, Fanny. Ihr Mann is brav. Bin jeden Abend im Zirkus um ihn. Kiekt keene an." ... Ach, furchtbar war die Qual von de arme Fanny. Vierzehn Tage zwischen Dod un Leben. Sagte ma der Sanitätsrat: „Es ist keine Rettung. Sagen Sie's ihr nicht und nicht ihrem Mann ..."

Eenen Tach, als se jar keene Luft mehr krichte, holten se noch de Feuerwehr mit 'n Sauerstoffapparat. Un da kam se noch mal zu sich un schrie janz furchtbar un wollt' aus't Bette: „Was wollt ihr von mir?" Un denn fiel se zurück in de Kissen, un ick dacht' ma, wie man eenen Menschen so quälen un erschrecken kann, der doch sterben muß. Da sinn wa mit de Tiere in diese Beziehung jnädjer als mit Menschen. – Und ick war doch wie erlöst, als se am Abend, noch bevor'ck in'n Zirkus jing, starb. Un war uff'n 24. November, wo de Sina jenau am 24. Oktober jestorben war. Wie'n Spuk. – Die beeden Fälle hab'n sich in mia einjefressen un wer'n bleiben, bis ick sterbe.

Sind ooch beede nebeneinander in de Müllerstraße beerdicht.

Von de Bären anjeknabbert

Wir probian nu wieder wat mit de Bären, die von de zweete Bühne runterrutschen müssen. Sicher wat aus Rußland, denn wa machen beim Tanzen so'ne vadächtjen Untertritte.

Nachtprobe mit de Bären! Der Zirkus is fest abjeschlossen, damit keen Fremder seine Neese rinsteckt un zukiekt. Det is nich wejen Tier- un Menschenschinderei. Quatsch. Wer nich mitmachen will, braucht ja nich, un de Bären wer'n jut behandelt. Det is nur wejen den Schumann, der nich wissen braucht, wat bei uns los is. Aber leider, et jiebt immer Biester oder Dussels bei uns, die noch nach de Proben sich in 'ne Kneipe aushorchen lassen for'n Schnaps. Mir könn'n se volltrichtern. Wat ick nich sagen will, sag ick nich. –

Also Nachtprobe mit Bär'n. Wir steh'n oben uff de zweete Bühne. De Bär'n sinn oben links in'n Stall einjesperrt, der direkt uff de Bahn mündet. Een Bereiter hat imma 'n Bär an de Leine un rutscht vornewech. Hinterher drei Schwimmer un eene Schwimmerin. Wir Schwimmer kommen von rechts, damit wa de Bären nich direkt in de Pranken loofen. Wenn wa unten sinn, kommt'n Klingelzeichen, det heeßt imma: „Laßt'n neuen Bären los!" Wir haben Stücka zehn! Un denn unten det Jekrabble mit de Bären im Wassa! Se hab'n ja 'n Maulkorb um, aber wenn se een' mit de Pfötchen eene langen, hat er ooch nischt zu lachen. De Platte is nich janz runter. De Bären un wia könn'n noch drinne steh'n un loofen. Zum Jlück steh'n ooch noch so kleene bunte Häuschen in de Manesche, wo wa ruffkrabbeln könn'n un uns retten. Un denn müssen wa Hilfe schrei'n un janz furchtbar anjeben. Der Eiersänger Sch., den wa so nennen, weil er imma vor sei'n Tenorjesang een rohet Ei vadrückt, muß uff'n Maneschenrand loofen un uns uff de Häuser ruffzieh'n. Un denn, wenn wa alle uff de Häuser sinn un de Bär'n uff de Seite steh'n un hochklettern woll'n, schlägt der Blitz ein in een mindestens acht Meter hohen Boom, der umkippt. In de Äste von den Boom hockt de Lucie un brüllt fürchterlich. Ick bin ja wütend, det de Lucie det Kunststück mit'n Boom macht, aber na ...

Meine Mutta sitzt de janze Nacht uff, bis ick nach Hause komm', und wenn't schon morjens in de Frühe is. Die hat mehr Angst wejen de Bär'n als wie icke! –

Premjere, knorke, ausvakooft! Janz Berlin uff de Beene. Wia Schwimmerinnen hab'n wieder unsre Jardrobe for uns un sinn nich mehr mangs Ballett. Wia bilden uns janischt extra in, wie se uns det so manchmal vorschmeißen, aber wia fühl'n uns so for uns alleene wohler. –

Oh, mein armer vamanschter Arm! Zuerst kracht ma der Wassastrahl, wat uffjebrochne Schleusen vorstellen soll, in't Kreuz, det ick hochjehob'n wer' un beinah aus de Bahn beim Rutschen rausfliej'n tu un nich mehr weeß, wie'ck unten lande. Noch janz dußlich vasuch ick uff's Häuschen ruffzukrabbeln, da packt ma 'n Bär an de Schulter, reißt ma de Klamotten vom Leib un umklammat nu mein Been un jnautscht dran rum mit de Schnauze, wo der Maulkorb vaschoben is. Der Bereiter Sch., der uff den Bären uffzupassen hat, kiekt imma nach oben uff de Bahn un macht mit seine Flossen furchtbare Bewejungen, wat Entsetzen un Schrecken ausdrücken soll. Un ieber seine Schauspielkunst vajißt er ma janz un jar un hört mein Hilfejeschrei nich, det natierlich vahaucht in det jroße Jeseire von de hundert Stimmen, die ooch alle Hilfe blöken un et doch janich nötich hab'n. Wie'ck endlich von de Bären losjekomm'n bin, weeß ick wirklich nich mehr ... Mein bildscheener Schenkel war jut bearbeit't un'ck mußt zum Arzt.

Der Herr Sch. hat ma ja nachher noch'n Konjak spendiat un sich entschuldicht. Aber wat hab ick davon? Der Schenkel war vaknautscht. Na, hab trotzdem weiterjearbeit' ooch mit Bandasche. Der Foottit war höllisch wütend uff den Sch. 'ne lebenslängliche Narbe wer'ck schon behalten. Aber wo'ck ma doch nischt aus de Männer mache, wer wird da schon mal mein'n Schenkel mit de Vazierung bekneisten? Jut, det ma det Biest nich in de Backen jebissen oder uff det Jehirn jetippt hat. –

Der Eiersänger is scharf uff mia. Seine Stimme jefällt ma am besten. Aber wat soll ick sonst mit ihm? Is'n armet Luder wie icke. Liebe? Is doch Quatsch! Hab ick ihm jestern erst jesagt.

Nu hab ick ma lange nich mein'n Buch anvatraut. Et is ooch imma wieder detselbe von mein'n jeliebten Zirkus. Mal is et Berlin, mal Breslau, mal Hamburch, mal Wien. Un denn is mal wieder 'n Kerl, der ma hoffnungslos vafolcht.

Nu is es wieder mal Wien mit „Marja", wie det Russenbärenstück heißt. Die Jeschäfte jeh'n janich. Warum, weeß der Deibel. Ick könnt' det Publikum manchmal backpfeifen.

Mit'n janzen Boom in't Wassa

Weeß nich warum, aber ab morjen soll de Lucie det mit'n Boom nich mehr machen, sondern icke. Fragt ma der Foottit: „Mädel, traust du dich das ohne Probe zu machen?" Sag ick: „Natierlich, Herr Foottit. Hab ma schon jewundert, warum Se nich jleich mit die Forderung an ma ranjetreten sinn."

Ick nu, wie der Rundvorhang noch um die Manesche rum is, uff'n Boom. Da is zwischen de Äste sowat wie'n Hocker. Uff den setz ick ma un kralle ma mit meine Pfoten in de Äste fest. – Nu kommt der Blitz, den de Elektriker von oben aus de Kuppel irjendwie in den Boom rinfahr'n lassen. Un denn is da unten sowat wie 'ne Rakete, die platzt, un dahinter vaborjen in een Jestrüpp sitzt mein Karl, der Eifasüchtje, un macht wat, det der Boom so mittelschnell umkippt. Soll ick wieder anfangen? Ick kann diese Bevormünderei in'n Dod nich vatragen. Un denn besser keener aus't Haus. Foottit sagt imma, det er det Rumjeknutsche un Pussian im eijnen Haus nich vaknusen kann. „Entweder heiraten oder raus, mulle-mulle wird nicht gemacht", hat er neulich erst zu Friedan aus't Ballett jesagt, die sich for unsern Kassierer intressiat. Ick möcht' ooch mal, det'n Kassierer for mir wat iebrich hat.

Un wenn erst so'n Riß da is in Liebe un Freundschaft, bleibt'n Knoten, un der is jar nicht kleene bei uns. Ick fang nich mehr an. Aus is aus bei mir!

Aber'ck muß woll doch nich richtich da oben jesessen hab'n, denn ick hab bei't Uffhaun in't Wassa een Stuk in't Jenick un in't Kreuz jekricht, det ick nich mehr weeß, wie'ck aus det Wassa hochjelangt wor'n bin. In een Fiaker hab'n se mia nach Hause jebracht. Der Karl mit. Aber'n nächsten Abend war'ck wieder da. „Na, wirst de denn heute den Baum machen?" fragt ma Foottit. Ick lache: „Na feste, Meesta. Oda hab'n Se schon wieda 'n neuet Opfa ausjesucht?"

Da hat er ooch mitjelacht. Nu wie de Scheinwerfer jeleucht't hab'n un de Musike jespielt hat, hab ick keene Schmerzen mehr jefühlt, hab den vabufften Hals aus de Schultern rausjeholt un det Kreuz jradejebogen un hab sojar jetanzt. Un nu nachher hab ick nich mehr so steif uff'n Boom jesessen un hab ma selbst Schwung jejeben, un so war et richtich.

De Blitzbrückenkatastrofe un de vajniejungssüchtjen Wiena

So sinn de Leute! Nich zum Auskennen! Nu komm' se. Alle Tage ausvakooft. De Hälfte muß umkehr'n. Sowat hab ick noch nich erlebt. Nur weil det jroße Unjlück passiat is! Schrecklich! Det kam so:

Bevor'ck uff den Boom klettern muß, also in de Pause, müssen de Elektriker, die den Blitz von de Brücke aus de Zirkuskuppel machen, oben sinn. Nu steht der Oberelektriker, Herr Löwe, im Notausjang und kiekt ruff, ob seine Leute ooch an'n Platz sind. Wat passiat ausjerechnet in den Momang? De Blitzbrücke fällt von oben mit de drei Leute runter, aber sachte, weil da woll die Stricke vom Vorhang vor sinn, die de Brücke 'n bißken Halt jeben. Unten jeht se in Trümmer, aber de drei Leute sinn heil wie durch'n jroßet Wunder. Aber der arme Herr Löwe, der janischt mit die Blitzbrücke zu tun hat, den trifft 'n Vorhangseil, an den noch 'n Klotz Eisen dran is, un schlägt ihm beide Beene ab . . .

Un dem armen Karl sein Arm hat wat von det jroße Zahnrad abjekricht, wo det Seil vom Vorhang rumlooft. Sinn da alle Zähne rausjebrochen un rin in Karls Arm, det sie'n ooch hab'n müssen in det Krankenhaus schleppen. Un sinn de Fetzen von seine blaue Jacke mit in de Wunden rinjekrochen un is darum Blutvajiftung. Hoffentlich nehm'n sie'n nich seinen scheenen, muskulösen Männerarm ab. Det tät ma doch zu leid. Ob ick ihn besuche? Denn denkta, ick will wieder anfangen. Wer' ihm de Trude oder Lene schicken mit 'ne Pulle Schnaps, denn Mitleid hab ick ja ooch mit Tiere, warum also nich mit ihm, denn er hat jroße Schmerzen. Sowat hab ick ihm ja trotz seinem janzen eifasüchtjen Inschtinkt un seine brutale Weltuffassung nich zujedacht.

Det war furchtbar, un'ck hatte uff mein'n Boom nachher noch solchet Herzpuppan un weente über det jroße Unjlück. Un den annern Tach war'n de janzen Zeitungen voll, un der Erzherzog Friedrich Leopold war am nächsten Abend in de Vorstellung, un allet war ausvakooft, wo der olle Busch am Vormittach noch jesagt hatte: „Nun können wir einpacken und abfahr'n. Nun wird überhaupt kein Mensch mehr kommen!" – Na, un nu kam de Rasselbande. Da kenn' sich eener aus, icke nich mehr!

Mein erster Besuch in de Berje · De wildjewordne Reklamechefin · Mein jebissna Finga un de Flucht uff de Retirade

Un unser Reklamechef Martin is so'n bißken vornean in unsre Schwimmtrude valiebt, nich etwa in die, die ooch jroße Rollen spielt un unsern Reschissör Terzy seine Frau is. Un unsre Lene is so'n bißken in den Poldi, den Sohn vom Wirt vom Jaroschauer, valiebt. Komm'n die uff die prima Idee un mieten zwee Autos for een'n Ausfluch in't Jebirge.

Komme nu schon jahrelang nach diese österreichsche Hauptstadt un hab von ihre Umjebung nischt jeseh'n, höchstens die Donau. Wat is det schon? Also fahr'n wa schon morjens los, die janzen Schwimmerinnen mang die beeden Herrn nach Weidling. Un de Sonne schien, un ick liebe Natur! Mal wat annres als die ewjen Kneipen un Cafés un Musike! Wald un Wiesen, un denn nachher kam det Jebirge, wat ick mal imma jern seh'n wollte. Det jing imma so hoch in Zickzack an so Abjründe vorbei, un ick hatte manchmal Angst uff die schmalen Weje. Un unten lach der Wald so kleen un niedlich wie aus 'ne Spielzeuchschachtel. Wia hab'n uns jefreut, un alle Mann hab'n wa jesungen: „Wer hat dir, du scheener Wald!" War det herrlich! Wie 'ne Pantomine. Un oben hab'n uns de Herren Backhänderl mit frischen Salat un Heurijen spendiat. Wa war'n alle 'n bißken blau un sangen da am Tisch: „Wien, Wien, nur du allein, sollst stets die Stadt meiner Träume sein!"

War se ooch! Wat hab ick da nich schon for herrliche Zeiten erlebt un nu erst, wo'ck mit meine Schwimmmädels so richtich Furore mache un wa ieberall unsre extra nur for uns resaviaten Stammtische hab'n, un man sich richtich um uns reißt. Ieberhaupt nach det Unjlück mit de Blitzbrücke.

Da schlägt von unserm Tisch visaquer eene Uhr. Ick kieke hin un seh'n kleenen Kirchturm winken, wo de Uhr is' un't schlägt sieben. „Menschenskinder", brüll ick wie'n Löwe, „wia müssen ja machen! Um neune müssen wa doch in de Jardroben sinn. Ob wa det noch schaffen? Der Foottit bringt ma ja um, wenn wa fehlen! Also los, abhau'n!"

Un wia rin in de Autos un los! Aber wo et nu berchab jing, war's doch sehr jefährlich, so schnell zu sausen. De Schafföre mußten sehr bremsen, un'ck wurde janz hystersch vor lauter Uffrejung un fing an zu heulen wie'n Schloßköter. Un schlecht un duslich war ma ooch von den Heurijen, den ick zu ville jetutscht hatte. Un uff eenmal fängt det Auto an zu stinken und zu roochen unter die Haube vorn. Wia schrei'n: „Feuer!"

Der Kasten steht stille. „Der Kühler hat kein Wasser", sagt der Schafför. Un nu hab'n se Wassa aus det annre Auto jeklaut un unsa'n Kühler in 'n Rachen jejossen, aus dem et rauszischte wie aus't Drachenmaul, wat wa mal in 'ne Pantomine hatten. „Ach, wenn det Auto nu wieder steh'nbleibt, wa jeh'n doch nich alle in 'n ersten Wagen rin, wat machen wa denn da?" fragte ick, un man jab ma nur'n Jenickstoß un buffte ma in den Wagen rin. Ick blieb mit meene Angst, meene Jedanken alleene inmitten von diese Rotte Korah. – Na, an die Fahrt wer'ck mein Leben denken un hab ma jeschworen, ma nie wieder die Natur anzuseh'n un die Umjebung un Einfridjung von die scheenste Stadt. Na, also bis zum Stephansplatz is denn de Nuckelpinne unter Jeklapper, Jestöhne un Jeächze jekommen, aber denn machte se schachmatt un wollt' ums Varrecken nich vor- un nich rückwärts. Denn sinn wa in'n Fiaker jesprungen un sinn nach'n Zirkus jefahr'n un durch die Stalltüre alle Mann hinten rin un ruff in de Jardrobe. Et war halb zehn.

De Pause jing jrade ihrem Ende entjejen. Wia sprangen unjeschminkt rin in de Kostüme un hab'n den neuen Oberbeleuchter jeflüstat, er soll uns recht ville Nachtschatten jeben. – Ick war noch ins Wassa janz duslich vor Angst, die'ck ausjestanden hatte. Un wenn wa ooch nachher alle wieder an unsern runden Schwimmerstammtisch im Jaroschauer vasammelt war'n un uns dotlachten ieber unsre Angst von wejen det Zuspätkommen, ick konnte nich so richtich lustig wer'n.

Un jingen nachher weiter in det Café Winkler in de Stuwerstraße. Wia war'n nich mehr alle zusamm'n, nur noch der Herr Martin mit de Trude und de Else, de Jrete un de Lene. Sitzen da in eene Ecke, weil se von so'n Kleiderständer vadeckt war, da doch der Herr Martin vaheirat war un nich wollt', det'n eener bei seine liebe Olle vapetzt. Muß doch aber 'n Biest jetan hab'n, denn uff eenmal wackelt der Kleiderständer, un hinter ihm vor springt, wie so'n Tiger von Sawade, die Frau Martin, ruff uff de Trude, mit de Hände in ihr'n Lockentuff, der uff de Erde fliecht, un will ihr de Neese abbeißen. Wat hat die de Zähne jefletscht! Ick ihr mit de Hand in't Maul jefahren, mein Daumen bleibt ihr an de Lefze rechts kleben, un ick schrei: „Um Jottes willen, Frau Martin, wat woll'n Se tun? Machen Se sich nich unjlücklich!" – „Ha ... hob ich sie endlich ... dös Mensch, dös mei guaten Moann um un dumm draht!"

Aber de Trude war längst jetürmt, un ick hatte den Tuff Locken stieke von de Erde uffjelangt un ihr uff de Toilette, wo sie sich vaflüchticht hatte, nachjetragen. Ick hörte noch, wie Herr Martin zu seine Olle sagte: „Nit amol hier hat ma sei Ruah. Un wann du mi net in Ruah laßt, denn hau i dir a Watschen, daß du mit'n Hintern auf de Uhr schaugst!" Denn hat er ihr am Arm jepackt un hat se raustransportiat. Mir hat se ja leid jetan. Aber zu eifasüchtig is doch doof!

Trudes Männer sterben alle · Foottit bummelt nie!

De Trude hat wirklich nischt mit'n vorjehabt, sonst hätt' er uns doch nich alle mitjenommen. Un er war imma höflich un anständich. Nu durch diese Eifasuchtsszene hat er sich erst richtich in de Trude vaknallt. Aber de Trude hat'n jewarnt: „Fang nich erst mit mir an. Alle Männer sterben, die mia lieben!"

Se hat wirklich imma so'n Pech jehabt. Zuerst war da 'n Kutscher Aujust, der liebte se sehr. Weil sie'n nich wollte, hat er sich erschossen. Un denn hatte sie'n reichen

Rechtsanwalt aus Leipzig, der starb 'n paar Monate nachher. Denn war da in Hamburch 'n reicher Pinkel, der hatte ihr noch'n echten Bernhardiner jekooft, un der is ooch jleich danach jestorben, der Mann, nich der Hund. Aber den hat se denn vakooft. –

Un zuletzt wollte nu der Herr Martin in de Donau springen, un de Trude sollte mitmachen un wollte nich. Hatte ooch recht. Wozu? Un denn war se noch dazu 'ne prima Schwimmerin. Die kann sich mit Wassa nich det Leben nehmen. Die jeht nich so leicht unter.

Un nu mal wieder Breslau. Eene zu doowe Stadt, wenn man aus Wien kommt. Jemütlich is et nur bei de Frau Schandalla im Zirkusrestaurang. Ihre schles'sche Klöße kann ihr keener nachmachen. Ooch Foottit ißt imma bei ihr. Aber wenn er in't Restaurang is, denn müssen wa alle artich sinn, un det jefällt uns janich. Wia sinn imma froh, wenn wa'n mit de Hacken seh'n. Der arme Mann. Nu is er imma alleene. Ville hat der ooch nich von sein' Leben. Morjens um sieben is er schon uff's Pferd, weil er doch jedet Jahr for Berlin minstens een neuet Schulpferd haben muß. Un mancher Jaul is dämlich un't dauert lange, bis er de Beene schmeißen kann. – Un nach seine Pferdewalkerei hat er Probe mit uns Heuochsen, un det is manchmal noch schlimmer. Denn ißt er so um halb zwee, denn pennt er zwee Stunden, jeht 'n bißken spazian un is pünktlich vor de Vorstellung in Zirkus, wo er de janze Zeit ieber in sein'n schwarzen Jehrock steht un uff allet uffpaßt, wie so'n Schießhund. Oder er reit' in seine elejante Schulreiterkluft. Un seine Wildledernen, de Handschuh, muß ick imma noch waschen, wat ma so'ne Art Ehre is un mein'n Karakta schmeichelt.

Un nie bummelt der Mann nachts. Hab'n ooch noch nie besoffen jeseh'n. Is ma 'n Rätsel. Der wird mal sehr alt! –

Wohne bei eene Frau Lempert, wat 'ne Witwe von ieber Siebzich is. Die hat ma neulich in'n Zirkus mit de Bären jesehn un jesagt: „Nee, ooch nee, Fräulein Minna, ich hab Se gestern abend im Zirkus ins Wasser mit de Bär'n jeseh'n, schrecklich! Ich hoob ooch nich gedacht, daß Sie wieder lebendig nach Hause kommen. – Ich geh ooch in de Kirche un bete für Sie!"

Denn hat se ma sonntachs imma det Mittagessen ans Bett jebracht, wo se doch selbst nischt zu essen hatte. Un't schlief noch bei ihr in de Küche 'n Schlafbursche, der hatte Schulden wie 'n Major, un dem pumpte se imma allet, wat se noch hatte. Er war in'n Café Jeijer. Aber'ck mach ma nischt aus'm, obwohl er wollte. Er wollte oft.

In Hamburch! Er rejnet ejal. Sowat von Rejen war noch nich da! Un hasse Rejenschirme, lieber vasauf ick. Det is mein Element sowieso. Det düstre Wetter tippt ma uff's Jehirn. Muß so ville an de Sina denken. Vorjet Jahr war se noch mit. Bin nich mehr so oft im Elefantenkeller. –

Kann aber ooch nich imma in de Bude hocken. De Decke fällt ma uff'n Kopp. Imma detselbe, imma detselbe. Nu is Karl zu Hagenbecks, weil ick nich mehr will. Die ewje Eifasucht macht ma varrückt. Nu will er Dompteur wer'n un sich von de Löwen uffressen lassen. Ick kann nischt dafor, aber'ck tauge wohl nich ville als Frau for'n Mann. Dazu bin'ck zu selbständich jewor'n. – Det bißken Liebe! Fünf Minuten Angst – un denn? Imma derselbe Zimt von vorne. Nee, laß ma de Knochen heil! Arbeeten un nich vazweifeln. Det is mein Spruch.

In schwebende Pein uff de schiefe Fontäne

Wollt' janich mehr weiterschreiben ... Aber manchmal kommt doch noch wat vor, wat neu is. So mit unsre neue Fontäne, die in unsre Pantomine „Auswanderer" zum Schluß von de Decke mit uns Schwimmerinnen niederkommt. Det war sehr jefährlich, weil wa uff de Brücke übern Schnürboden langschleichen müssen, imma eene nach die annre, weil de Brücke sonst zu sehr wackelt. Un denn von de Rundbrücke oben jing wieder 'n Brett mit Handjeländer aus Strippen bis zu die Fontäne. Die hatte zwee Etaschen. Un nu mußten wa uff de Fontäne noch von de zweete Etasche ieber 'ne kleene Treppe uff de erste. Nu war da um uns rum een Rondell. Rondell, 'n feinet Wort. Hab ick erst jetzt jelernt. Is 'ne runde spansche Wand, um sich zu vadrücken vor det Publikum, damit man eene Ieberraschung bleibt for nachher. Icke, Lene, Else un Trude krochen aus det Rondell, det de annern noch vor de Oogen vom Publikum deckte, raus un uff Postamente, wo wa in 'ne Reizstellung runterkam'n, so elejant, von allerhand Jlühbirn' umjeben, die mal rot, mal jrien, mal jelb jlitzerten. Un nachher, wenn de Fontäne uff'n Wasser unten stand, denn krochen ooch de annern aus det Rondell un machten kille-kille unters Kinn von so'ne Faun- und Meckmeckköppe, die Wasser spuckten. Ieberhaupt de janze Fontäne fing an zu spucken, zu sprüh'n un Wassa in de Luft zu fejen, det uns selbst de Spucke wechblieb. Ringsrum standen, entlang an'n Maneschenrand, sechs hohe, dicke Stengel mit Wassablumen druff. Wassablumen hab'n keene Stengels. Aber wohin mit de Mächens, die in de Stengels drinstecken müssen un aus de Blumendolden rauskieken müssen? In jeden Stengel stach een Mächen, un denn öffnete sich der Kelch, un se kiekte bis zum Busenansatz aus de Wassarose raus, wat wunderbar aussah. Wie 'n Jedicht, jawoll. Un wir uff de Donnerwetterfontäne hatten rosa Venustrikos iebern janzen Leib mit 'ne Schärpe ringsrum um'n Bauch un jingen denn wieder rin in det Rondell, un ruff uff de Leiter, inwendich bis uff de zweete Etasche, von wo aus wia mit 'n Koppsprung in't Wassa machten.

Un det war bis jetzt ooch janz jut un scheen. Bis da eenes Tages de Lucie als erste von de Rundbrücke uff de Fontäne rutscht un denn von de zweete Etasche in de erste ins

Rondell in'n Häufchen rintreten tut, det uns jemeine Menschen da hinjesetzt hatt'n. Un jlitscht da aus, un ihr scheenet neuet rosa Venustriko janz hin! Der Jeruch is fürchterlich, insonderheit in det weltabjeschlossene Rondell, wo jar nich zu atmen is. Icke mit die drei annern, die wa draußen „plastische Pose“ machen, wie det so heeßt, merken et nich so doll. Aber die vier annern Mächens im Rondell un der Elektriker, der det Licht for de Fontäne imma uff- un zudreh'n muß, un der Rekwisitör, der innerlich uff de Strippen, an die de Fontäne hängt, uffpassen muß, die kriejen de Neese voll. Un de Kerls unterhalten sich wütend un schimpfen über diese Jemeinheit. Aber mittlerweile verhakeln sich die Strippen un det Lichtkabel von de Fontäne, det se janz schief in de Luft hängt, zwanzich Meter hoch! De Lene brüllt: „Minna, Minna, wir rutschen runter!“ War ooch so. Die ihr Sockel fing schon an, mit ihr runterzujlitschen. Ick hatte de obere Kante un rutsche nach hinten. Un Foottit stand unten an'n Maneschenrand un machte furchtbare Fisimatenten mit de Flossen. Uff eenmal war allet Licht aus, un ick sah jetrost un ruhich mein' baldijet Ende entjejen. Dachte nur: Sowat allet kommt von 'n Häufchen K . . . Wie det so im Leben komisch is!

Na, nu zogen se de Fontäne wieder hoch, un de Drähte un Kabels wurden aus'nandervaposamentiat, bis det de Fontäne wieder jradehing.

Un unten hatte de Lotte, die in eene Seerose stach, ooch wat erlebt. Jede Seerose stand uff'n kleenen Wagen, uff den jede in de Manege rinjefahr'n wurde. Denn wurde der Wagen uff de Platte anjeschraubt un jing mit unter Wasser, det nur der Blumenstiel, wo det Mädel drin war, ieber den Spiejel blieb, mit de Bliete. Also is da 'n Rekwisitör, der will imma mit de Lotte, wat ooch eene von meine Mädels is, die will aber nich. Un wie se nu da in de Bliete bis zum Busen injesperrt is, will er se küssen uff'n Sattelplatz, un sie hat keene Hände frei un spuckt'n an. Recht hat se! Weil se nu aber dieser Kerl uff'n Wagen in de Manesche rinfahr'n muß, da kippt er'n janzen Wagen um, det se aus de Bliete raustrieselt un sich braun un blau schlächt. So'n Schwein! Is aber der Foottit jleich ieber'n Maneschenrand un hat'n zur Rede jestellt. Det Mädel, nich faul, hat allet jepetzt, un da hat'n der Foottit 'n paar jelangt un rausjeschmissen. Richtich!

Rudolph jlupscht ma an ·
Raketenhelme un Feuerwerk ·
Schier dreißig Jahre biste alt

Der Elektriker von unsre Fontäne, der Rudolph, der jlupscht ma imma so an, wenn wa runterfahr'n. Heut hat er ma nach de Vorstellung injeladen. Is 'n netter Mensch. Warum nich. Muß ooch wieder mal ausjeh'n.

Nun üben wa wieder wat mit Taucherjlocken. Steh'n aber hinternander wie so'n Tunnel. Wa jeh'n imma zwee un zwee de Treppen von de erste Bühne runter in't Wassa. Tauchen in de Kessel. Da häng' wa unsre dunklen Kostüme uff un solln denn in leuchtende Jewänder hochkomm'n. Dazu hab'n wa Helme uff. Oben uff'n Helm is 'ne Rakete, die wa unta Wassa mit 'ne Strippe abzieh'n, det se platzt, un trotzdem det nu Feuer is, brennt et unter Wassa un wa tauchen mit'n leuchtenden Helm hoch. – Eene neumodsche, jroßartije Erfindung! – Alle Schwimmerinnen machen mit. Ooch's Lieschen.

Det Stück heißt „Venezia". Also italjensch! – Erster Akt spielt uff so'n Schiff von so'n Jroßen, Doschen sagen se zu ihm. Also dieser Herr Dosche schmeißt 'n Ring un Münzen von det Schiff in de Wassamanesche, un einje von unsre Bereiter un icke springen von Bord un holen den sein Tinneff aus det Wassa. Ick hab natierlich jleich 'ne Hand voll Münzen mit runterjenomm'n. Denn hat unser Ballett mit Tamburins 'ne Tarantella jetanzt. 'n neuen Ballettmeesta hab'n wa ooch, diesmal eenen aus Französien. Der hat so komisch deutsch jesprochen, det wa alle lachen mußten. Un wie er uns einteilte, da hab ick ihm schon jleich jesagt uff französisch-deutsch: „Ick pa dansöse – icke schwimme!" Dabei hab ick meine Schwimmflossenbewejungen jemacht. Un er hat jelacht un jesagt: „Ig weiß, du sein Clown!" Un war so'n janz netter Kerl. Aber wenn seine Olle mit bei de Probe zukiekte durch ihr Lorjnon, denn hat er uns arme Mädels bis uff's Blut sikiert, un sie war jlücklich. Vielleicht war se eifasüchtich, un er wollte ihr zeijen, det er jejen uns jefeit war. –

Mit Rudolph jeh'ck hin und wieder alleene aus. Denk schon lange nich mehr an Valobung un Hochzeit. Is nur so mal 'n Rausch. Weeß heut, det allet vajänglich un nich uff de Dauer is. Nich mal bei die Vaheiraten.

Am liebsten jeh'ck mit meine Schwimmädels. Is imma noch der olle K. hinter die Else her, un sie will noch imma nich. Desto toller wird er. Un det jeht doch nu schon so lange, lange Zeit. Je oller, je doller! –

Hab ick heute Angst ausjestanden. Wir maschian alle unter Wassa. Bleiben, bis wa'n Klingelzeichen kriejen zum Hochtauchen in de Jlocke. Ick knie ma auswendig an'n Kessel, klammre ma mit eene Hand an't Kesselbeen, mit de annre zieh'ck de Rakete ab, un denn schnell'ck hoch.

Wie wa nu oben unsern Reijen mit de brennende Helme schwimmen, zähl ick imma de Mädels, un seh, det ma eene fehlt. Jott, det Lieschen! Will jrade nach unten tauchen un nachseh'n, schießt se hoch, ohne Helm, janz blau un schnauft un spuckt wie'n Walroß. Nachher in de Jardrobe hat se ma erzählt, det se mit de Helmspitze in det Drahtjitter rinjekomm'n is, det de Wassermanesche von den Hafen rechts un links vom Ausjang trennt, extra dafor jemacht, det de Schwimmerinnen nich darinjeraten un nachher nich mehr hochtauchen könn'n. Un da hat nu Lieschen mit de Helmspitze drinjehangen un hat denn noch so ville Jeistesjejenwart jehabt un hat den Riemen vom Helm jesprengt un is so freijekomm'n. Aber't hat nich ville jefehlt, wär' se vasoffen. Un so doof! –

Ick hab' det Beichtbuch lange nich anjeseh'n, weil vielet wiederkommt mit de Trickse, den Soff un de Männer.

Aber ick muß noch berichten, det der olle K. nich ieber seine Liebe zu de Else wech konnte, wat ja bei Männer selten is. Un hatten wa jrade Probe for de Pantomine „Pompeji". Da schreit eene uff de obre Bühne los: „Kinder ..., Kinder ..., kommt nich ruff! Der olle K. hat sich uff'n Thron vom Barbarossa uffjehangen!" – Un schrei'n wa alle durch'nander, bis der Foottit ruft: „Still und weiter! Vorwärts!"

Wa durften uns den ollen K. nich ankieken un uns nich von de Plätze rühr'n. – Aber der Eujen hat denn nachher den Strick, an den der arme alte Herr sich uffjebammelt hatte, per Zentimeter vakooft, indem det er uns erzählte, det det 'n jroßer Talisman is, wat ville ooch so schon wußten. Den eenen sein Tod is den annren sein Brot! –

Un „Pompeji" war det letzte Stück bei Busch vor'n Krieje. Sowat janz Jroßet mit hundertzwanzich Tänzerinnen un eene knorke Ausstattung. Zum Schluß der wildjeword'ne Vesuv, der Feuer un Asche spuckt! Un wia kullerten von'n Vesuv runter, so'ne schräje, breite Bahn in't Wassa. Det Feuer un de Asche (Säjespäne) hinter uns her, det man nich aus de Oogen kieken konnte un ooch de Neese vastoppt krichte.

In diese pompejansche Zeit wurd ick jrade dreißich. Wie de Zeit vajeht! Weeß nich, wer det ausposaunt hatte, aber jeder wußtet. Nu schon fast fuffzehn Jahr in deselbe Firma un keen' Tach jefehlt un keene Probe! Soll ma jemand nachmachen! – Komm ick aus den letzten Akt, naß wie'n Seehund, in meine Jardrobe, hat sich unser Sängerchor, der da ins Bacchanal von Pompeji lateinsche

Lieder von so'n ollen Römer zu blöken hatte, uffjestellt un singt: „Schier dreißich Jahre biste alt!"

Ick denke, mia laust der Affe! Freu ma aber sehr un weene Rotzblasen un Dreierschnecken. Mach de Tier in mein Bademantel uff un sag zu die Carusos: „Ick danke euch ooch scheen for diese Ehrung. Jeht man alle Mann zum Pfefferberg. Da komm ick nachher hin un mach euch 'ne Lage jut!"

Kaum war'n die von de Tier wech, un'ck sitz' un schmink ma ab, trockne mein langet Haar, wat imma 'ne Wulst war, steh'n de Kürassiere vom Kreuzberg da un blasen ma ooch in de Ohren: „Schier dreißich Jahre biste alt!" Mache uff un sage: „Det weeß ick ja nu leider mittlerweile. Aber'ck danke ooch, denn ihr meent's alle jut mit mia, un'ck lad euch ooch in'n Pfefferberg ein!"

Un kiek in mein Portmonnee un seh, det ick nur noch 'n knappen Daler hab. Aber man kennt ma da un wird ma schon borjen.

Wie'ck da nu hinkomm mit meine Schwimmädels, sinn schon so Stücka dreißich Mann mit durstje Kehlen vasammelt, da wird ma doch 'n bißken schwummerich zumute mit mein'n Daler. Wenn die nu nich mit eene Lage zufrieden sinn? Na, ick bestell mal un jrüble weiter. Is der 25. Vor'n Ersten jibt's keen Jeld. Imma ruhich Blut, denk ick. Wird schon jeh'n. Un wie'ck da nu so jrad' in meine jrößte Bedrängnis sitze, da jeht uff eenmal de Tier uff, un Zirkusdirektor Hahn-Blasewitz kommt mit'n Pferdehändler Friedemann rin. Kann uns aus'n Zirkus alle fein leiden. Is'n richtjer Kunstliebhaber. Steuert uff unsan Tisch los, un nu jeht's hoch her!

Det war 'ne richtje Jeburtstachsfeier! Un de Mädels hab'n mit de Kürassiere, Sänger un Bereiter jetanzt, un'ck hab nachher uffn Tisch jestanden un meine berühmten Jassenhauer un den Orjelmann von Otto Reutter vorjetragen! – Janz blau war de Luft von'n Zijarrenrauch, un blau war'ck ooch. – Wurde in 'ne Droschke jestoppt un nach Hause jefahr'n, wo'ck den nächsten Tach mit'n schweren Haarwurzelkatarrh uffwachte. Aber zur Nachmittachsvorstellung war'ck wieder jesund un wie imma an'n Platz.

Mutta hat nur jesagt: „Det Mädel is der janze Vata, dafor kann se nischt. Jeerbt is jeerbt!" –

*

Nu weeß ick vorläufig nischt mehr. Dreißich Jahre is eb'n jewisset Semikolon in jedet Leben! Sollt ick aba noch weitere dreißich ieba mia erjehn lassen miss'n, un sollte der pp. Leser uff dieset Buch hin mir een bißken kitzeln – valeicht jeb ick dann noch wat von mir!

Scheen Juß!

Wasserminna.

Liebeserklärung statt eines Nachworts

Paula Busch, die Zirkusdirektorin, Tochter des populären Berliner Zirkusdirektors, dessen Gebäude neben dem Bahnhof Börse am Flußufer stand, hat die Erlebnisse und Schicksale ihrer einstigen Haushälterin, ihres Faktotums aufgezeichnet. Wasserminna erzählt von ihrem Leben, ihrer Kindheit, ihrer Jugend, von ihren ersten Versuchen, Geld zu verdienen, und von ihrer Arbeit im Zirkus, als sie Statistin und Vorschwimmerin des Wasserballetts war. Stets ist Wasserminna bereit, Versuchsobjekt für die gefährlichsten Tricks der neuen Wasserpantomime zu sein, vor denen selbst die Männer zurückschrecken. Sie macht alles. Fast jede Sensation probiert und probt sie als erste aus, vor allem, wenn die energischen stahlblauen Augen des Oberregisseurs und stellvertretenden Direktors Foottit sie anblitzen und auffordern. Gewiß, sie drängt sich vielleicht ein wenig vor, es kitzelt sie, wenn sie die Männer beschämen kann, aber diese menschlich-frauliche Eitelkeit wird hier immer durch die Leistung gerechtfertigt! Sie tut es nicht, um ihre kleine Person in den Vordergrund zu schieben, sie tut es letzten Endes für „ihren" Zirkus.

Im Zirkus sind der bunte Flitter und Tand nur Drapierung der Leistung. Selbstverständlich muß der Zirkus ein buntes Gewand und Behang tragen, aber im Grunde kommt es in der Manege allein auf die Sensation, auf den Trick, auf die Leistung an! Natürlich begeistert sich auch Wasserminna als echtes Kind des Volkes für das bunte Gewand, für das Äußere, für die Oberfläche. In ihren munteren Worten glühen ein naives Wohlgefallen an farbigen Requisiten und Kulissen, eine ungeschminkte Freude an prächtigen Kostümen und glänzenden zirzensischen Effekten wie Kinderlampions bei abendlichen Laubenkoloniefesten. Wenn Wasserminna auch voller Stolz bemüht ist, durch ihre halsbrecherischen Taten die Kerle auszustechen, so ist sie doch wie jede Frau in ihre schönen Schwimmtrikots, in ihre Nixenschleier und Raketenhelme verliebt, und ihr schönster Wunsch muß unerfüllbar bleiben: Sie möchte gern einmal sich selbst zusehen.

Paula Busch, die Pantomimen und große Manegenschauspiele schrieb, hat auch Theaterstücke und Zirkusromane ersonnen und fabuliert. Ihre Aufzeichnungen von der Wasserminna aber sind nicht „erdichtet", sie sind der Wirklichkeit nacherzählt. Nach Martin Luthers Rezept hat sie ihrer Haushälterin „aufs Maul geschaut". Und es ist ihr gelungen, eine Gestalt zwar nicht zu schaffen, das ist vor ihr bereits der Wirklichkeit geglückt, wohl aber ist es ihr aufs prachtvollste gelungen, die Figur getreu nachzuzeichnen, daß sie uns nicht bloß glaubhaft, sondern urlebendig erscheint. Wasserminna ist ein leibhaftiges Zillegör. Sie strotzt von Berliner Sentimentalität und Berliner Schlagfertigkeit, sie ist Gefühl und Schnauze! Für diese aus dem Leben gegriffene Gestalt gibt es keinen roman- oder filmhaften Aufstieg von der Statistin zum Star, kein verlogenes Happy-End. Wasserminna bleibt Statistin, sie beschaut sich weiterhin den Zirkus von unten und nicht von oben, nicht mit den Augen der Arrivierten und Karrieremacher. Sie entsagt der Liebe, tröstet sich zuweilen mit der Buddel, und als das Alter ihr die Ausführung gefährlicher Tricks verbietet, wird sie schlichte Haushälterin bei ihrer Frau Zirkusdirektorin, die ihre Erlebnisse mit der Feder festhält.

Wasserminna ist ein Kind ihrer Zeit. Diese Zeit wird verblüffend sichtbar; wie echte Zirkusluft kann man sie förmlich riechen und schmecken. Es ist die bunte, allzu bunte Zeit um die Jahrhundertwende. Wir blicken in ein Berlin der engen Hinterhöfe und der „unteren" Beamtenfamilien, die ein kläglicher Standesdünkel mit ihrem geringen Einkommen aussöhnt. Ein „Stehkragenproletariat" wird sichtbar. In dieser Zeit, in diesem Milieu dürfen neben den echten auch die falschen Grafen und Barone, die Hochstapler und Heiratsschwindler nicht fehlen. So gewinnen diese Aufzeichnungen für den aufmerksamen Leser auch ein kulturhistorisches Interesse. Ein bestimmtes „Kunst-Berlin" wird lebendiges Panorama. Neben den Premieren des Königlichen Schauspielhauses am Gendarmenmarkt, neben den Modepremieren in Max Reinhardts Deutschem Theater in der Schumannstraße übten damals die Sensations-Pantomimen des Zirkus Busch eine große Anziehungskraft auf die Berliner Bevölkerung aus. Der Film spielte noch keine Rolle. Was heute ein Großfilm vorstellt, das bedeutete damals die neue Pantomime des Zirkus Busch. Mit dem Erscheinen des Films verschwanden die Pantomimen und Manegenschaustücke aus den Zirkusprogrammen, verloren zumindest an Interesse und Bedeutung. Wenn die Pantomimen in Wasserminnas Aufzeichnungen vor uns Menschen von heute bunt und farbig wieder auferstehen, glauben wir wie in ein Spiegelbild des Farbfilms zu blicken. Und mit einem Mal erkennen wir, daß Wasserminna das erste „Double" war!

Wenn Jahrzehnte später in einem Film Sensationsszenen gedreht werden, dann führt der große Filmstar die halsbrecherischen Sensationen und Tricks meistens nicht selber aus. Er, der seine kostbaren Gliedmaßen schonen muß, überläßt die Ausführung einem Stellvertreter, dem Double. Der Film hat von dieser Institution viel Aufhebens und Wind gemacht. Längst vor den Sensationsfilmen war Wasserminna für die Stars der Wasserpantomimen Double: Sie sprang mit dem Pferd von sechs Meter Höhe ins Wasser, sie trieb im Dammbruch auf einem Floß, sie kämpfte im Wasser mit Bären, sie ritt auf einem blitzgefällten Baum, sie tanzte mit den Schlangen.

Das Wunder der Wirklichkeit ist das größte Wunder: Eine Gestalt steht vor uns, rund und prall, die mehr als ein Original, mehr als ein Unikum ist, eine Figur, die so stark, so unvergeßlich ist, daß sie zu einem Sinnbild des Lebens wird.

W. M.

INHALT

Georg Hermann

Jettchen Gebert

Die Geschichte führt in bürgerlich-jüdische Kreise Berlins zur Zeit des Biedermeiers. Henriette verbringt eine unbeschwerte Jugend im Haus ihres Pflegevaters Salomon. Sie spürt die geistige Enge ihres Elternhauses erst, als sie dem träumerischen Literaten Kößling begegnet und sich zu ihm hingezogen fühlt. Aus Pflichtgefühl und Dankbarkeit geht sie dennoch die geplante Ehe mit dem robusten, lebenstüchtigen Julius Jacoby ein.

512 Seiten, in Leinen gebunden,
mit Schutzumschlag, 48,- DM
ISBN 3-360-00857-X

1968 las ich *Kubinke* zum ersten Mal. Seither bewundere ich die Kunst Georg Hermanns. Leis, ohne Aufwand und von Herzen genau erzählt er, woher wir kommen, was uns verlorenging, was wir verspielten und was uns bleibt.«

Peter Härtling

Verlag Das Neue Berlin
Rosa-Luxemburg-Straße 39, 10178 Berlin,
Tel. 030-247 202 79, Fax 030-247 202 82

Georg Hermann

Henriette Jacoby

Georg Hermann setzt auf Drängen des Publikums die Geschichte Jettchen Geberts fort, die »in jener windklaren, sternenhellen Novembernacht des Jahres 1839 ihrer Hochzeit den Rücken gekehrt« und die Ehe mit dem ungeliebten Mann abgebrochen hatte. Doch Henriettes mutiges Aufbegehren mündet nicht in eine harmonische Lösung des Konfllikts. Auf unheilvolle Weise verliert sie sich wieder an die Familie Gebert und gerät in den Teufelskreis von Konvention und Entschlußlosigkeit. Die Tragödie neigt sich dem unausweichlichen Ende zu.

408 Seiten, in Leinen gebunden,
mit Schutzumschlag, 42,- DM
ISBN 3-360-00858-8

Es ist schier unbegreiflich, wie man einen solchen Schriftsteller – die deutsche Literatur hat nicht viele seinesgleichen – bis heute hat übersehen können.

Neue Zürcher Zeitung

Verlag Das Neue Berlin
Rosa-Luxemburg-Straße 39, 10178 Berlin,
Tel. 030-247 202 79, Fax 030-247 202 82

Gerhard Holtz-Baumert

Berlin,
wie es im Buche steht

Unzählige kleiner Geschichten, Beschreibungen von Orten und Originalen, Ursprüngen mancher Redewendung, Lebensgeschichten Berliner Autoren und solcher, die die Stadt nur streiften, und vieles mehr enthalten die Berlinischen Miniaturen von Gerhard Holtz-Baumert. Der Leser findet zahlreiche Anregungen für die eigene Erkundungsreise, sowohl in die Stadt als auch in die Bibliothek.

Literarische Spaziergänge
Mit Fotos von Rolf Zöllner
224 Seiten, gebunden, 24,80 DM
ISBN 3-360-00844-8

Neue literarische Spaziergänge
Mit einem Vorwort von Eva Strittmatter
und Vignetten von Jörg Hennig
256 Seiten, gebunden, 24,80 DM
ISBN 3-360-00886-3

Verlag Das Neue Berlin
Rosa-Luxemburg-Straße 39, 10178 Berlin,
Tel. 030-247 202 79, Fax 030-247 202 82

Regina Stürickow

Der Kommissar vom Alexanderplatz

Er liebt Kuchen und ißt gewöhnlich für zwei, was man ihm auch ansieht. Morde verabscheut er eigentlich, doch hat er die Jagd nach Mördern zu seinem Beruf gemacht: Ernst Gennat, Kommissar und lange Leiter der Berliner Mordkommission, ist wie kein anderer in der Zeit von der Jahrhundertwende bis zur Diktatur der Nazis Synonym für Erfolg und Effizienz der Berliner Kriminalpolizei geworden. Den Vorgänger eines Nero Wolfe, dem Essen und Kombinieren gleichermaßen Genuß bereitet, hat es tatsächlich in der Realität gegeben: als Kommissar vom Alexanderplatz. Den »Buddha« der Berliner Kripo und einige seiner großen Fälle stellt Regina Stürickow erstmals in einem Buch vor.

260 Seiten, gebunden,
mit vielen Fotos, 29,80 DM
ISBN 3-360-00853-7

Verlag Das Neue Berlin
Rosa-Luxemburg-Straße 39, 10178 Berlin,
Tel. 030-247 202 79, Fax 030-247 202 82

ISBN 3-360-00883-9

4. Auflage
Fotomechanischer Nachdruck
der 3. Auflage von 1957
© 1999 (1951) Das Neue Berlin
Verlagsgesellschaft mbH
Rosa-Luxemburg-Str. 39, 10178 Berlin
Umschlagentwurf: Jens Prockat
Druck und Bindung:
Offizin Andersen Nexö Leipzig